日本人笔下的中国城市丛书

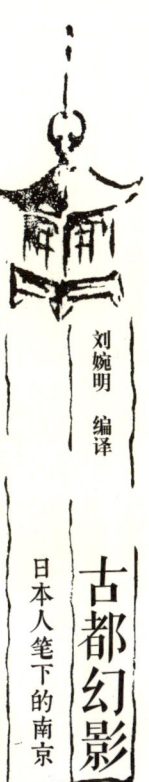

刘婉明 编译

古都幻影
日本人笔下的南京

图书在版编目(CIP)数据

古都幻影:日本人笔下的南京 / 刘婉明编译. --南京:南京师范大学出版社,2017.7
ISBN 978-7-5651-3376-3

Ⅰ.①古… Ⅱ.①刘… Ⅲ.①游记—作品集—日本—近现代 Ⅳ.①I313.64

中国版本图书馆 CIP 数据核字(2017)第 103585 号

书　　名	古都幻影——日本人笔下的南京
编　　译	刘婉明
责任编辑	张元卿
出版发行	南京师范大学出版社
地　　址	江苏省南京市宁海路 122 号(邮编:210097)
电　　话	(025)83598919(总编办)　83598412(营销部)
	83598297(邮购部)
网　　址	http://www.njnup.com
电子信箱	nspzbb@163.com
照　　排	南京理工大学资产经营有限公司
印　　刷	江阴金马印刷有限公司
开　　本	787 毫米×1092 毫米　1/32
印　　张	12.125
字　　数	171 千
版　　次	2017 年 7 月第 1 版　2017 年 7 月第 1 次印刷
书　　号	ISBN 978-7-5651-3376-3
定　　价	56.00 元

出 版 人　彭志斌

南京师大版图书若有印装问题请与销售商调换
版权所有　侵犯必究

序

这是一本关于旅行的书。这旅行有四层含义：跨越国境之旅，跨越时间之旅，跨越语言之旅，跨越文化之旅。

本书所收集的，是一些在19和20世纪之交的最初几十年里来到南京旅行的日本人写下的游记。他们中有通儒硕学、文坛名家，也有无名小卒，他们是当时最早也是最积极地进行跨国旅行的一批人。1862年江户幕府官方使节团所乘坐的"千岁丸"抵达上海，重启因锁国政策而中断二百余年的两国直接交往。此后，越来越多的日本人得以亲身踏上中国土地，这在以前是无法想象的。即便是在最为人所称道的唐宋时代，也只有千挑万选的使节和僧侣，以及铤而走险的海盗和渔民可以进行这种跨国之旅，而到了那个时代，需要的只是钱和勇气。不过，彼时出国旅行并不像现在这样便利。虽然不需要繁琐的签证手续,但当时的交通设施远不如现在完备,火车和轮船只能将他们送到那几个刚刚作为通商口岸开放的城市,接下来的旅途中,能够坐上人力车算是不错的待遇,很多时候则需要骑驴或者步行。饮食住宿也是个问题,比如像南京这样的城市,不像现在日本料理店遍地开花,荷包充盈的话还可以住住中日合资、五星级的古南都,那时的南京城里,很长一段时间由日本人经营的旅馆只有一家宝来馆,不仅常常客满,而且住宿条件据村松梢风反映,似乎不太令人满意。语言也是一大障碍,如果不是像后藤朝太郎和长泽规矩也那样事先学过一些汉语,那就必须像谷崎润一郎那样请一位会日语的中国人,或是像芥川龙之介那样拜托居留中国的日本人做向导,当然,若是能像内藤湖南那样写得一手古风洋洋的汉文,笔谈会是个不错的选择。那还是一个没有 Wi-Fi 和社交媒体的时代,但是,想以某种方式记录旅行见闻,以及与人分享的心情却与今人无二,如果想要看看这些有名无名的旅行者的"朋友圈"或是微博,那就必须走进今天日本的国会图书馆、各大学研究机构图书馆的书库,那里躺着他们当年留下的不计其数的书信、明信片、笔谈录、旅行记、画册、照片集。近代以来日本人心目中中国形象的形成，拜这些旅行者之笔所赐良多。

宇野哲人在他的《清国文明记》自序里写道："古时由读圣经贤传而了解中国之人，以为中国实为圣贤并起，贤良如云的理想之乡。中国果真是理想乡吗？今世之人又往往根据自己浅薄的经验，谩骂中国人忘恩背德，不可救药。中国国民果真应该遭受如此谩骂吗？"这些最早踏上中国土地的日本人，或是感叹东亚文明在其母国竟衰落到如此地步，或是惊呼在这里发现了己国已逝之文化精髓，或是着迷于此处的异国情调、大陆风光。造成这千差万别的中国形象的原因很多也很复杂，此处不能一一备述。一个简单而直接的原因是，当时中国的地域差异、现代化程度差异远较今天为大，去中国的不同地方，自然会看到不同的中国。

比如，南京与上海在近代日本人心目中的地位就有很大不同（其实现在也一样）。后者是新兴的"魔都"，是就近观看西洋的窗口，而前者则负载了浓浓的历史意味。日本岩波书店发行的权威辞典《广辞苑》中对"南京"这一词条，除了释为地名，还有如下解释：称呼"来自中国及东南亚地区之物"或"珍奇、小而可爱之物"时所用的冠语。比如"南京玉"（有孔的小玻璃珠）、"南京錠"（挂锁）、"南京虫"（臭虫）、"南京玉簾"（一种耍竹帘的魔术）、"南京操り"（提线木偶）、"南京繻子"（中国锦缎），甚至将中国人统统称为"南京人"。这些词语流行于16到18世纪的日本近世时代，好比当年中国人将所有外国之物都冠以"洋"字一样。对这些正处于新旧交替时代的日本人而言，"南京"一词所唤起的，是开国之前对海外世界、中华帝国的朦胧想象，那个世界里有他们耳熟能详的帝王将相、倒背如流的圣贤文章、心向往之的英雄美人。从已在急速现代化的日本社会中走出，经过同样在急速现代化的上海，来到现代化程度远不及上述二者的南京，这样的旅程仿佛缓慢闪回时间深处的穿越之旅。而南京这座被称为"古都"的城市也的确承负了太多太重的历史，这重重叠叠的历史是所有造访此地的日本人都必须首先直面的。他们的南京之旅仿佛一场历史的招魂仪式，来到一处遗迹，召唤它的历史，写下自己的感悟，希冀自己的文字将会进入有关此地的绵长历史传统中，成为它的一部分，然后，等待在下一位旅行者的召唤中重新登场。在这一意义上,南京必须是历史遗迹,只能是历史遗迹。似乎离开了历史,便无法记录、谈论这个城市,即便是那些声称有意记录"现实"的南京的旅行者,也必须强调这个南京已不是"历史"上的那个南京。在这些日本人对于南京的描述中,常常使用的一个词是"梦",他们所迷恋的,欲追寻的,想摆脱的,也许正是这存在于语言中的如梦一般的幻影,"历史"就是这座城市最大的真实,也是最大的幻影。南京这座古都的幻影,一如卡尔维诺笔下那个"看不见的城市",正因其在这座城市历史中的任何一段时间里都不曾存在过,方能存在于这座城市历史中的所有时间里,随时听候召唤。惟其如此,方能令这些东瀛来客着迷。

因此,在阅读这些日本人的南京游记时,我们必然遭遇那个永恒的难题:诗与真实。这些游记中,有多少是诗,多少是真实,多少既是诗又是真实,多少既非诗又非真实,皆交由读者裁断,而要读者能够做出正确的裁断,则必须首先由译者提供至少是合格的翻译。

翻译是一场语言的冒险之旅,需要不断踏过语词的分叉小径,穿越句法的螺旋迷宫,一路颠簸,只为寻找传说中的桃花源——那里据说未曾受到过巴别塔(the tower of Babel)的诅咒。然而,那"仿佛若有光"的小小洞口从来不肯轻易被寻着,严复的"一名之立,旬月踟蹰"(《〈天演论〉译例言》)绝非夸张之语。翻译之难在于,在一种语言里读懂是一回事,换一种语言再说出来是另一回事,说得好则更难。诚如鲁迅所言,翻译时遇到某个词想不到合适的译语,"好像在脑子里面摸一个急于要开箱子的钥匙,却没有"(《"题未定"草》)。所有的翻译都试图在目的语中寻找到最能体现原文"真意"的语句,然而"真意"果真存在吗?俄国作家叶甫图申科说过一句常被人引用的名言:翻译如女人,美丽的不忠诚,忠诚的不美丽。译者们苦苦追求的"真意",或许就是陶渊明尚未说出就已被忘记的"言",是再也没有被找到过的桃花源,是浦岛太郎打开龙女赠予的宝匣后冒出的那一缕白烟。被译出的文字或许只是关于桃花源的传说,是浦岛太郎苍然的白发,是永无完工之日的巴别塔,我们除了与那停工千年的巴别塔惘然相对之外,别无他法。如此看来,这本书又何尝不是一场徒然的招魂仪式?

然而,翻译仍然是必须的。它并非只是阅读另一种语言的工具,更是接触另一种文化的媒介。钱钟书就将翻译比作做媒,负责缔结"国与国之间惟一的较少反目、吵嘴、分手挥拳等危险的'因缘'"——文学因缘(《林纾的翻译》)。周作人曾引法国作家法兰西(现通译作法朗士)之语:"我们被关闭在自己的人格里,正如在永久的监狱里一般",论说我们那些自以为是的"客观"批评其实难逃一己定见之囿(《文艺批评杂话》),一个人如此,一种文化也是如此。如果我们命中注定无法从自我人格这座监狱里逃出,那么翻译所带来的,或许能成为开在这监狱墙上的小窗,为我们透进些许窗外世界的风景。周氏兄弟都主张"硬译",甚至"硬"得读不下去也好,因为,唯有这种牺牲了读者阅读舒适感的"硬译"所带来的陌生的语词、句法、文体,才能挑战读者既有的语言-思维结构,带来别样的世界。或许有读者要觉得这幅监狱图景太过阴暗,那么不妨换一个比喻,这是一次从一种文化到另一种文化的旅行。鲁迅说"最幸福的事实在是莫过于做旅人",因其能够具有"超然的心境"(《〈出了象牙之塔〉后记》)。这种超然的旅人立场常常能够揭出身在此山的本地人许多习焉不察之处。与异文化的遭遇也并不总是一帆风顺,它还常常充满了震惊和误解。然而,正因有了这种旅人的超然立场,这种对异文化的震惊和误解,我们才能发现"他们"与"我们"的不同,得以重新审视我们自己的文化。本书中的许多日本旅行者,正是在他们的中国之旅中开始反思日本社会、文化、国民性的种种优劣利弊,在对"他们中国人"的观看中反思"我们日本人",今天"我们中国人"在观看"他们日本人"笔下的中国时,必定也能获得别样的异域之眼,重新审视我们的中国。我相信人类文明得以延续至今正是靠着这跌跌撞撞的旅行,而非囿于一隅的偏至和保守,从来没有一种文化能够依靠在自己周围筑起高墙而变得伟大。

比起"他们"和"我们"的不同,更重要的是,"他们"与"我们"作为"人"的共同之处。漫长的人类历史中,人性诚然在不同的环境中写出了非常不同的故事,但无失其为人性的根本所在。正如钱钟书所说,"中国诗并没有特特别别'中国'的地方。中国诗只是诗,它该是诗,比它是'中国的'更重要。"所以,"读外国诗每有种他乡忽遇故知的喜悦,会领导你回到本国诗"(《谈中国诗》)。因此,好的译者应该像渡人过河的舟子,帮助读者完成这趟从此岸到彼岸的跨文化之旅,当读者弃舟登岸,豁然开朗处,这些风尘仆仆的武陵人能有他乡遇故知的释然与喜悦。当然,因为这舟子的能力有限,读者在这趟旅行中只怕会多有颠簸,这是译者需要在此事先致歉的(倘若因太过舒适而竟使乘客不愿下船似乎也并不太妙)。总之,只要能将读者平安渡到对岸,即使中间多有波折,譬如唐僧师徒虽历经磨难,终于取得真经一样,那么译者的种种不到之处,多少也是可以被原谅的吧。

1932年上海一·二八事变爆发,日本生物学家西村真琴博士为救援战争中的伤者来到上海,在三义里废墟中救起了一只因饥饿而奄奄一息的鸽子,带回日本,取名"三义",精心喂养,本希望待伤愈后送回中国,以为两国友好象征,然而鸽子不幸死去,博士将其埋葬,立"三义冢"以纪念之,并致信鲁迅,寄去自己所作和歌以及鸽子画像。鲁迅感博士情义,写下《题三义塔》作答。

奔霆飞熛歼人子,败井颓垣剩饿鸠。
偶值大心离火宅,终遗高塔念瀛洲。

精禽梦觉仍衔石,斗士诚坚共抗流。

度尽劫波兄弟在,相逢一笑泯恩仇。

这位西村博士不仅救了鸽子,还在之后的战争岁月中,顶住军部压力,救助了许多中国难民,收养了许多中国战争孤儿,在无边无尽的战争黑暗中,凛然坚守着人性之光。

1984年,凝聚了伊藤虎丸、竹内实、丸山昇等众多日本学者心血的日译本《鲁迅全集》由学习研究社出版。伊藤虎丸在第一卷解说最后引用《题三义塔》作结,并写道:"想来,对于侵略中国战争的反省,正是战后欲寻求日本人再生之路的我们进行鲁迅研究和中国现代文学研究的出发点。这部全集,就像诗中所说的'精禽'(神话中叫做精卫的小鸟),想要填埋日中间的'劫波'(深深的断绝),而成为这精禽口中衔着的一枚小石子,不仅是我,也是所有翻译者共同的心愿吧。"如果伊藤先生们的工作是精卫口中的石子的话,那这本小书充其量只能算是一粒细沙吧。然而,聚沙可以成塔,滴水可以穿石,一缕文脉不断,终能等到劫波度尽,相逢一笑的那一天吧。

最后,感谢南京师范大学出版社的诸位编辑,他们的精心企划和辛勤工作,使这本书最终得以和读者见面。感谢诸位日本友人,他们不厌其烦地为我解答了翻译中遇到的各种问题。感谢我的父母,他们不仅给予我全力的支持,还承担了将我的翻译手稿录入电脑的全部工作。

原文中涉及对中国的多种称呼如"清国""中华""中华民国""中国",以及"支那",为保存文献原貌,翻译时一律不做变动。各篇文章、文献出典按时间先后顺序排列。作者简介按生年顺序排列。文中注释皆为译者所加,着重号皆为原文所有,除明显错字在注释中标出外,其余皆依原文。

译者

2017 年 4 月 13 日

目录

序 / 001

概观第一 / 001

市井第二 / 024

山泽第三 / 054

宫阙第四 / 094

楼台第五 / 108

伽蓝第六 / 132

陵墓第七 / 194

文教第八 / 219

风月第九 / 230

监狱第十 / 260

饮食第十一 / 285

人物第十二 / 291

杂集第十三 / 317

作者简介 / 332

文献出典 / 367

插图目录

图 1　台城 / 004

图 2　石头城 / 006

图 3　秦淮河 / 059

图 4　明故宫遗址 / 095

图 5　古物保存所 / 101

图 6　调查六朝墓途中 / 105

图 7　中央研究院历史语言研究所 / 106

图 8　雨花台 / 110

图 9　鸡鸣寺 / 137

图 10　十年后的鸡鸣寺 / 137

图 11　栖霞寺石塔 / 151

图 12　栖霞寺石塔局部 / 152

图 13　栖霞寺千佛岩之一洞 / 158

图 14　高座寺 / 165

图 15　下瓦官寺 / 168

图 16　明孝陵 / 171

图 17　独龙阜 / 172

图 18　灵谷寺大雄殿 / 174

图 19　灵谷寺无梁殿 / 175

图 20　普觉寺 / 179

图 21　普觉寺大砖塔 / 180

图 22　普觉寺大雄殿古铁佛 / 182

图 23　普觉寺铁板道人舍身塔 / 183

图 24　祖堂山幽栖寺 / 186

图 25　法融祖师衣钵塔 / 189

图 26　关野贞绘《明孝陵图》/ 197

图 27　明孝陵神道 / 200

图 28　萧景神道碑 / 217

图 29　日本人小学校 / 224

概观第一

船近金陵,渐觉山川壮阔。小三山、犊儿矶、三山诸胜次第入眸而来。北岸乌江镇、项王庙距岸稍远,此处大江阔约一二海里,未可指点而望。乍见南岸连峦城壁,参差隐见,钟山崒崪,镇于其后,此为金陵,不问可知。即下船,于下关登岸,农商务省留学生平冈、杉山二氏骑驴来迎,余心甚喜。

自下关入仪凤门,沿张之洞甲午乙未之役①代刘坤一署理之际所修马路,行约我国里数二里,抵科巷东本愿寺学堂,其地近总督府衙门,暂求宿于此。此处马路砥平,细柳夹道,树间距仅二三尺,皆自距根部二三尺处生枝,时已孟冬,枝叶不免萧疏。想若春初卉木萌生之际,定然嫩绿葱朦,直欲使行人纵马其间。巡路工佚若

---

① 甲午乙未之役:即甲午战争。时任两江总督的刘坤一应诏进京,被任命为钦差大臣节制全军,湖广总督张之洞遂代其署理两江总督。

能日日修理洒扫不怠,则当与上海等地相似,比我帝都亦过之。南京失其为帝都之实,已四百余年矣,加之近岁经长发贼①大乱,城内荒芜殆尽,马路两侧人家,罕有相邻连绵者。田畴竹树,犬牙交错,若穿行于村落间。至本愿寺一路,惟鼓楼当衢而立,壮大凌空,有往日帝都遗风。附近北极阁,寂寂而立,其下,西欧传教士住宅特触人眼目。闻城内市街所占,不过总面积四分之一,合城内外民屋亦不过三分之一。然则此周围九十六清里②,规模甚于北京之大都,现今人口不过十五六万,其荒凉之感可想而知。

——内藤湖南《燕山楚水·禹域鸿爪记》

雄大者,金陵之形胜也。盖如京津地方者,虽苍莽,然其山过远,反乏雄伟之感。如杭州者,虽明丽,然其山过近,全无雄伟之趣。金陵之地,其山不甚远,亦不甚近。青山环绕,时有一角缺欠之处,更能引人生幽远无极之思。且有如钟山者,虽不甚大,却极富卓尔不群之

---

① 长发贼:对太平天国军的蔑称。
② 清里:即中国长度单位"里",当时日本人称中国为清国,故言"清里"。

雄姿。野色远近,高城延绵百里。若乘马自孝陵庙前至朝阳门之高原,则不觉使人怀想驱千军万马,旌旗覆野之古英雄。

余曾对本愿寺一柳氏①言:"为金陵总督而不起谋反之意者,其人必庸愚。"

——内藤湖南《燕山楚水·鸿爪记余》

台　城

金陵城自鸡鸣寺前,沿玄武湖北走,远接狮子山。古城墙之一部,自鸡鸣寺北,直向西折,延伸三百间②左右,至今仍存。按此古城墙当为古台城之北部,系明初扩建金陵时古城之一部。《府志》载玄武湖在台城之北,故亦称后湖。此古城墙在玄武湖南岸,应为古台城无疑。察其地势,台城盖东自覆舟山,沿玄武湖南岸,经鸡鸣寺之北,西包鸡笼山,延至钟鼓楼方向。

---

① 本愿寺一柳氏:前文所述本愿寺学堂教师一柳智成。关于本愿寺学堂详见《文教》篇注释。
② 间:日本长度单位,1间约等于1.82米。

图1 梁代台城遗址,左方波光闪烁处即为玄武湖。
(宇野哲人《清国文明记》)

石头城

入水西门,向北出汉西门,沿秦淮,傍城墙行约一里,至平镜码头附近,系吴孙权所筑古石头城之一部。城由自然之峭壁削成,处处有城砖镶补,其状如痘痕满面之巨人,故俗称鬼脸城。

——宇野哲人《清国文明记·南京的名胜》

二十五日　自上海出发至南京　一九三哩①〇二

乘七时五十五分之列车出发,与翻译俞氏相伴,午后二时十五分抵南京,投宝来馆。由岸田氏介绍,访三星洋行广濑美浓造。南京为大规模之城郭所围绕,其临扬子江处在南门外,即下关,有车站。与对岸浦口之津浦线相连接。自车站出,大道坦坦,驱马车行约一里,始达旅馆。此旅馆位于城中央,由此可知城之广大。

——关野贞《关野贞日记》

---

① 哩:又称英里,1哩约等于1 609米。

图 2　石头城：吴孙权所建，在今南京城之西，断崖壁立，成天然之城墙，俗称鬼脸城。
(宇野哲人《清国文明记》)

我的支那旅行整整两个月,十月九日从东京出发。途中,从朝鲜经满洲到北京,从北京坐火车到汉口,从汉口下扬子江,到九江,登庐山,再回九江。接着从南京到苏州,从苏州到上海,从上海到杭州,再返回上海,最后返回日本。

有人问这一趟哪里最有趣。虽然说不上哪里,不过,我喜欢的地方是南京、苏州和上海。那一带与北方相比,景色十分美丽,树木特别丰茂,人也漂亮。火车也要好很多,气候非常宜人。我到南京的时候正是十月二十日,恰是蝉鸣之时,杨柳显出春天般的意趣,给人以无法言喻的感觉。越往南方,就越觉得在朝鲜和满洲花掉的那些钱真是浪费。我想下次等到春天的时候再去一次支那。

——谷崎润一郎《支那旅行》

在南京站下车的时候,已是日暮。找到宝来馆的马车行至下关,馆内已客满,乃至有不得不合住者。于是,便命马车驶往城内总店。

于黑暗之中,穿过黑而高的,如洞窟般半开着的巨大城门。两侧,包裹在支那民家油烟气中的灯火,像奉献于洞窟的明灯般,浸在幽微模糊的赤色之中。不知不觉中,坦途已变为缓坡,陷进那幽深的、更幽深的地方。顷刻,就变成无论向何处看,都不见半点灯光的黑暗。不知从何处而来的树枝接连不断地垂到头上。可以听见树叶摩擦的柔和声音。所到之处,丈高的杂草繁茂地生长着,似欲逼身而来。彷徨于无尽旷野中的夜之寂静从地底涌出。萤火虫在飞。幽微的,几近消失的光,忽高忽低,像是在照着什么,又像是在寻找着什么。萤火虫的火影所勾勒出的微白的垂幕,大概是崩塌的城墙的残骸,大而圆,柱子斜立着。刹那之后,所有的景象都消失了,再次陷入无边无际的黑暗深渊。带着腥膻味的冰冷的东西打在脸上,是从阴沉的夜空中坠下的雨滴吧。远处,似乎是打破了这无常的黑暗的喧嚣之声,由远及近,渐渐流淌过来。这时,我们的目的地,宝来馆总店的灯火,像林间的鬼火般,飘浮在半空中。

南京的第一印象是仿佛被梦魇侵袭的,凄寂而阴郁的令人窒息之物。

——河东碧梧桐《游于支那·南京》

马车驶入南京城门,气氛完全沉静下来。修正了我想当然地认为所谓城内大抵只是民家拥挤如箱寿司①般狭窄之所的偏见。横穿田间的马路两侧,柳树簇簇地垂下绿发,这闲适的景致使我感觉仿佛行驶在嵯峨②一带。小丘上稀稀落落的建筑,以及围绕其间的绿树繁枝,几乎令人想起某处的别墅。终于到了朱墙的鼓楼——那朱墙色调毫不强烈,而是带着沉稳古涩之味——前面。被长发贼蹂躏之前的古色盎然的南京温柔地抚着我的头,亲切地对我说:"你好不容易从远国而来,来得好啊。你穿过这楼门,投入你久已爱慕的南京的怀抱,睡觉吧。一定会轻轻地摇,让你舒服地睡。"

从早晨离开苏州时,心情就十分好。从车窗里望见田野中的油菜和青麦,不知何时产生了仿佛是在日本某地旅行的熟悉之感,情不自禁地低声哼起了歌:"渡浮世之风雅者,歌时舞时击节时,独旅之宿草为枕③……"这滑稽而漂

---

① 箱寿司:将醋饭和其他食材放入箱形框中压紧的寿司,以大阪寿司为代表。
② 嵯峨:日本京都市右京区京都市街西部,隔着桂川河与岚山相对的地区。有广泽池、大泽池、大觉寺、清凉寺、天龙寺等地。
③ 原文为"草枕",意为旅途中结草为枕,即露宿。

泊的心情与自己此时的意境颇为吻合,脑中依稀浮现出角兵卫狮子舞①的情形。我涉足支那文学,而今又为了解支那而置身其国之中,然而到底还是喜爱日本。仿佛籾磨歌②、神乐③和壬生狂言④之混合物的京剧曲调,以及随地擤涕吐痰的支那人,我无论如何都喜欢不起来。然而,只要与这自然佳景对坐,我就会兴高采烈。我取出《松之叶》⑤,一边打拍子,一边愉快地轻诵本手组⑥之类的谣曲。

有一位从镇江上车的身材娇小,气质不俗的和蔼老婆婆。"那一定是南京人吧。"我自作主张地断定。因为她与常见的京都妇人相似,有那种奢华而又难以言传的文雅的风情,所以,我只能将此前自己脑中所想象的南京风俗安在这老婆婆身上,除此以外,别无他法。从上海、苏州一路走来的我,感觉到渐渐从大阪回到京都的安心和熟悉。到

---

① 角兵卫狮子舞:日本的一种街头演艺。少年头戴狮子头,敲打挂在胸前的羯鼓,表演各种曲艺。
② 籾磨歌:日本农人给稻谷脱壳时唱的歌。
③ 神乐:日本祭神时用以娱神的歌舞。
④ 壬生狂言:日本每年4月21日起,在京都壬生寺演出的一种带假面具表演的哑剧,一般延续十日左右。
⑤ 《松之叶》:日本江户时代(1603—1867)的三味线歌谣集。编者秀松轩,1703年出版,共五卷。
⑥ 本手组:日本乐器三味线组歌中最古老的种类。

了栖霞山,连景色都为之一变,与京都愈发相似了。

——青木正儿《江南春·南京情调》

津浦铁道

津浦铁道为连结天津与扬子江岸的浦口,六百三十一哩的广轨式(四呎①八吋②)铁道。最初为津镇铁道,计划靠英美银行团借款铺设,因英国方面有异议而终止。德国趁此机会向支那政府提出融资建议。而一度撤资的英国又与德国交涉,结果便成了现在的津浦铁路。北段(天津—韩庄间三百九十二哩)由德国铺设,南段(韩庄—浦口间二百三十九哩)由英国铺设,大正元年③全线通车。大战④之后北段亦归英国经营。全线除泰山外不见一山,因此也无隧道,或与平原、大运河并行,或横穿而过,直达扬子江北岸之浦口。

---

① 呎:又称英尺,1呎约等于30.48厘米。
② 吋:又称英寸,1吋约等于2.54厘米,12吋等于1呎。
③ 大正元年:大正,日本大正天皇在位时的年号,由明治改元而来。自1912年7月30日至1926年12月25日。大正元年即1912年。
④ 大战:第一次世界大战。

天之助

南京之日本旅馆仅有一间,且不知所在,令余十分忧虑。若为时尚早,或可设法,然天色已如此迟暮,心中颇为焦虑。倘乘昨夜十时之急行列车,则午后二时可到,距天黑尚有不少时间,可毋须担心。自觉办事不周,独自一人于车中忧心前途。终于,车抵长江北岸之浦口。果然为一大站,将自京津两地而来的几百名乘客,尽数吐出,一人不留。站台之喧闹拥挤自不待言。

(中略)乘渡船,夕阳没入地平线下,静静日暮。呜呼,大哉扬子江。浊浊洋洋如海,对岸大小汽船、帆船、民船上下航行,一时难以分辨。着实令人感叹不愧为东洋第一大河。对岸为南京之港口,曰下关。从彼处登陆,乘马车,于微明中见高耸之城墙。行约三十分,抵达南京唯一一间邦人①旅馆宝来馆。

——早坂义雄《在混乱的支那旅行·津浦铁道》

---

① 邦人:此处指日本人。

南京史之回顾

晨起,自宝来馆楼上眺望古都之秋,确足以充分体味闲寂、平和、颓废之气氛,而现代之生机活力却十分贫弱。果不其然,古都自有永远延续古都生命之命运。古时曾为楚之金陵邑,吴之建业,晋之建康,南唐之西都江宁府,宋之建康府,明之应天府。明永乐帝移都北京后,称此地为南京。至清,称江宁府。千八百五十年长发贼乱起,终陷于贼手。洪秀全据之以为都城,凡十年。市街因沦为官、革两军激战之地,故大半烧毁。市民幸存者仅十分之一。如明代宫殿等处亦多于此时遭破坏。洪秀全自杀之处为今之督军省。清末革命时再蒙惨害,一度为临时大总统孙逸仙总督府所在地。人口约三十万,为扬子江上通商口岸,位于沪宁铁道之一端,交通亦相当便利,亦有商业。城郭为明太祖时筑造,周长九里,高四丈至九丈,有门十三座。长发贼之乱时罹兵火,旧貌几不存,荒凉至极。

加之第一革命①(明治四十四年十月)之际,面朝紫

---

① 第一革命:指辛亥革命。

金山,内外城之间第一大市街、满人居住区之家宅全被烧毁,所到之处皆荒凉寂寞,瓦石累累,昔之金楼玉殿化为谷菜芋田,令人不胜有今昔之感。道路狭窄,家屋低矮稀少,旧态依然。北支那竹林极少,南京则路旁田圃间时时可见,垂柳迎风摇曳之雅致,与古都颇为相适。

——早坂义雄《在混乱的支那旅行·南京今昔》

到达南京的那天午后,因为想着姑且先在城内转一圈,我便和一个叫作什么什么的支那人,照例成了人力车的客人。流淌着夕阳之光的城市中,混杂着西洋建筑的房屋群后面,可以看见种着麦子和蚕豆的农田,浮着鹅的池塘。即便是较为宽广的街道上,行人也十分稀少。问了做向导的支那人,说是南京城内五分之三都已是农田和荒地。我眺望着路旁的柳树、崩坏中的土墙、燕群,生发怀古之情的同时,也起了若把这些空地买下来,想必能成为暴发户的念头。

"要是有谁趁现在买下来就好了。只要浦口(南京对岸的城镇)兴旺起来的话,地价肯定会暴涨的。"

"没用的。支那人都不考虑明天的事。买地皮什么的是不可能的。"

"那你考虑一下嘛。"

"我也还是算了吧。——第一这没法考虑。人被杀掉或者家里房子被烧掉,总之明天的事谁也不知道吧。这就和日本不一样。反正现在的支那人比起期待孩子的将来,更愿意沉湎于酒色。"

——芥川龙之介《江南游记·南京(上)》

雨停了,车窗外,湿润的雾流溢着。距离铁道线约一丁[①]远处,低矮的山峦蜿蜒起伏。几处草山连绵,仿佛骆驼的脊背。山脚下一线山道穿过,道两侧处处有石门伫立。那是墓门。为绿树所包围的农家、稻田、桑田。

Y子[②]和之前那两人[③]都还未起床。我一个人独自眺望了一个多小时窗外的景色。

---

① 丁:也写作"町"。日本长度单位,1町等于60间,约等于109米。
② Y子:原型为村松梢风的同行女伴,情人芳子。
③ 那两人:村松同车邂逅的中国商人朱晋侯及其女伴李彩贞。

农夫下田开始耕作。一个男人策马踏进浅浅的小河中。地窖般的石造民宅密集的村落,周围有水泽,水边垂柳茂盛。

(中略)

火车预计七时三十分到达南京。我们开始做下车的准备。男仆过来收拾餐具,晋侯先生拿出银币和铜子付账。我也正想付自己的那一份时,男仆做手势表示晋侯先生已经代付了咖啡和茶钱,所以不需再付。我便只付了食物的钱,并向晋侯先生用支那语说:"谢谢。"

终于,远处可以看到城墙了。城墙宛如山脉般蜿蜒无尽。那是我有生以来从未见过的雄大景象。

"此城廓何城乎。"①

我向晋侯先生询问道。晋侯先生拿起铅笔写道:

"此则南京城。"②

我的胸中涌起难以言喻的感动。那是仿佛贯穿了过去数千年的梦之幕布降下的感觉。

所见之处,并不算太高的山丘起伏着,城墙时高时

---

① 此句原文为中文。
② 此句原文为中文。

低地绵延着。火车从其近旁经过。城墙外侧有运河模样的护城河,附近人家密集。城内也可以看见丘陵耸立,可以看见楼阁上弯曲的屋脊。

我们想对结伴而行的两人写些感谢之辞,但再拿出笔记本来太过麻烦,便默默地道了谢。晋侯先生和李彩贞也同样还了礼。我们在此别过,以后恐怕不会再相见吧,但我无论何时也不会忘记他们。

火车驶入车站。晋侯先生提着行李包袱自己先下了车,李彩贞也劲头十足地跟着走了。我们随着人流向外走。车站较小,乘客全都下了车,所以十分拥挤。

——村松梢风《魔都·南京》

拂晓,列车进入南京。

在下关下车,绿色的草丛中,顶部崩坏的墓,梦幻朦胧的列列垂柳,沿着河流露出彩色船头的苫船①。南京的近郊是居住着蛙和水牛的荒凉田野。

列车内的桌子上,放着从上海北站开出时侍者端来的盛着支那茶的杯子,以及画着花鸟的白瓷茶匙,从昨

---

① 苫船:用茅草编成的苫做船篷的船。

晚放到现在,已经凉了。窗外似有一片晓雾,随风摇曳。

列车转眼间已驶入被煤熏得漆黑的站台。

南京、南京!仿佛是在世界"废弃之屋"中,昏昏欲睡地,听着古老的挂钟敲打出典雅的铃声,孤寂而令人怀恋。南京、南京的声音敲打着我的耳朵,支那中之支那——南京哟,或者,梦中之梦的古南京,这样的说法更合适吧。正因为是梦中世界,所以现实的杂音一点儿也不曾掺杂。那个南京,是只有珠子与珠子轻轻碰撞,罗纱与罗纱静静摩擦的,清音萦绕作响的世界。

然而,伫立在剪票口的瞬间,下关,却是一片杂然褪色的混乱。树林般的黄包车把手,在我面前像梯子一般交错着,像笼子一般遮蔽了我的视线。

——金子光晴《古都南京(1)》

南京,虽是我六年前曾一度踏足的土地,然而这次所得却是全新的印象。我以为,在近年的世界历史中,展现出最有趣味的动向的地方应该就是南京了。在唐朝诗人们的时代就已被当作怀古咏叹之舞台的,支那最古老的古都之一的南京,如今已重生为新支那的心脏,精力旺盛地活动着。现代支那的所有精神都在南京。所以,想要理解新支那,首先必须了解南京。

——村松梢风《新支那访问记》

现在的国民政府,是原来督军府的旧址。很久以前,洪秀全住在这里时的庭院遗迹还在。有一座漪涟阁临池而建。现在的南京以这些古旧建筑为中心,周围建起了学校、官署、医院、宾馆、银行,新修了柏油路和下水道,按照"青年中国"的设想,完全地现代化了,与此同时,也成了排日的源头。

——井上红梅《中华万华镜·南京的特产》

谈谈南京吧,那时离现在其实还不到十二三年,还是蒋介石尚未北上,孙传芳身任五省督军,威势正盛之际。

四五年后,与友人一起,也就是现在已经去世的秋田君①,在苏州住了约两个月的旅馆。其间,秋田君为了

---

① 秋田君:金子光晴的友人,日本画家秋田义一。

会晤时任上海市长的张群,一个人去了南京。我给他写了介绍信,想让下关三星洋行的人行些方便。两日后,脊背肥圆的秋田回来了。

——南京已经积起了薄雪,冷得待不下去了。你介绍的三星洋行成了旅馆,结果方便是方便了,可是南京全变了呢。国民政府到处修建各种奇怪的建筑,我们的南京已被糟蹋得一塌糊涂。

听了这话,身为古都南京爱惜者的我们不禁愤慨:偏偏要用崭新的廉价建筑和寒碜的林荫道,将风情洋溢的古城变为杀风景的都会,这理由究竟何在?那个南京已化为瓦砾。想必读者已能明了我想要讲述南京的心情。这并非旅行的回忆,而是仿佛追忆了无遗迹的梦痕一般,是非常美丽,而又迷离悲伤的记忆。啊,倘要形容的话,便如同在某处邂逅了美人,明知此生已无缘再会,却仍旧努力想要将那容姿鲜明地印在记忆中一样。

——金子光晴《古都南京》

南朝四百八十寺

多少楼台烟雨中

三国时代的那种气氛只在报恩寺、鸡鸣寺、玄武湖、明孝陵等处残留些许,而且,即便如此,玄武湖的湖心岛上却也竖立着大型泥制炸弹,像纪念碑一样插在那里,告示牌上写着"两吨重量炸弹的威力"云云之类的说明,烟雨中寺院楼宇幽微隐现的情境,如今哪里也见不到了。

——草野心平《支那点点·南京瞥见》

十七日上午七时廿五分自上海站(原北站)乘普通列车往南京。上海至南京除此车之外,还有速度更快的汽车可通,我等虽特别获许搭乘,但因携带了许多慰问品,行李颇多,为免拥挤,还是选择了普通列车。列车是在货车上联接了三辆支那四等客车,车厢外部用粉笔写有"旅客用"字样。乘客大部为邦人,支那人极少。同乘者有那"娘子军先遣队"①,直坐到苏州站下车。之后又有××部队的士兵们上车。皆为东京子弟,朝气蓬勃。

---

① 娘子军先遣队:当时日本人在国外所到之处,往往已有日本的女性性工作者先行到达,在当地活动,作者此处将之谑喻为日军的"先遣部队"。

其中一位东京南部出身的军人闻三田①之名而生怀乡之感,与我等交谈多时。彼等系经济学部藤林教授战友,得闻关于教授之传说亦是奇缘。苏州站因受炸弹袭击而被破坏。被雨淋透的车站前,机动部队向前线开拔,女侍模样的国防妇人会②成员合唱露营之歌,为之送行。其情其景,雄壮之余亦引人哀愁。

窗外景色与九州地方并无大异,不过终究是大平原,田野尽头隐约可见帆船。民宅多见炸弹、炮弹之弹坑,少有完整者。然历历战祸之痕迹间,油菜花盛开,农夫平静耕作,孩童沿铁道奔跑,喊着"进上!进上!"③扬手等待兵士们从窗口掷出的糖果点心。四时二十二分

---

① 三田:日本东京都港区田町车站西侧一带。其高地地区有众多学校、外国使馆、宅邸、寺院等。作者所属庆应义塾大学也在其中,故文中说那位东京出身的士兵听到三田之名有怀乡之感。

② 国防妇人会:全名为"大日本国防妇人会"。1932年由大阪的主妇发起,在日本陆军支持下,作为支援战争的女性团体活动。

③ 进上:日语中原意指在下之人对在上之人进呈、献上。此处是中国孩童模仿当时侵华日军所使用的"兵队中国语",其特点是将汉语口语单词和日语单词简单地按日语句法拼接在一起,不以交流为目的,仅为战争服务。六七十年代抗日题材影视作品中经常出现的"你的"、"我的"、"死啦死啦"、"大大的坏"、"咪西咪西"(メシメシ,メシ即"饭")等都源于这种"军队中国语"。例如,"给我上饭"按"兵队中国语"说就是"メシメシ、進上"。文中,不懂日语原意的中国孩童将"进上"理解为"给我",为了向日本兵索要糖果而使用了这个词。

至丹阳附近,丘陵渐近逼人。如此而过镇江,入南京下关。其时,山峦为紫气所笼,暮色苍茫,昏暗的站台上只见本塾学员加纳照雄氏与研究所宫地氏二人。乘坐卡车和出租车在恐怖的黑暗街道上疾驶约三十分,进入南京市内,入住军方指定的旅馆宝来馆,与先期抵达的新城氏一行会合,方才松了一口气。

——松本信广《江南踏查》

市井第二

午后五点半,暂且回到石板桥南的旅馆,今夜的月色应该很好,总觉得如果就这样闷在旅馆的二楼就太可惜了。实在忍不住想要再看一看那秦淮的河岸,于是洗了个澡后,便又雇了向导,吩咐他叫两辆车。

"但是饭已经准备好了,用过之后再去如何呢?"

侍女说道,睁圆了眼睛,一副之后去哪里一概不问的样子。

"不用了,饭在外面吃,今晚去吃一顿支那料理。"

我不管三七二十一穿上西装,走下二楼的楼梯。

"老爷,今晚吃支那料理吗?"向导笑眯眯地看着我的脸。这向导是位大概三十七八岁,态度和蔼可亲,日语熟练的支那男人。大概是最近常去日本做陶器生意的缘故,颇能理解日本人的性情,十分机灵。这次的支那之旅,我常常因为向导的不友好和懒惰而感到不快,只有这个支那人例外。多少有些文化修养,又因为是本地人,所以精通当地的传说和故事,是那些无知的日本向导没法比的。而且,客人也不必因为对方是支那人而有不必要的顾虑,想要找些特别的乐子反而很方便。支那人也并非全不正直,只要能托旅馆介绍,觅得可信用之人,就还是应该找支那人做向导为好。

"去哪里的饭店呢?这附近也不是没有……"

"这附近的没什么意思,再去秦淮那边看看吧。"

于是,向导坐车在前,两辆车就沿着旅馆前的大路一直向南驶去。

太阳已完全下山,与日本的街市不同,支那无论北京还是南京,到了晚上都非常冷清。没有电车行驶,也没有路灯照亮的街道静悄悄的,家家户户围在厚厚的墙壁和石造的垣墙里,一扇窗户也看不见,狭窄的门户紧锁,一星半点的灯影也漏不出来。东京银座那样的繁华大街,大概到了六七点,大部分的商店也都关了门,而这旅馆附近则更甚,全部大门紧闭。渐渐过了六点,毫无人气的街道仿佛已是深夜般寂静无声。月亮还没出来,偏偏空中还时时有乱云流过,预想中的月夜景色全然不见。除了我们的车子发出的咯噔咯噔的迟钝声音打破着四周的寂寞外（支那人力车很少用橡胶轮），只偶尔有一辆一匹马拉的马车嗒嗒驶过，那马车的灯光也只能照出一尺左右的地方，车厢中则是一片漆黑。两车相遇之时，黑暗中似乎是玻璃的反光闪了一下，随即擦肩而过。

车在卢政牌楼的十字路口左转，进入了愈发黑暗冷清的街道。两侧墙面已大幅剥落的巨大砖墙高高耸立着，道路弯弯曲曲，千折百转，行驶在这路上的车子也随之千折百转。两侧墙壁时时显出夹逼之势，令人担心一不注意就会撞到墙上。若是把我一个人丢在这种地方，只怕一个晚上也找不到回旅馆的路。高墙尽头是凹陷的空地，在四角的墙与墙之间，好似牙齿被拔掉后留下的空隙。仿佛火灾遗迹般的瓦砾堆磊磊积叠，还有不知是沼泽还是古池的积水坑。支那的都会在街道中心地带出现空地并不罕见，南京则尤其多。白天经过肉桥大街北方的堂子巷附近，就有许多积水坑，还有几只鹅在游泳。大概这就是旧都之所以为旧都之处吧。

正想着这一路走得可真远时，又进入了一条宽阔街道。所谓宽阔,是总算有了日本桥①副干道那样的宽度。两边的建筑似乎是商店,却没有一家亮着灯。再一看,路中央立着一座牌楼,黑暗中隐约可辨认出白色的牌子上写着"花牌楼"字样。

"这条街就是叫做花牌楼巷的吧?"

我在车上大声问向导。

"是的。当年这座城市还是明朝首都的时候,为宫中女官和官员们做衣服的工匠们就住在这里。那时候,只要一到这条街上来,就会看到无论哪家都有工匠们在展开美丽的衣物,用各色绢丝绣出艳丽的花朵。所以这条街就被称为花牌巷。"

支那人从前面的车上大声地这么回答。这么一听,不知为何这黑暗的街道顿时变得令人怀恋起来。那静默无言的门板背后,那些工匠们说不定现在也还在灯火下展开华美的衣裳,耐心地挥动着精巧的绣花针吧……

就在我耽于幻想之时,车子已经经过了太平巷、柳丝

---

① 日本桥:位于日本东京都中央区北部,始建于 1603 年,为江户时代五大驿道的起点,桥中央有通往全国各地的里程路标,现在也是东京都内的重要交通枢纽,并形成了以日本桥为中心的商业区。谷崎文中所说的日本桥系 1911 年重建,为 49.1 米,宽 27.3 米的文艺复兴式拱形石桥。

巷,越过了四象桥。看样子终于到了秦淮的孔子庙附近。这一带白天的时候虽说也应该曾经路过,可是去哪里、怎么去却完全不知道。道路又再度变得狭窄起来,车子所到之处一会儿遇到土墙,一会儿又穿过空地。感觉似乎是在一条右侧有长长墙壁的路上,几番左拐右折之后,总算从姚家巷出来,到了秦淮河岸边的大街上。孔子庙就在离河岸大街二三町远的地方。白天非常热闹,前来拜谒的男男女女往来如织,卖粗点心、水果、杂货的地摊,杂耍艺人和观看大蛇表演的戏棚等等,挤得满满当当,喧闹非凡。不过最近据说因为警察管得严,傍晚六点杂耍摊和地摊就都收摊了,夜里这样冷清,似乎是因为革命的动荡招来大批军队驻扎的缘故。听人说,支那最不安分的就是军队。从我的经验来看,也是觉得一般土民性情极为温和,从未见过鲁莽行事之人。麻烦的是军队。北京和天津也有许多军队驻扎,到了晚上便在街上往来走动。因为有只要是军人就可以在戏院和妓馆免费玩乐的规定,其他的客人自然就不去了。因此,在军队横行跋扈的城市里,繁华的娱乐场所就会变得萧条。说是革命骚乱,可这一带现在明明局势颇为平稳,真是不明白为何还要驻扎这么多军队。他们将城中的名刹伽蓝皆占为军营,一味搅得人心不安。像南京这样的,真真是最受军队诅咒的城市。

——谷崎润一郎《秦淮之夜》

翌日,昨日的夜幕已然撤去,幻想与梦魇已然消失。周游观览历代帝都荒废的、赤裸裸的遗迹。在盛开的蓟花之中,从古鸡鸣寺到北极阁。踩着半毁的台阶上行,喜鹊的幼雏刚刚离巢,大张着嘴,毫无惧色地鸣叫着。越过种着黄瓜的农田,来到乌龙潭,从那里穿过一座城门往清凉山,在莫愁湖听罢芦苇莺的鸣声,移步雨花台。与售卖山中出产的五色石子的女孩周旋,被台上经年累积的野羊粪污了白靴。

——河东碧梧桐《游于支那·南京》

电灯、瓦斯灯虽已亮起,然只限于大商店。如小卖店之类,则用昏暗的煤油灯。道路本已十分狭窄,加之此处人流熙熙攘攘,喧闹不已,广告招牌众多,向街心伸出,虽然十分有趣,却也实在碍眼。自鱼市前经过,有鲤、鲥、虾等,颇为丰富,禽类买卖亦盛,而将这些鱼禽捕来的支那劳动者更是着实令人惊诧。无论如何,南京确可谓"支那趣味"极多的历史城市。

——早坂义雄《在混乱的支那旅行·南京今昔》

盲目的女算命先生由女孩子牵着手,敲着钲,走着。孩子肩上背着的三弦子的弦轴高过了头,耸立着。柳絮纷飞。正可谓满城春色皆集于此一帧之中。算命是我憧憬已久的风俗之一。在支那趣味的父亲的感化中长大的我,从小就知道一支叫《算命曲》的极为初级的明清乐①。六七岁时家中常常充满胡琴、月琴、琵琶之类的乐声,或时时围着桌子演奏西皮、二胡的曲调。母亲被禁止弹三味线②而弹胡琴,姐姐学的不是筝③而是提琴④。

---

① 明清乐:经由在长崎的中国人传入日本的中国明清时期的民间音乐,系明乐和清乐的统称。江户末期至甲午战争时期流行。以胡琴、月琴等伴奏。流传较广的曲目除文中提到的《算命曲》外,还有《九连环》《抹梨花》等。
② 三味线:日本的拨弦乐器,有三根弦,用拨子弹奏,系中国的三弦琴经琉球传入日本后改造而成。
③ 筝:此处指日本的筝,共十三根弦,右手三个手指套上义甲拨弦。样式与弹奏方法与中国传统乐器中的二十一弦古筝不同。
④ 提琴:日本明清乐所使用的一种乐器,类似于胡弓。非西方的小提琴(violin)。

对我而言,"算命"一语是能引出深深回忆的种子。

那本南京导游书中关于乾隆时代算命先生的描写我也没有错过。"才进了来宾楼门,听见里面弹的三弦子响,是虔婆叫了一个男瞎子,来替姑娘算命。……那瞎子道:'姑娘今年十七岁,大运交庚寅,寅与亥合,合着时上的贵人,该有个贵人星坐命……将来从一个贵人,还要戴凤冠霞帔,有太太之分哩。'说完,横着三弦弹着,又唱了一回,起身要去。"①明代周朝俊所作戏曲《红梅记》中有《算命》一出。盲目的老婆弹着三弦,明眼的老翁摇着算盘。这剧《传奇汇考》中以为"明隆庆、万历以前旧本",因此所描写的应该是明中叶的风俗。这样看来,似乎当时算命的不像现在敲钲,而是打算盘。乾隆时的梆子腔(一种戏曲调子)里有《算命》一出,其中不弹弦子而只摇算盘。总之,大抵算盘是古法,而钲是新式。

伴随着昏昏欲睡的钲声,算命的走着。柳花飞。古南京的嫡孙走着。被发贼破坏的南京,寺院消失的南京,明故宫的遗物被陈列在寒伧的古物馆中的南京,水藻丛生的秦淮,水沟似的莫愁湖,在了无趣味的新南京

---

① 出自《儒林外史》五十四回"病佳人青楼算命 呆名士妓馆献诗"。

中,传说着古南京旧时风貌的算命的弦子声——即使那吧嗒吧嗒的声音听起来只像是破三味线的浊音——是多么地使远来的我欢喜啊。

货郎儿走着。边说着什么地走着。"小姐新娘子,花样金步摇,娇俏玉搔头。梳子要伐?耳环要伐?脂粉零碎哟脂粉零碎……"过去或许会这样吆喝吧,而现在的货郎则只是闭口无言,默默地咚咚摇着粗糙的拨浪鼓走着。扁担上挑着的货柜,四面镶板上画着兰竹之类,温婉可爱。也有镶嵌上玻璃的,这是时世使然,无可奈何,而售卖脂粉零碎和拨浪鼓则是宋元以来斩也斩不断的"孽缘",真令我欢喜。形状像是法华宗团扇大鼓①,一面用绳吊着小球模样的拨浪鼓,只要稍稍转动手柄,小球就会敲打鼓皮,发出咚咚声,昏昏欲睡地发出咚咚声。这声音,你也想要传递南京的春意吗?

——青木正儿《江南春·南京情调》

说着话,不知不觉中,街上开始可以见到布料店、书店等等热闹的商店。我在登灵岩山回来的途中,曾多次

---

① 团扇大鼓:有柄圆形的单皮鼓,为佛教信徒所使用。

迷路,竟终至盘桓到日暮时分。连驴带人一起闯入农田中,又被雨淋透了衬衫,很吃了一番苦头。作为"纪念",我的小羊皮靴破了两三个大洞。因此,见到鞋店便觉庆幸,痛感购鞋之必要,遂忙令车子停在鞋店的橱窗前。

进店一看,内部比我想象的要大得多。里面只有两位工匠,正努力地做着鞋。周围的大玻璃柜上,西洋风的鞋子不用说,支那鞋也是各种各样。黑色的鞋,桃色的鞋,淡蓝色的鞋——支那的鞋子因为都绷着绸缎,大大小小各色的男鞋女鞋排列在夕阳的余晖中,不能不令人感觉到一种奇异的美。加之结账台旁站着的主人,是个肤色白皙,口角温柔,也因此而更添了一层恐怖的独眼男人。我略带着些浪漫的感觉开始物色鞋子。这店里的柜子上某处,说不定有用人皮缝制的奢华女鞋——我多少有这样的感觉。不过,我买的鞋子却与浪漫什么的全无关系。乃是正价六元的系带踝靴。至于颜色——后来穿着这鞋子偶遇村田乌江①君,受到了"好奇

---

① 村田乌江:村田孜郎(? —1945),号乌江。《大阪每日新闻》社记者,芥川龙之介访华时,村田正任该社上海分局长,对芥川十分照顾。对中国戏曲颇感兴趣,曾著有《支那剧与梅兰芳》(1919)一书。

怪的颜色啊。你不觉得看起来像是穿着皮包走路吗?"这样的酷评。其实是又像黄色,又像黑色的,十分奇怪的红靴。

——芥川龙之介《江南游记·南京(上)》

走到站前广场,许多马车和人力车都在揽客。我们找到名为宝来馆的日本旅馆的揽客人,坐上了他的马车。马车在铺着圆石子的狭窄街道上横冲直撞。每家店前都摆放着蔬菜,好像菜场一样。

旅馆出乎意料地近,但环境却也出乎意料地寒碜,环境一点也不舒服。我们被带到二楼的房间,感觉心情十分恶劣。

"真是让人讨厌的旅馆啊,像乡下饭馆一样。"

"比那还差呢。可是日本人开的旅馆只有这家了,没办法啊。"

"真是为难啊。"

我们互相望着彼此疲惫的脸,郁闷地陷入沉默。南京的幻影一下子完全被打碎了。

这时,女仆送来了点心,说:

"二位是住宿吗?"

"是的。"

"是公事,还是观光?"

"是来观光的。"

"那么住在总店比较方便,那里的房间也宽敞,而且这里是城外,观光景点大都在城内。"

"到那里有多远?"

"二里左右吧。不过,若是乘马车的话一小时就能到。"

什么呀,原来再走二里就可以找到落脚的地方。于是赶忙雇了马车向城内赶去。

在混乱狭窄的街道上走了一阵,来到一条笔直的大道上。正前方出现了雄大的城门。马车穿过城门。城门口站着两名佩带刺刀长枪的士兵。

进入城内,四周的景色一变。青青的麦田向远方延伸,乍一看让人错以为是起伏的丘陵。马车时而在柳林道上穿行,时而沿着美丽的竹林疾驶。有非常硕大的朱漆楼阁。沼泽岸边一片柳枝低垂。田野中农夫在耕作劳动。有一座相当大的山,山顶上树木繁茂,其中可见淡红色墙壁的古建筑。

"南京的街市在哪里呀?"

Y子显出仿佛是来到了不可思议之地的表情说道。

"是呀,在哪里呢——"

道路沿线有兵营。有许多下等饭馆,饭馆里全是农夫和苦力。然而无论走到哪里,都见不到像是街市的地方。

"是没有街市吧?"

"不会没有的,肯定在什么地方。南京怎么说也是人口几十万的大都会呢。"

"这么说也是。不过人家觉得,城内应该是住家挤得满满的地方啊,可这里全是荒野啊。"

"话虽如此,不过,这里以前是明朝国都的时候,城内应该是住家满满的吧,后来肯定是因为多次战争,结果全被烧光了。"

到处都有古宅遗址模样的房子。结实的土墙一路延伸,住家渐渐多了起来,有了几分街市的样子。卖玩具的把玩具放在篮子里,取出两三个拿在手中,在大路旁售卖。Y子对支那的传统玩具非常感兴趣,在上海时只要看到就会买来收藏。此刻她眼尖,看到卖玩具的便要停车去买。

"以后再说吧,肯定到处都有的。"

我这么说着阻止了她。还有几家卖包子的店。雪白的大包子冒着热气,我说要买,这次是Y子阻止了我。

"以后再说吧,那边肯定也有的。"

总算到了目的地宝来馆。周边也还是城郊居民区。日本式和支那式混合的建筑风格,粗糙而轻浮,房间倒是颇为宽敞。这是南京唯一一家日本旅馆。

我们被带到正面二楼一间八叠①的房间。在门口脱鞋进了屋。据说旅馆主人是古董收藏者,所以门口铺木地板的地方,架子上摆着许多古陶器。

按照从S君处得来的介绍信,给一位叫五味的先生打了电话。五味先生接了电话,说马上就过来。约一个小时后,我们便见面了。

五味先生穿着漂亮的黑色支那服,戴着礼帽,年纪

---

① 叠:即日式房间中所用的草席"榻榻米",一般长一间(约182厘米),宽半间(约91厘米),面积1.656 2平方米。日本以榻榻米数量来计算日式房间的大小,八叠即八块榻榻米大小的面积,约13.25平方米。

三十多岁,乍看之下不像日本人,毕业于外国语学校,来支那已有六年。

"来这里以后差不多有两年,都住在村长先生家里学习实用支那语。想着反正到了支那就要过纯支那式生活,所以最近把家里的房子也建成了支那式,以后请来我家看看。"

五味先生相当支那化。字斤伯,在支那人中被称为伍斤伯。据斤伯先生说,目前住在南京的日本人仅有三百人。一度曾有八百人,近年则减少了。斤伯先生说,虽然面向日本人的娱乐场所完全没有,有些寂寞,不过安静,物价便宜,住惯了的话便会感觉是个十分宜居的地方。

"既然今天你们正好有空,就让我来做向导吧。若说南京第一名胜,那就是明孝陵了。只要半天就够,我们就去那里参观吧。"

斤伯先生打开自己带来的地图,向我们说明位置。

"秦淮在什么地方?常听说在秦淮浮画舫,所以也想去看看。"

"这条河是秦淮。"斤伯先生指着地图上的河说着。

"这里就是有艺妓馆的地方。秦淮是晚上好,所以回来的时候去吧。嗯,就好像是东京的浅草,当然还没有到那种程度。不过,今天有东岳庙的祭典,应该会很热闹。"

我们稍稍提早一点吃了午饭,乘着马车出了旅馆。从旅馆走约十丁左右就到了五味氏的家。面朝大路,筑起高高的土墙,门上钉着"五味公馆"的门牌。附近这种宅邸风格的住家很多。我们从马车上下来顺便拜访了一下。正面的院子里有鸡、山羊之类的在游嬉。房子是木造的纯支那式建筑。斤伯先生还是单身,雇了一个支那男仆生活。

——村松梢风《魔都·南京》

回到城内,去一家叫大功坊半亩园的有名的旅馆,在里院的亭子里吃了午饭。从那里出来乘上马车,在一条繁华大街上遇到一支队伍,打头阵的是乐队。

"是葬礼吗?"我说。

"不,是婚礼。"斤伯先生说。

婚礼和葬礼大不相同,可在支那却大同小异。乐队与葬礼时一样,咚咚呛呛地奏着"啊欢欢喜喜得胜归"这样的进行曲,灯笼、人造花、后面跟着支那古装打扮的乐人,吹着哀伤的笛子,新娘的马车挂着正红色的厚重帘幕,护卫的巡查在后面跟着。

中途去昨天没到过的夫子庙的另一部分参观,然后向西门方向前进。出了城门,只见一条宽广的运河流淌着。河上架着桥,两侧无数食肆林立。我第一次看见上面载着住家的桥。

——村松梢风《魔都·南京》

红灯笼

因为实在太热,吃完饭便赶紧从旅馆出来。七月中旬的六点,天还很亮,于是信步闲逛,穿过一片废墟般的区域,来到水边。水边人家的笔直的墙壁上都有窗户。窗户嵌在瓦缝里。波状的、宝石状的、雷纹状的瓦,每一块都精雕细琢,十分有趣。而且,透过这瓦缝可以微微看到里院。墙壁浸在水中。啊,真是心情舒畅。那悠扬的横笛的调子仿佛孩童的平安符一般,而决非清歌一曲使人愁。那是昆曲的调子。我听了这曲子不禁联想到配着红、绿、金、银的支那新娘嫁妆。感觉是在桃红与柳绿的缠绵之中,西施般的美人悠悠起舞嬉戏。全无半点哀愁。说这是亡国之音的实在是乐感很差的家伙。我这样想着,悠闲地走到河尽头,突然出现了一座黑门。贴着一张写着"紫气东来"的红纸。这时正好两个女人出来点灯笼。"天还很亮,为什么要点灯笼呢?"我吃惊地正想着,年轻的那一位微微回头一笑,凑近年老的那一位耳语了些什么。于是,年老的女人回头狐疑地看着我,摆出一副冷淡至极的表情迅速走了。年轻女人穿着白色素绢的窄袖上衣和裤子,灯笼的红色的火映在上面,现出难以形容的美丽影子。白色的袜子和淡蓝色的尖鞋也被同样的光晕染得华奢起来。她不时看看火,那侧脸柔软而丰满,红红的。柔软的蓬蓬的头发生在耳边,隐约可见,被柔风吹得微微颤动,让人觉得痒痒的。我被好奇心所驱使,迅速尾随着这女人而行。往来行人也讶异地看着。结果拐了很多弯,忽然来到一个乱糟糟的地方。那里是利涉桥。众多画舫之中,有一艘是在等她的。红灯笼立刻挂上了那画舫的船头,周围起哄的人喂喂地嘲笑起来。

"出风头,出风头。"

女人装作若无其事的样子叫开船。载着白衣女和红灯笼的船嗖嗖地向东关头方向驶去。凉爽的黄昏。乌鸦、蝙蝠在水边低飞。天已经黑了。

——井上红梅《沉浸于支那的人·秦淮画舫录》

换乘马车,钻过古南京城的仪凤门,从这里开始便进入了南京城内。在一眼即可望尽的柳林下,分开一丈多高的芦荻和小麦的穗浪,马蹄跃过之处,腾起朦朦的白色灰尘。鞭子响起。脖子上松松挂着空罐子似的东西的驴子一匹又一匹地,一匹又一匹地急急跑过,那罐子跟着哐啷哐啷、哐啷哐啷地响。最后面跟着一位执鞭少年,巧妙地驱赶着那些驴子,与马车擦肩而过。

——金子光晴《古都南京(1)》

昔为创造之地,今则一任荒废。反而令游子之身沉静。

而这沉静,是在南京城中到处都流淌着的一种情调。

无论是游石头城（吴国孙权创业之地），登古扫叶楼，眺秦淮之水，还是观贡院（举行进士考试的地方）遗址，访孔子庙也好，雨花台也好或者莫愁旧迹也好，我们都能时时听见这没有足音的沉静。

时间已经过去。这里所有的，不是新铺的石板地，而是埋没草间的黄龙纹古瓦。做了黄鼠狼和袋蜘蛛巢穴的腐朽轩廊。扬着巨角游泳的水牛，以及与树上的果实之影一同摇曳的腐废园中的月亮。

古昔皇城禁宫的遗迹中，墙壁崩塌，垂柳成林，林下的绿萍与古老的鲤鱼的脊背共同摇曳。

在这里行走的不是佩着沙沙作响的玉珂的人们，而是追逐黑猪的村里的幼童。

——金子光晴《古都南京(2)》

朝雾和炊烟中的下关景致也令人难忘。我在蒸笼的雾气中吃着饺子，俯视着脚下密集的船桅和嘶哑着声音盘旋着的鸦群。我们总是在那里吃早饭。凝望以舟为家的人们喧嚷热闹的生活是一种乐趣。不仅是南京，一般而言，如苏杭、绍兴、宁波等地，南方风物若以书法比拟则是草书,而且有着洇水般的淡淡韵味。将那暴发户趣味的万寿山廊下的彩绘天井,与苏州留园的白壁回廊、花港观鱼的一笔风情比较一下就可知晓。我曾见过满州①朝服的绯色呢绒上缀着的大量金钉,与紫禁城城门上的一模一样。清朝历代皇帝的冠帽,与天坛祈年殿的屋顶属于同一种满州文化系统。北方,特别是燕京的伟观,所呈现出的是征服者的仪容,大都是威吓的,能够慑人眼目,却无法沁入心灵。与那种鞑靼文化相比,南京的汉人文化不是正成对照吗?正如南船北马,北方大鼓、南方琵琶之类的俗语所言,南方所有的是更加民众的、洗炼的、敏慧的文化。他们尊重理性。虽乏毅力,却更富天分。因此,古扫叶楼和曾公阁的趣味正是南方人的,闪烁着这种天分之光的趣味。

——金子光晴《古都南京》

金陵书坊的隆盛时期在明代,特别是从万历到明

---

① 原文如此,应为"洲"。下同。

末,其余势一直延续至朱明王朝完全覆灭。

现在的南京书肆,分新旧两种,大致集中于两处。旧书肆多以夫子庙为中心,状元境一带几乎鳞次栉比,庙中也有零散书摊。新书肆则分散在花牌楼附近,中央大学前也有。

从夫子庙方面进入,路左有幼海山房杜氏小铺,次有文海山房冯氏,荫华堂傅氏,皆大同小异。聚文堂较小。路右有聚珍书局,售卖唱本,不过悉为洋板①,且似无自家出版书籍。天禄山房刘氏亦小,又有文林书局、萃古山房。次有保文堂李氏、萃文书局朱氏,稍大,时常印行书目。萃文书局虽有少许善本,然皆不及平中书林②。至于两肆中间,路右之集古山房葛氏,则几乎只有零篇碎卷。

折回大街,面向夫子庙方向前行,路右有文苑阁王氏,储书并不多。夫子庙内虽有许多书摊,但皆为杂书,不及北平小市远矣。

---

① 洋板:当时版本学界将与传统木刻本相对的,采用西方技术的石印、铅印本称为洋板。
② 平中书林:当时的北平旧书市场。

新书肆多集于花牌楼附近。自中山路入,路右有南京书店、共和武学书局、中华书局,左有中南书店。此外,路右复有国学图书社,售卖零散书籍及旧杂志。路左尚有共和书局、中国图书局及小肆三家,还可看到南洋图书局。路右之中央书局、上海文化书局、商务印书馆,路左之世界书局、有正书局、益雅书局。以上皆或为上海书局分局,或为出售上海出版书籍之小铺。稍行一段,路左有南方图书局,路右有金陵图书局。再往前行,有庆福书局与存古书局两间小旧书肆。

除以上提及之外,状元境内尚有旧书肆。秦状元境内有状元阁李光明书庄,但未能前往。此次一览南京书肆,烦劳上海商务印书馆黄警顽氏及南京分馆王华亭氏为向导,不过因雨而不得不有所割爱。

长久以来,作为古书集散地,北京一直居全国之冠,而出版中心近来则完全移至沪上。首都南迁曾被认为会带来南京书肆之繁荣,然而实际情况全非如此。前清中后期的珍稀小册子在北平不时可以见到,而南京书店总体而言在这方面无法与平中相提并论。新书在北平有一些出版,而在南京则除南京书店以外几乎没有出版书肆,且其经营出版事业还是南北统一以前之事。此外还有一些出版书肆,最近不过出版些军用书籍之类。倒是李光明等在继续重印线装本的工作,使江南、江楚编译、淮南三书局的木板本得以印刷,比较特别的是金陵刻经处的佛书印刷。由书肆制作的出版物乏善可观,就新都的书业而言真是非常萧条。

——长泽规矩也《中华民国书林一瞥·南京的书铺》

南京既不像北京那样街道整备,也没有上海那种家屋栉比、溢出郊外的繁华。城墙之大虽仅次于北京,城内却不乏空空荡荡的空地和菜地之类。

城墙据说周围三十余公里,高十三至二十五米,宽七至十三米,十分雄壮。因此次事变①之故而令我们也熟悉起来的中山门、光华门、中华门,构成了所谓连接外部的隧道式通路。城内十分广阔,商馆、人家密集的地方大概占总面积的四分之一左右。

因此,这种格局对于都市计划而言是再好不过了。

---

① 此次事变:即1937年以卢沟桥事变为导火索而开始的中日全面战争,因为当时双方并未正式宣战,所以日本方面称之为"事变"。

这一点与新京①相似。即便如此，蒋介石决定以此地为首都之后，制定南京的都市计划也是下了相当大的决心。其中一例是道路。例如中山路是从我们熟悉的中山门一直向西笔直延伸，直到被称为交通环岛的金融中心地带，之后又笔直向北，从鼓楼再折向西北方向，过挹江门至下关，长数十公里，宽八米，规模相当之大。

南京没有电车。正因为这样，道路十分平坦，距离也令人觉得比实际长度要长。海军司令部、兵工署、外交部、工商部、大陆银行、交通银行、国货银行等沿中山路分布。

我们上个月十一日夜到达南京时，也是穿过这条中山路到交通环岛的。

上海、南京之间本来只有一趟汽车，一天内往返一次。四月十日开始，除汽车外，又开通了一辆联结着货车的客运火车。那是连窗玻璃也没有的支那三等客车，环境十分恶劣。乘客挤得满满当当的，自上海出发，大约十二小时后，晚八点到达下关站。

---

① 新京：今吉林省长春市。当时日本支持的傀儡政权伪满洲国（1932—1945）的首都。

车站的电灯光微弱幽暗。在那幽暗的灯光中,向佩剑的士兵问明了巴士站的位置,浑身大汗地扛着行李,总算赶上了发车的时间。这是兴中公司的巴士,只有两辆,而且再往后就一辆也没有了。在几乎令人窒息的拥挤中,我们暂时松了一口气。

巴士司机是日本人,售票员则是年轻的支那女人。日语相当流利。在一片拥挤中灵巧地卖着车票。道路上几乎没有路灯,说一片漆黑也不为过。刚出下关站,巴士转弯时,就看见大约有二三百辆汽车的凄惨的残骸,曝露在头灯的灯光下。那是南京守军自己浇上汽油烧毁的,或仰面朝天,或叠压,或横卧,幽黑死寂。

女售票员在鼓楼下了车,没有再回来。车子开动了。乘客中一人说道:"真精啊,两个人一起走着呢。""丈夫正等着吧。"另一人开口道。这样一来,大家的紧张心情多少缓解了一些。

道路平坦而黑暗。巴士在交通环岛停下。道路在这里向四方分岔,大银行林立,周围仅有几处亮着灯,没有月亮,所以初来乍到者多半会不知所措。去福田馆询问,答曰客满。又去宪兵队那边问,回答说所有的旅馆都已客满,多一个人也容不下了。本来南京现在的旅馆只有福田馆和宝来馆两家而已。宪兵队的人说:"已经给兵站司令部打了电话,请去那边看看。"于是在月光下步行至司令部,拿着写着"8号室"的纸条找到了兵站宿舍。就着咸鲑鱼和福神渍①扒了几口饭,因为太过疲劳,裹着土黄色毛毯②便酣然大睡。

现在的南京,日落后一辆车子也没有,汽车也是除军用车以外一辆也没有,夜仿佛已死去一般。

饭馆和咖啡馆之类在太平路附近有五六间,一到晚上也就早早关了门。像上海、北平、天津那样,一直营业到夜里两点的繁华之景这里是没有的。因此,既看不到散步的人,深夜也听不到醉鬼的声音。过了十点大街上还清醒着的,唯有把守各要处的军队和沟渠中倒映着的月亮,能够悠闲漫步的则只有鬼气而已。

在这样静寂的夜里,可以听到飞机的轰鸣声。不过那并非敌机,而是日本的飞机,所以无须担心。红宝石

---

① 福神渍:日本什锦酱菜。将萝卜、茄子、瓜、刀豆、紫苏、藕、香菇等七种原料切碎,用甜料酒、酱油醃渍后煮干而成,因以七种原料菜比作日本传说中的七位福神而得名,1885年创制于东京。
② 土黄色:此处特指当时日本陆军军服色。

般的灯刺破青黑色的夜空飞过。

说到飞机,南京有两个机场:城内的国际机场和城外的军用机场。白天,皇军的飞机不断地编队飞行着。

从中华门,从中山门,从玄武湖,我们怀着十分依赖的感情眺望着天上的飞机。

去了中华门、光华门和中山门这几个城门。从中山路到中华门的道路是旧式的支那商业区,现在也相当拥挤,复兴的迹象颇为显著。街头烟铺、米店、饭馆排成一排。但同样从中山路到光华门的路上,右侧可一眼望到国际机场的空地,道路近旁,车前草、酸模之类日本乡间可见的杂草繁茂地生长着。

城门附近,莫说尸体,就连一根骨头也见不到,然而从地底涌上来的臭气十分难闻。

城门中有"故陆军步兵伊藤中佐英灵"的白色墓牌,灵前奉着草花。我们也在灵前默礼片刻。

——草野心平《支那点点·南京瞥见》

历史急转弯之后的

空荡荡的空洞。

刺刀与

鬼气与

满天的星野与

崩毁的砖块上,墙灰以倒下时的姿态沉睡着。

星之座上黑翼闪烁

两颗红宝石

大声吼叫着流逝

着。

又

赤血之蔷薇哟,

去装饰历史的胸膛。

——草野心平《支那点点·于南京》

标本收集

在南京期间,对白昼劳累了一天的吾等而言,解除疲劳之法就是薄暮时分自研究院返回途中,到新街巷至莫愁路的难民区内,逛黑市古董店。南京各博物馆研究室为难民所劫掠,那些疑似赃物的古董便被拿到黑市进行买卖。吾等所望者,便是以低廉价格买下这些标本,以为研究资料。所幸正如吾等所愿。收获最丰富者为汉代瓦当,汉代明器类也颇多,殷墟出土之物、唐代陶俑、宋瓷类等也收集了一些。共装啤酒箱十数个,作为土特产带回研究室。

——松本信广《江南踏查》

山泽第三

扬子江

十九日,观燕子矶之胜。赖农商务、三井四君为向导,自北极阁下,折向北,沿城墙行良久,一路硗确,马行最难。自得胜门出,径至幕府山下,过二三聚落,出观音门。观音门在南京外郭最北端,据爽塏而设门,门外即为陡坡,直下,大江支流忽焉而现,眼界遽然为之一开。有一小市,即观音港口,喧闹殊甚。临江小丘即所谓燕子矶者。有碑,刻康熙帝所书此地名三字。矶与大江干流间有七里洲相隔,故壮大之势略感不足。于陆上,则自观音门出,忽接此平衍之景致,可登临放眼。于水上,则严山十二洞之奇,极尽于此。压尾之危矶,直贯江上,是其所以为形胜也。王阮亭诗曰:

岷涛万里望中收，振策危础最上头。

吴楚青苍分极浦，江山平远入新秋。

永嘉南渡人皆尽，建业西风水自流。

洒酒重悲天堑险，浴凫飞燕满汀洲。

颇得其实景，然《金陵志》所谓"翻江石壁，势欲飞动"，当系于江中望之所见，身在矶上则反难领略，甚憾。

下矶，沿江而上。渐行渐远，时时反顾，但见矶之半面，岩石磊砢，左为严山十二洞一带之山，右为大江支流，芦荻丛生，花飞搅天，漫漫若雪，点鞍扑袖，颇有意趣。然路多泥泞，且往往岩石与江水相迫，穿此危径而行。严山十二洞为石灰质山，经多年风雨侵蚀，成自然之洞窟，颇多险怪，而乏苍润之趣。第三洞最大，祠庙嵌于岩间，甚奇。下马试访，洞中有庙，理应有道士守之，然未得见。守庙之叟，其相貌令人疑是乞丐。由此登梯，上岩罅，曲折数十级，暗而复明。上行，至嵌于岩间之庙，复登梯，抵最上之庙。狭窄危险至极，故以此地为灵圣之所在。其余诸洞，往往隐见于祠庙竹树间，点缀景致。至下关，凡二里余，沿途景色，观之不厌。

——内藤湖南《燕山楚水·禹域鸿爪记》

被黄包车摇晃着,在宽阔的扬子江畔急行。

淡黄色的平缓的水波上,坐着红窗户的青灰色大轮船。远处,江水反射的闪烁阳光中,驱逐舰正逐浪而驶。

庄严的扬子江,沉郁的,巨鲨般迟钝的扬子江,像死尸一样翻着肚皮横卧着。一大早就已经给人沉痛之感的扬子江,欠缺鲜明的感情。那是一条让人同时感到白痴般迟钝、黑暗和巨大的河流。我们面对这流域,虽说得以舒展心胸以至于悠久无限,但却并非如日本人所以为的那种观念的、理想意义上的舒展,而是仿佛善、恶、美、丑、悲、喜、时间、无限,所有的一切,都被一下子卷入忘川冲走一般,令人感到一种无情的、黑暗的进化。

已无我家。无国。无规矩。无恋爱之甘甜,亦无血缘之亲密。只是为无而无,为暗而暗,为破灭而破灭,为颓废而颓废……正是在那样的地方,才有名为支那的一条大河。扬子江是支那的大静脉,是从支那人的脑浆而来,是流淌着脑浆的无数的血流。

而被这流域养育而成的南京,也置身那匆匆兴亡事之外,超越于忽焉而过的一瞬的悲伤,也超越于一瞬之上。这是一种哲理,舍此无他。——这是踏遍支那全部土地后所感到的……如果让我形容的话,我想说,日本的自然是感伤的,人情味的,与之相对,支那的自然是哲学的,虚无的。

——金子光晴《古都南京(1)》

我们向清凉山方向行驶。途中景色,好似村野风光,十分美丽。在山脚茶店前下了马车,通往山半腰佛寺的坡道两旁有美丽的竹林,绕到寺后面,继续向山顶而行。

到了山顶,四面皆可望见。南京市街尽收眼底。相反方向的莫愁湖闪着铅灰色的光,再往远处可以看到大河。是扬子江。江那边高耸的山脉连绵。溯江而行的汽船上的烟也看得见。我想象着这江的上游那更加不可思议的梦一样的地方。

——村松梢风《魔都·南京》

秦　淮

午后复赖一柳氏为向导,沿秦淮水观文庙。所谓桃叶渡,即为此河曲折处之名。今河中虽系画舫,而岸上青楼,终觉寂寥,不似苏州上海之繁华。文庙近傍若苏州玄妙观,多杂耍小棚,热闹至极,亦似我国浅草公园。归途入书肆、墨帖店等闲览,访因金陵刻经处而闻名之杨仁山氏,交一二语,便已入佛教之论议,言谈渐至佳境之际,有他客至,购书数种,辞而出。日犹高,归学堂。

——内藤湖南《燕山楚水·禹域鸿爪记》

秦 淮

秦始皇巡狩四方之时,至金陵,望有王气,隐隐冲天,遂凿钟山以泄之。据云其遗迹即为秦淮。然观秦淮河之势,却不觉其为人工所为。此事是否属实姑措置不论,仅为一有趣传说而已。唐杜牧之曾泊秦淮,有歌曰:

商女不知亡国怨,隔江犹唱后庭花。

此河虽狭,然至今两岸茶楼依旧鳞次栉比,皆蓄阿娇,画舫压江,任狎客往来游玩。余游此地时正值冬日,白昼不见阿娇之影,画舫亦空,惟独立桥上,临秦淮河,颂杜牧诗,追忆六朝兴废梦迹。

图 3 秦淮河:据说此为秦始皇泄金陵之气而开凿。远望可见远山如黛,乃钟山。夹河茶楼林立。
(宇野哲人《清国文明记》)

桃叶渡

距夫子庙一町左右上游有桃叶渡,晋王献之赠爱姬桃叶之歌曰:

> 桃叶复桃叶,渡江不用楫,
> 但渡无所苦,我自迎接汝。

读此歌可知渡名缘起。此处为秦淮一支流,宽约三四间,确是一跃可渡。风流之人王献之,自舣画舫迎佳人,真多情也。《府志》言桃叶渡在古建康之北,大江之中。然江北芦荻之间,实非佳人桃叶居所。桃叶、秦淮,皆与金陵相适之处。乌衣巷、朱雀桥,皆语江南六朝之荣华。然乌衣巷、朱雀桥之遗迹今已无处可访。

——宇野哲人《清国文明记·南京的名胜》

我在旅馆的西式房间里,叼着焦糊味的烟卷,写下昨日粗粗游览的秦淮景色。这是日本人经营的旅馆,室内一隅立着俗艳的油漆山水屏风,令我十分烦恼。此外,使用了劣质黄油的烤面包还在我的胃里堵得难受。我多少带着些乡愁奋笔疾书。

"过秦淮夫子庙。其时已是薄暮,大门紧锁,不许人入。门前有一年老说书先生。被众多闲人所围,说三国志之类。掌中之扇子,舌头之谐谑,与日本之'辻讲释'①相仿佛。

"从桥上眺望,秦淮不过一平淡无奇之水沟。宽度约与本所之竖川②相当。两岸人家鳞次栉比,据云为饭店妓馆之类。屋舍间的空地可见新树之梢。三四无人之画舫,系于暮霭之中。古人云:'烟笼寒水月笼沙。'这般风景已不可见。今日之秦淮实乃俗臭纷纷之柳桥③。

"于水畔饭馆吃晚饭。虽为一流饭馆,然室内却并不干净。雕菊木漆柱,散乱着西瓜子的地板,拙劣的水墨四君子④画轴——说到底,今日的支那饭馆,实是一个除味觉以外什么也满足不了的地方吧。所食为八宝饭,佳。连小费两人共三元二十钱。用餐时邻室传来胡琴之音,歌声随之而来。昔时一曲后庭花,能使诗人愁杀。

---

① 辻讲释:日本旧时的街头说书人,在路旁搭小棚或露天讲述古代传说、战争故事等,以此向过往听众收取费用。
② 竖川:位于今日本东京都墨田区,向南注入隅田川的一条河。
③ 柳桥:位于今日本东京都台东区南部。临隅田川和神田川,曾为江户时代著名的花柳街。
④ 四君子:指兰、梅、竹、菊。古人以喻君子的高洁品格。

然而今日的东方游子却并不多恨,而是和大嚼着青黑色鸡蛋①、带着微醺的导游,商量了一番明日的安排。

"从饭馆出来时已入夜。家家户户的电灯光照着载着妓女的人力车。宛如行走在代地②河岸一般。然而,一位姝丽也不见。我怀疑,《秦淮画舫录》③中的美人,名实相符者能有几位? 至于《桃花扇传奇》中的香君,不用说这秦淮妓家,只怕是遍历四百余州,也未必能遇上一人吧……"

——芥川龙之介《江南游记·南京(中)》

复入故宫内,路向左转,复向右拐,曲折穿过垂柳间,到达秦淮河畔之夫子庙。此处之喧闹繁华堪比东京浅草观音前④。商贩、饮食店、戏棚子等等肩摩毂击,正是支那人所谓"谨防扒手"之地。

---

① 青黑色鸡蛋:此处似当指皮蛋。
② 代地:今日本东京都台东区藏前隅田川畔一带的旧称。
③ 《秦淮画舫录》:记录清代南京秦淮佳丽、风月轶事的文人笔记,嘉庆年间成书。作者捧花生,自云系效仿余怀《板桥杂记》体例,"以丽品为主,雅游轶事因以错综其间"。
④ 浅草观音:浅草位于今日本东京都台东区东部,以浅草寺为中心,聚集各类商铺和大众娱乐活动,浅草观音即浅草寺之通称。

秦淮乃秦始皇掘地以通淮水之处,位于城内最繁华的三山街之东。正如杜牧诗云:

烟笼寒水月笼砂①,夜泊秦淮近酒家。

商女不知亡国恨,隔江犹唱后庭花。

酒家妓楼夹路,沿河畔林立。无情的商女不知亡国之恨,唱着后庭花,寒水明月,诗人伤情,慨然叹息。"以一日清游足以慰旅情",此等前辈之言却与今日不相适宜。河岸边泊画舫无数,婀娜之支那美人正在揽客。画舫为支那常见之物,凡有风景可赏之处大抵皆有。船浮河上,中有美人,歌舞风流。南京乃水都,沟河众多。秦淮自古尤为著名,画舫亦多,其装饰之美丽,令人想起我国锦绘②中所见平安时代③之龙头鹢首船④。初,余等本欲乘之,以试一日之清游,但因拥挤不洁,河水混浊,殆非

---

① 原文如此。
② 锦绘:日本套色浮世绘版画,1765年由画师铃木春信等创出,以色彩丰富,鲜艳似锦而得名。
③ 平安时代:日本历史上自794年桓武天皇定都平安(即今京都)至1192年镰仓幕府成立之间的时代。
④ 龙头鹢首船:鹢,古书上记载的似鹭的水鸟。龙头鹢首船是船头雕刻龙头、鹢鸟头的华丽游船,为当时皇室贵族所乘。

清游之所而作罢。此时,南京美人们正于画舫中向众游客目送秋波,莺声娇啭,喧嚷不已。

河畔有夫子庙,自然为奉祀孔子以下众贤哲之处,然已荒废,更无昔日之景观。牌楼高大,有"德同天地"匾额,与茶馆(饮食店)喧嚣之人群正相反对。又有"道通乾坤"匾额与庙前河畔之地摊相照应,成一种讽刺。因昼寝而被孔子责骂的宰我①也于此处享祀,而河上画舫中之美人才子,则昼寝夜宴一任自由,不为古今之有趣对照乎?

——早坂义雄《在混乱的支那旅行·南京今昔》

我们在秦淮的入口处下了马车。那里有一条看起来像是经过了市区改建后的宽广街道,一侧还残留着空地,另一侧老饭馆林立。新建的粗糙的茶馆楼上楼下都挤满了客人,歌女在里面合着吵闹的胡琴唱着歌。电影院也有。街道上非常杂闹。

我们在人们好奇的目光包围下悠闲地走着。

---

① 典出《论语·公冶长》:"宰予昼寝。子曰:朽木不可雕也,粪土之墙不可圬也。于予与何诛?"

"日本人？支那人？"

这样窃窃私语着，一个接一个地跟上来，偷偷窥视我们的脸。大路上的地摊在售卖玩具。Y子买了十多个一个钱一个的泥娃娃。空地上搭着杂耍的小屋。画着大蛇的招牌底下，黑脸的男人张着嘴大声吆喝着。廉价的食品店鳞次栉比。生意人模样的女人拿腔作势地走着。

稍稍进入大道的地方伫立着一栋巨大的三层门楼。正面悬着"明远楼"三字匾额。那里便是著名的贡院。给守门人二十个钱就开门让我们进去了。数条石道通向正面的大堂，道两侧，许多墙壁上写着《千字文》的细长建筑平行排列着，高约一间，每四尺隔开一间，切分出无数小间。所有考生一个一个进入这些隔间，直到考试结束才能出来。

正面大堂称为至公堂。至公堂背后还有一栋叫衡鉴堂的建筑。三座建筑中间有个看起来很深的池子，上面架着一座桥，叫飞虹桥。回廊围绕的庭院中，丈高的野草蓬勃生长着。

从贡院出来回到先前的大道上，只见一幅招牌，上书"江宁省会济良公所"。便向斤伯先生询问："这是做什么的机关?"

"这是卖淫妇救济所。收容那些想要从良的卖淫妇,传授她们各种职业技能,甚至还可以介绍给人做媳妇的。请看,这里列出了新娘候选人名单。"

斤伯先生这么说着将我们带到公所入口处,果然列着几位新娘候选人的名字,写着如下情况:

所女陈涂英 现年二十四岁 江西人
所女俞涟媚 现年二十一岁 安徽人

旁边的陈列架上摆着手工品,每一个都附有标签,写着上面那几位的名字。

"真成了商品呢,讨厌。"Y子因为是女性,对此表示反感。

"这样简单省事,不是很好吗?不像救世军①那样以恩人自居。我赞成这种方法。别的且不说,首先这种在路旁公告天下以求良缘的做法很大众化,我喜欢。"

"喜欢的话就去申请一个啊。"

---

① 救世军:基督教新教的一派。1865 年由英国卫理公会牧师布斯创立,1898 年编为军队式组织,从事传教和社会事业。

想要老婆的男人应该去南京。

来到孔子庙前。那里临河。河中泊着许多画舫。对岸不知是什么宅邸的长长的白墙倒映在红色的浊水中。据说东岳庙祭典正在进行,前方有神舆通过,所以十分拥挤喧闹,连走也走不动。

孔子庙的正门是一栋有三个屋顶的非常古老的建筑,看上去没有经过修缮,油漆剥落,破损严重。门前广场的角落里一个说书先生正站在高处说书,周围放着几张像鸟架子似的木凳,二三十位客人舒舒服服地晒着太阳,听着。说书先生是六十岁模样的老爷爷,穿着浅青色的道服,戴着大大的黑边眼镜,白须垂到胸前。一手拿着黑扇子轻轻扇着,滔滔不绝地讲着。听众不时发出笑声。

"说的是什么?"

"看样子似乎是在说三国。"

我们参观完庙内后,返回到来时的方向。斤伯先生将我们引进了一家叫"长松号"的饭馆,在最里面的临河房间里用了晚餐。隔壁的客人叫来了歌妓,照例又弹起胡琴,用细细的声音唱着歌。

从饭馆里出来时天色已经微暗。来到河岸边,几艘画舫泊在那里。斤伯先生和船夫开始谈价钱,谈着谈着双方的声音变得非常激烈。"怎么回事?"我担心地问道。

"没什么,我问多少钱可以出一次船,说要三圆。哪有这样漫天要价的?所以我现在正在还价。"

斤伯先生眯眯笑着说道。我虽然觉得三圆已经非常便宜,不过适才在水果店买樱桃时,对方开价五十钱,斤伯先生还到三十钱,水果店老板咬牙切齿地生起气来。我想这样生气肯定不卖了吧,不料结果以三十五钱成交。店主收了钱马上笑逐颜开,一遍又一遍地点头说"谢谢。"有了那次的经历,这次我们便默默地看着,眼看谈判结束,斤伯先生说:

"来,上船吧。"

"船费多少呢?"

"还到了八十钱。"

我吃惊得说不出话来。这也太便宜了吧。我们所乘的船虽说算是小型,可也有约五间长。船内到处都是杂乱的装饰,虽然没有日本过去屋根船①那般的潇洒风

---

① 屋根船:日本的一种带有简朴小篷的船。

情,但以设备的完善程度而论,却绝非屋根船可比。中央天花板上开了窗户,桌椅配备相当齐全,甚至还放了一张紫檀床,垂着玻璃吊灯。

船夫共三人。船向上游航行,河面很窄,两岸石墙高高筑起。画舫和小舟紧紧挨着,一点空隙也没有。家家饭馆临河而建,四周胡琴的声音在水面上流淌。

"等到了夏天,这里会很热闹,现在还比较闲。"

斤伯先生说道。虽说是淡季,载客的画舫还是络绎不绝。每一条船上都设有酒宴,还有的请来艺妓唱歌。

对岸出现一位美丽的年轻艺妓,快步走下水边石阶,向在那里等候的小舟的船夫边说着什么,边轻盈地跳上了船。船夫立刻举棹,朝着和我们相反的方向起劲地划了起来。

"是去赴宴。"斤伯先生目送那船远去,说道。

不知不觉夜已降临。水上变得一片漆黑。船一直向着上游行驶。途中遇到的画舫全都载着众多男女,热热闹闹地打着麻将。

可以听见咔嚓咔嚓的麻将牌声。桌子上堆积着大大小小的银币。还有的在船尾辟出一块地方做厨房,一门心思起劲儿地做着菜。

我们围着船头圆桌,吃着樱桃,喝着饮料,闲谈着。我和Y子昨天在火车上几乎没怎么睡,所以今天非常疲倦。一坐到藤椅上,不知不觉就被睡魔所侵袭。斤伯先生则有些微醺,独自一人精神抖擞。

"我作了一首吟咏南京名胜的鸭绿江节①,唱一个给你们听听吧。"斤伯先生这么说着,用好听的声音唱道:

  南京哟,春日欢欢喜喜采蕨菜,夏夜凉凉爽爽秦淮边,哟嘿,河中画舫数不清哟,胡琴声声醉人情,唉唉。

  骑驴踏野草,孝陵秋意深,哟嘿,隐隐太祖梦,梦痕知几多哟。冬日紫金山,山顶峰上雪,唉唉。

河水远离市街,沿着城墙脚流动。到了城墙中段地方变得明亮起来,传来烧火的噼啪声,黑暗中浮出点点亮光,似乎是炊火。

"那边很亮,是什么呢?"

---

① 鸭绿江节:日本大正时代(1912—1926)流行的一种民谣,最初由朝鲜鸭绿江上的日本木筏工人开始传唱。

"那是乞丐们的栖息地,挖一个大洞,就住在里面。这附近有很多这样的穴居人种,还有一个大洞里住上三十多个人的。"

"既原始又有趣啊。"

"不过,里面也有些相当奢侈的家伙呢。乞丐头目们各有各的地盘,地盘在车站附近的家伙也有住在这附近洞穴里的,他们早晚到各自的地盘'上班'的时候可是坐人力车去的呢,常常从我家门前经过,所以看见过。"

想象着坐在黄包车上的乞丐和任其驱驰的拉车苦力的样子,我们哈哈大笑。不过城墙中的火光不知为何令人觉得神秘。

河风变得有些冷。我们决定让船掉头返回。我不知不觉靠在椅子上睡着了。

——村松梢风《魔都·南京》

桃叶渡

利涉桥在离文德桥东北五六町的地方,同样是跨淮水而建的铁栏木桥。这里据说是晋代王献之驾着画舫迎接爱妾桃叶的遗迹,后来一个叫金云甫的人架了桥,取"利于涉水"之意而命名。

> 桃叶复桃叶,渡江不用楫,
> 但渡无所苦,我自迎接汝。

这是王献之的诗。

> 桃叶映红花,无风自阿娜,
> 春风映何限,感郎独采我。

这是桃叶的诗。多么惹人怜爱的答诗啊,古时真是好啊,我深深地感到。利涉桥旁边有一条从北流过来的小河,与淮水汇合之处就是现在的桃叶渡。谷崎氏说像吉原大门①的是淮清桥。这桥是往钓鱼巷的入口,与桃叶渡近在咫尺。

本来这淮水是汇聚了自东关头流过来的清溪,通过利涉桥,向文德桥流去。不过,现在因为水量大,闸门紧闭,只容从紫金山方向流过来的清溪通过。清溪自北向南流,在东关头与淮水汇合,再折向西,往利涉桥。秦淮

---

① 谷崎氏说像吉原大门:谷崎氏即谷崎润一郎。详见本书《风月》篇所选谷崎润一郎《秦淮之夜》。

画舫之旅大抵自利涉桥乘船至东关头，入清溪，溯水而上至大中桥，再一直划到复成桥附近结束。全程约一哩半。河宽十间至十五间。但是，利涉桥处异常变窄，只有七八间。而且这里因是泊船处，其拥挤情形不可名状。可见支那人喜好复杂装饰的同时，也非常喜好拥挤和喧闹。

水榭水楼

我乘着这样的船从利涉桥畔到了淮水中游。透过挨挨挤挤的船的缝隙，勉强可以看到两岸。首先，从北岸说起，一端是一片叫火巷的区域，皆是平房。无论哪户人家都将地基打在水中，好像是直接将房子建在水上一般，十分亲水。水边必有栏杆。栏杆四角相连，呈喜字形，哑铃状排列。有栏杆内侧装饰着转门的，也有栏杆上装着挑窗的。檐端和楣窗装饰着各种木结构。有的屋顶瓦片竖起好似马鬣，有的厚厚地涂了灰浆，画出纹样。瓦极薄，极多，并排在一起，远远望去好像扫帚扫过后留下的细线。防火墙到处都是，好似四角柱一样将各家各户分隔开。

一户人家呈水榭模样，向水中探出。一户人家的屋顶好似鸟儿张开双翼一般。檐下，穿着桃红色窄袖衫的姑娘，手拿棕榈团扇伫立着。在她身后，穿着黑色蜡染衣服的老婆婆笑着。

一户人家后门口砌了石阶，年轻的总发①女子在低低的石阶上放上湿衣服，频频用洗衣棒敲打着。旁边泊着船。船上，只穿一件衬衫的摩登男子吸着烟。不知发生了什么，浣衣女突然站起，抓过身边的扫帚沾了水向男子甩过去。男子立刻后退闪避，结果旁边蹲着的船夫头上落了好一阵水沫，这下船夫和女人开始大吵。近旁伸出的悬窗里，四五个男女围观着这一幕，笑着。

一户人家的孩子，像在大水过后常常见到的那样，跑到勾栏处戏水。还有从家中伸出钓竿的女孩。十二三岁左右，红头绳系住辫子，一双小脚跑来跑去，像小鼠一般可爱。

---

① 总发：本为日本古代男性发型一种。头留全发（不剃成武士的半月形），梳至后部扎起，端部下垂或梳拢至头后部，使其自然下垂。江户时代学者、医师、山中修行的僧侣等留此种发型。

还有一户人家,大大的客厅可以一眼望穿,客厅里摆了许多桌子,一大堆人一起喝着茶。肥胖的五十岁左右的中年男人站在众人面前不停地说着什么,最后向着河的方向用唱歌的调子扬声高喊。令人疑心是否是悲歌慷慨之人,抑或是狂人。

"那是什么?是发了狂吗?"我向同乘的黄先生问道。

"不是的,那是演戏演得太投入了。贵国不是也有这样的吗?"

对方反问道。原来如此,支那人不拘小节,即便是那个岁数的男人,也会毫无顾忌地像孩子般玩耍。说不定他的儿子孙子正在什么地方看着呢,虽说那样子看起来明明像是穿着棉坎肩的袁世凯一般,仪表堂堂的老爷爷。

——井上红梅《沉浸于支那的人·秦淮画舫录》

据说是《红楼梦》中大观园遗迹的袁随园墓石所在的河畔,若自乌龙潭进入,周边风景虽说非常美丽,但大部分已经荒废,找不到庭院的遗踪。反倒是临清溪的鉴园,小巧雅致,景色殊佳。从秦淮乘画舫入,泛舟至终点处便是。

——井上红梅《中华万华镜·南京的特产》

日久长,月悲伤。时间遥遥飞逝而去。

从挂着"老金陵春"金牌的饭店的扶栏望出去,可以看到白昼无精打采的秦淮河水。秦淮是一条宽不足十间的污秽的河。

其中倒映的不是挂着美丽彩灯的画舫,而是粗木板上涂着的廉价油漆。这不是映照妓女们的璎珞、耳饰的水镜,滞浮其上的是痰汁和菜屑。

即便有梆子的响声,胡笛的音符,也已不再是古雅的、娴熟的遣兴,而完全是庸俗的、粗野的流行歌曲而已。即便叫来歌嫒,也已与娼妓无异。即便有展宣纸、弄诗笔之辈,也是令人嗤笑的模仿。

然而,即便如此,若是将这破败至极的秦淮一口贬低为无聊、肮脏之所,那么我必须回答:"我认为没有比秦淮更让我喜欢的地方了。"

喜欢,这没有理由。如果一定要说的话,只能解释为与我的性情相合。再要说的话,就是因为在南京这个没有足音的世界里,秦淮是最热闹的、最没有足音的地方。而我其实是憎恶足音的人。过去,在伦敦的皮卡迪利大街①,我曾在人群中被推挤着闭上眼睛,被足音的声浪裹着不知去往何处。这两个极端,这两条街,同样的时间被以两样的方式使用着。

足音里有现实。没有足音的世界则是梦。

秦淮的古街还不知道世界的潮流。

像古昔那样活着。仅仅只是,那样地活着。画舫航行的河岸,贡院前的广场,孔子庙的繁华,屋檐下挂满鸟笼的茶馆,《三国志演义》的说书,古董店,青龙刀,用狼牙棒表演的街头武艺,卖古钱币的,穿过人群急急小跑的艺妓,坐轿子的风流才子,热闹的人流也没有足音。只有甜蜜的、温柔的,令人愉悦的佩珂②的响声和锦缎衣衫的窸窣,南京的人民才正是波德莱尔所谓在猫眼里看

---

① 皮卡迪利大街:Piccadilly,伦敦中部从皮卡迪利广场至海德公园东南端,总长1 500米的繁华大街。
② 佩珂:黄黑色玉石的佩饰。

时间的人民①。

啊,于是,我们在南京到处感受到的都是感伤以上的感伤,梦以上的梦。换言之,是因为彻底的虚无而美丽的音调。颓废下去的南京,崩毁下去的南京。噢,那样就好。若是更进一步的话会怎样呢?哪怕移动一块石头,一片瓦都是破坏。

南京毁于人之手就可惜了。愿它毁于自然之手吧。

——金子光晴《古都南京(1)》

有名的秦淮河是条污水沟,舟筏聚集,像是垃圾漂聚在一处,餐馆的屋檐被木桩和柱子支撑着,向着那水面上窥探着。进了挂着"老金陵春"酒牌的一家店。令

---

① 出自法国诗人波德莱尔(Charles Pierre Baudelaire,1821—1867)《巴黎的忧郁》中的《钟表》一章,此章开头写道(译文根据亚丁译本,生活·读书·新知三联出版社 2004 年版):
"中国人从猫的眼睛里看时间。
有一天,一位传教士在南京郊区散步,发现忘记了戴表,就问旁边一个男孩什么时间了。
那天朝之子先是踌躇了一下,接着便改变了主意,回答说:'我这就告诉您。'
过了一小会儿,那孩子出来了。手里抱着一只肥大的狸猫,他就像人们讲的那样,向猫眼里看了看,毫不犹豫地说:'现在还没到正午呢。'"

我吃惊的是这家的主人。半裸体,挺着大肚子,和九江白瓷人偶中常见的布袋和尚①不差分毫的相貌,笑眯眯地招呼着。耳垂长长垂下,肌肤如白玉般美丽。稍矮一些,似乎是主人弟弟的同样奇异的人物现了身,将我们引到临河的座位上。在苏州谈起这事时,听当地人说:"在苏州祭神的时候,会有三四十个这样的布袋和尚列队而行,露出大肚子,脐上还贴着不知是什么咒符的剪成四角形的红纸呢。"像支那这种一任自然的地方,虽说废物和渣滓也不少,但必定也会有极其优秀,或是不同寻常之物。支那的神秘气息,或许也正是出人意料地从这种地方散发出来。白昼收起的画舫看起来全不成样子。廉价的漆色已经剥落,勾栏折断,没有点灯的灯笼也毫无情趣可言,宛如偏僻城郊的理发店一般。然而,那仿佛已忘记了时间般的静寂,春日小雨迷蒙中对岸杨柳的绿意,顶着耳朵模样屋顶的红墙,被屋檐上的大小鸟笼和鸟啼声包围着的茶馆,使人与桥都仿佛消失在空

---

① 布袋和尚:中国唐末禅僧,法号契此。腹大体肥,常背布袋,游走四方化缘,化缘所得食物等皆放入袋中。布袋和尚的形象和传说传入日本后,以其福德圆满之相受到喜爱,后成为本土民间广为信仰的福德之神"七福神"之一。

中的雨雾,这些都是能引动人心的姿态,懒洋洋的、温柔的表情。

傍晚,天空放晴,我走在阳光与灯光交融之时的华美的贡院前的喧嚣中。贡院是举行进士考试的地方,当时的人除了参加这种考试之外别无荣达之路,虽说有年年落第,直到五六十岁、人生的大半时光都在这贡院中度过之人,然而对于过了三四十岁还死抱着没指望的文学不放的我这样的人而言,却是笑不出来的。夜店林立。通往画舫的木板上,眼角染着胭脂,发簪闪闪发亮的少女被男人们搂着。水面上流淌着气息,胡琴和笑声。当时买了秦淮名妓们的诗文集,现在却已不知所踪,令我十分遗憾。

而今,那样的名妓当然是没有了,惟有陋习依然如故。虽说不过是司空见惯的声色之所,可那腐朽之深邃,霉旧之美丽,反而别具魅力。南京政府成立之时,设置了女士官一职。穿着长皮靴,手执皮鞭,英姿飒爽的女士官,带着勤务兵,闯入一间间秦淮娼家,抓住妓女们的纤手拖将出来,强制其停业。妓女们不明何故,哭泣喊叫。虽说一时被强制停了业,却从此没了谋生之途,结果,一味强调理论的进步论未能成功,伴随着南京政府的逐渐稳定,秦淮又恢复如旧。女士官在当时虽也有十分特异的言行,但结果不过是表面工夫。戏棚中的说书老先生依旧朗声,依旧说着《三国》。道路上围着篝火筑起了一道圆形人墙,是淡妆的年轻女子正在表演武术。背后是系着朱缨的大刀、枪、方天戟、棍棒、木槌之类的东西,此外还排列着各种复杂而夸张的道具。每当女子做出华丽的亮相动作时,观众便发出"好!好!"的声音。

——金子光晴《古都南京》

莫愁湖

横过长干里,至刘园。所谓刘者,不知何许人也。亭榭泉石,颇有趣味,园后门立一石,刻"刘公墩"三字,记此为明青田伯刘伯温遗宅。历经五百年星霜,余泽尚能与南京城共存,可谓幸甚。沿城濠西进,都中一片劫后寂寥之色,纵为江南佳丽地,经三十年亦未能恢复,加之孟冬风色萧索至极,似访北京西郊天宁、白云寺观之时,反有望并州之感①。城西南角有赛虹桥,渡之,向北,秦淮之水在西水关处与城濠相合,水波静稳,舟船往来,昔日繁华余韵尚存。稍向西折,至莫愁湖。

湖之南岸有华严庵,胜棋楼与之相联,楼为金陵克复之后,曾文正公热心于胜地保存,欲复原湖景之时所建,公之遗像存焉。庵内有卢莫愁石像。英雄儿女两千秋之套语,至此亦栩栩生色②,行客诗思,油然而动。湖上全景可自楼上揽取。湖周不过数町,比我国不忍池③亦小。虽有植柳相绕,而今摧残之色,弱不堪风,不过徒增物哀而已。然想春光骀荡之时,葱萌凄迷,应是何等美景,令人不胜神往。此处城墙稍曲折,自墙外丘陵落木间可见清凉寺、翠微亭等,一柳氏为吾一一指点,云此

---

① 望并州之感:并州为古州名,在今山西太原一带。此处用唐代诗人刘皂(一说作贾岛)《渡桑干》(一题作"旅次朔方")之典:"客舍并州已十霜,归心日夜忆咸阳。无端更渡桑干水,却望并州是故乡。"

② 内藤湖南《燕山楚水》卷首所收《游清杂诗次野口宁斋见送诗韵》组诗中,吟咏南京风光的一首中便采用了此处提到的"英雄儿女两千秋之套语":"寂寞山川阅兴废,秦淮秋色感难胜。莫愁湖冷疏疏柳,长乐桥荒漠漠塍。儿女英雄千载恨,君王宰相一春灯。"

③ 不忍池:位于今日本东京都台东区上野公园内。始建于1625年,是江户时代以来的游玩胜地,以莲花闻名。

处方为古石头城。

——内藤湖南《燕山楚水·禹域鸿爪记》

莫愁湖在水西门外。因佳人莫愁曾住湖畔,故而得名。松本文学士为向导,两小川、松浦、森四氏及小川夫人同行,共游此地。梁武帝《河中之水歌》曰:

河中之水向东流,洛阳女儿名莫愁。
(中略)十五嫁作卢家妇。

以莫愁为洛阳人。唐沈佺期《古意》云:

卢家少妇郁金堂。

盖咏莫愁之句。韦庄《忆昔诗》云:

南国佳人字莫愁。

以莫愁为南国之人。吴融诗云:

莫愁家住石城西。

《容斋随笔》亦云莫愁为鄂州石城人。① 诸家之说虽不一,然多以莫愁为江南佳丽。或曰莫愁为石城人,非石头城下人。多人混同,终以此处为莫愁住处,以至湖亦负其名。今已不知何者为是,然唐以来莫愁之名多入骚人题咏,此湖为金陵名胜。柳阴池亭,隔水遥对石头城。城上高处为清凉山,稍右方有城楼,即汉西门。湖上多败荷,若值首夏,芙蓉始出水,迎朝阳而清香浮动之时,盖绝妙好景也。莫愁湖畔有华严庵,可小憩煮茗。

——宇野哲人《清国文明记·南京的名胜》

日倾西山,夜幕静临。向南京城远方白亮之芦苇丛荫处望去,便是那早闻其名的莫愁湖。因六朝宋时,绝

---

① 洪迈《容斋三笔·卷十一·两莫愁》:莫愁者,郢州石城人,今郢有莫愁村。画工传其貌,好事者多写寄四远。《唐书·乐志》曰:"《莫愁乐》者,出于《石城乐》,石城有女子名莫愁,善歌谣。"古词曰"莫愁在何处? 莫愁石城西,艇子打两桨,催送莫愁来"者是也。李义山诗曰:"海外徒闻更九州,他生未卜此生休。空传虎旅鸣宵柝,无复鸡人送晓筹。此日六军同驻马,他时七夕笑牵牛。如何四纪为天子,不及卢家有莫愁?"此莫愁者,洛阳人,梁武帝《河中之歌》曰"河中之水向东流,洛阳女儿名莫愁。莫愁十三能织绮,十四采桑南陌头。十五嫁为卢家妇,十六生儿似何侯。卢家兰室桂为梁,中有郁金苏合香。头上金钗十二行,足下丝履五文章。珊瑚挂镜烂生光,平头奴子擎履箱。人生富贵何所望,恨不早嫁东家王"者是也。卢氏之盛如此,所云:"不早嫁东家王",莫详其义。近世周美成乐府《西河》一阕,专咏金陵,所云"莫愁艇子曾系"之语,岂非误指石头城为石城乎?

世佳人莫愁曾居于此,故而得名。有一气派寺庙,名胜棋楼,入口处有竹栅栏两座。此楼昔日为明帝之行在所。太祖与臣下赌棋,若臣胜则赐予莫愁湖。太祖一局而负,抚掌呵呵大笑,将此湖赐予臣下。胜棋楼据云即为当年胜负之遗址。因时已薄暮,只得遗憾割爱。

——早坂义雄《在混乱的支那旅行·南京今昔》

到了莫愁湖。那里有古寺。胜棋楼、曾公阁之类古代建筑蔚为可观。胜棋楼据传曾是诸葛孔明斗棋之处。曾公阁则是为观赏湖景而建。湖水较浅,并不太大。与那边蜿蜒的城墙相望,正对城内的清凉山。无怪乎此处风景会被古人叹赏。自曾公阁下来,只见墙壁上有许多涂鸦之作。检其取中一首可堪诵读的:

亭亭荷叶玉亭亭

晚水莲花分外清

不是一团商女恨

怎能旧泪洒痴情

和尚在卖拓本。为了纪念就买了两三张。乘上马车正准备走,乞丐又来纠缠。扔了铜子,想趁机离开,一个没捡到的女乞丐从后面追来绕到马车旁边大声说着什么。

"五味先生,不好意思,能不能翻译一下这乞丐的话?"

"乞丐的抱怨大都差不多,这家伙说的是这样的,——老爷太太,你们赚了不少吧,给我这可怜的乞丐一个钱消消罪吧。"

"真太让人吃惊了,这样的话以后不给了。"

我们没给钱就驾着马车走了,乞丐挥着竹杖咬牙切齿地在后面骂着。

"这回又说了什么?"

"废物、狗男女,你们今天就去死吧。"

"畜生,可恶的乞丐。"

——村松梢风《魔都·南京》

南京的风韵深致之处,无过于莫愁。那日阳光特别弱,时时有欲雨之意,因此湖上楼阁无人登临,窗台上的灰尘也十分安静。

前庭的湿润的腐土中,新发的芭蕉的卷叶直直地伸着,阴天的浅绿如青瓷般清明。阳光弱弱地射入之时,更增添了一种烁金的壮丽味道。

前庭蓄水的涌泉之后有曾公阁。这阁是面朝莫愁湖的一处胜景。传说,从前曾文公与明太祖赌棋,若胜则拜领此阁。曾公胜,于是得到此阁。

据说直到一两年前,湖中之水还是盈满的,夏日被荷叶所覆盖,拂晓的花信还吸引着大批文人骚客前来。

现在的湖水则几近干涸,惟有青芦深深,处处传来羊儿噗噗的食草声,愈发显得余情深致。

水面反射出微弱的熏银色的光,苍鹭在到处捕食。没有比干涸的湖水更能给人寂寥之感的东西了。崩塌的白壁上有很多关于莫愁湖的题诗。

莫愁,是从前住在这附近的一位十分美丽的女子之名。刻着梁武帝爱慕莫愁的诗篇的石拓本,写着一个"鹤"字的石拓本,以及莫愁的肖像都在楼外的茶店里摆着售卖。

——金子光晴《古都南京(2)》

南京的美,是三百年的荒废之美。埋没于芦荻间的是明代的古瓦。陶瓷制的鸡鸣寺向着琉璃色的空中粉碎、飞散,装点着梧桐的古扫叶楼的建筑……,在城墙上可以恣意俯瞰青芦繁茂的玄武湖的北极阁……,我吃着枣子,喝着茶,悠闲地眺望着城墙的枪眼上方飞过的白翅尖的一群喜鹊。莫愁湖的景致则更为寥落。探出至湖心的二层亭子叫做曾公阁。曾公和明太祖赌棋获胜后,便将这里归为己有,由此而得名。楼阁破败,拾级而上时,只见黄鼠狼四处逃窜。湖面上荷菱连缀,极目所见之处都被碧芦覆盖于一片菁菁中,无数白鹭伫立,看起来像是扎着白色的大头针。

有梁武帝《河中之水》诗碑。是武帝歌咏少女莫愁的一生的诗,莫愁湖的名字也是由此而来。

河中之水向东流　洛阳女儿名莫愁
莫愁十三能织绮　十四采桑南陌头
十五嫁为卢家妇　十六生儿字阿侯
卢家兰室桂为梁　中有郁金苏合香
头上金钗十二行　足下丝履五文章
珊瑚挂镜烂生光　平头奴子擎履箱

人生富贵何所望　恨不早嫁东家王

挚爱此章句的我,曾请人将那诗碑拓本装裱,朝夕观赏。然而,仅仅十年的生活变动之间,此物已不知何时忘在何处了。"神农虞夏忽焉没兮"①这样的话,不是作为虚无主义的学说,而是作为一种切实的感觉紧紧逼身而来。我以为支那式生存方式的根本似乎就在其中。与凝眸目送着现实,并不打算与之相抗衡的土民们的瞳仁相遇,我不禁感到渺茫空漠。吴之孙权也不在。梁之武帝也不在。明之太祖也不在。甚至连思考都显得过于遥远的废墟南京,所有的一切都只剩下过久的凝视后长长的休息。特别是,莫愁这个名字,有着如柳絮般黏绕人心的怀恋。听说,莫愁湖畔自南京成为首都以后便成了公园,成了断发女子与摩登男孩手牵手拍摄纪念照片的地方,变得十分庸俗。北极阁、鸡鸣寺附近也布置了高射炮和伪装炮台,面向城外。

——金子光晴《古都南京》

---

① 神农虞夏忽焉没兮:传为伯夷、叔齐拒食周粟饿死首阳山前所作之歌:"登彼西山兮,采其薇矣。以暴易暴兮,不知其非矣。神农虞夏忽焉没兮,我安适归矣？于嗟徂兮,命乏衰矣。"

玄武湖

　　翌十八日，由三井修业生内田、高木二氏，农商务留学生平冈、杉山二氏相伴，先上鸡笼山，闻此处有陈后主与孔张二嫔所投胭脂井故址，然终未能探得。山有鸡鸣寺，逾墙可望玄武湖。湖远较莫愁为大，中有莲萼洲、新洲等三四洲，败荷残柳，参差高低，亭榭掩映，令人追想六朝之昔。

　　——内藤湖南《燕山楚水·禹域鸿爪记》

　　某日，我去游了玄武湖。出了城门，正准备从堤防直接到湖中小岛，这时，一位十七八岁的男子舣小舟而近，劝我登船。根据我的导游书《儒林外史》记载，庄徵君蒙朝廷赐大观园以为遣性之所，因文中有"园里合抱的老树，梅花、桃、李、芭蕉、桂、菊，四时不断的花"之语①，故而有小说癖的我想要实地踏查一番，所以没有乘舟。可是连我那善良的车夫都说："乘船去那边风景比

---

①　出自《儒林外史》第三十五回"圣天子求贤问道　庄徵君辞爵还家"。

较好",这么说着,那带韭菜味儿的呼吸频频扑面而来。我于是终于在湖边下了车。绕岛一周要三十钱,车夫帮我讲价,还到了二十钱。

割剩的芦苇和污秽的水藻纠缠杂错,船在几乎要搁浅的状态下,在脏乱的水面上行了二三丁远后靠了岸,参观了一座祠堂。再回到船上后,船夫不可思议地又朝来时的方向划了回去。我正想着该不会耍什么鬼把戏吧,果然,那船夫道:"再给十钱的话就可以环岛一周,带你去看好地方。""护摩之灰"①式出现了。以我的语言能力,没法和对方争是论非,只好强压心中的怒气,简单地命令道:"好,转一圈。"岛的对面,湖水深邃澄澈,倒映出紫金山的影子,东西走向的古典城墙上,鸡鸣寺和北极阁如龙宫般浮出。连捕鱼小舟的影子也不见,厚重的沉静包裹着我们这一叶扁舟,默默操棹的少年的身姿也早就从"护摩之灰"变为诗画中的点景人物。我想一直这样待下去。可少年的脑中似乎只是想着,已经狠敲了一

---

① 护摩之灰:护摩,佛教密宗修行法之一,以不动明王和爱染明王为本尊,设护摩坛,焚烧护摩木祈愿消灾降福。"护摩之灰"为日本俗语,指打扮成僧人,口称"弘法大师的护摩之灰"而强行推销之人。

笔竹杠,十个钱也要到了,接下来就是早点靠岸好拿报酬,除此欲求之外别无他物。他飞快地将船划回之前的岸边。我跳上岸,塞给少年二十个钱。"再给十个钱……带你去对面。"对于这样的请求,我用日语骂着"蠢货",跳上了车。少年并不追赶,只是苦笑。在场的几位岛民模样的妇人也都笑了。我不觉也因自己战术的成功而微笑。那懂得放弃的"护摩之灰"的天真也令我觉得可爱起来。

据参加过日俄战争的人说,准备处死支那间谍之时,他们都哭叫乞命,然而到了临刑之时,一旦死心断念,便会宛如他人之事般,满不在乎地赴死。"放弃"实在是支那人千古以来所继承的,在天然、人为两重压迫中锻炼而成的支那之魂。上古时代,由北向南发展而来的汉族,出于自卫而对抗自然之威力,持续不懈地努力。这生之执着便发展成现世实用的儒教思想,知不可抗而服从之的生之放弃则演化为虚无恬淡的老庄思想。他们的贪婪的讨价还价、勒索,这些全都是"儒"祸。懂得放弃的恬淡则是"道"福。

雨花台的少男少女哟,你们是善良的。玄武湖的少年哟,你也是善良的。谎报价格,勒索小费作酒钱,我知道这些事以你们的道德观看来,是算不上什么恶事的,即便谎报价格不成,即便勒索小费不成,却依旧能嘻嘻破颜而笑,在这笑容中我可以看见你们的善良。在这一意义上,我接受全支那国民天真无邪的讨价还价。

——青木正儿《江南春·南京情调》

玄武湖是相当大的湖。柳树已全都变绿,湖中有麟洲、趾洲、老洲、长洲等岛,庙和塔的影子倒映在波澜不兴的静稳湖面上。东岸连接紫金山麓,水很浅,各色藻类生长旺盛,大概是鲤鱼之类的鱼靠近水边游着。

南朝四百八十寺

多少楼台烟雨中

虽然不是古诗中的那种雨景,但也遇到了些烟雨。多少也有了些往昔的气氛吧。

——草野心平《支那点点·南京瞥见》

宫阙第四

渡照心桥,自西华门至内城。内城为明故宫所在,今为八旗驻防之所。发贼乱后,极尽荒废,颓垣不修,御沟空流。入西安门,其右可见午门,门大半堵塞,仅存内五龙桥。故宫遗址仅存左宗棠所移建之方孝孺祠庙。入祠,拜孝孺、铁铉以下靖难之役忠义诸木主,观孝孺血石。离此,自东安门出,当故宫遗址之北,内外城之间,可见覆舟山。

——内藤湖南《燕山楚水·禹域鸿爪记》

南京城之东,横穿满城,过满洲将军衙门,附近一带陇圃间残础累累。其东即明之紫禁城,俗称故宫。周围城墙环绕,约六里半。南有午门,北有后载门。东曰东安门,西曰西安门。城墙一任崩坏。午门正面有三门,左右各一门。壁上础石依然,足供人追思当年之壮丽。

图4 明故宫遗址：明故宫之南门即午门。高楼已失，城墙亦半坏，然亦足追想当年之壮丽。

(宇野哲人《清国文明记》)

入门即为五龙桥,桥北有方文忠公祠,祀方正学先生。祠中有八角堂,藏血迹石四块。方正学先生义不屈于燕王,终守其正,最后血流之时,其血染石,千载之下仍殷殷可见。堂中有光绪十年左宗棠所建之明靖难忠臣血迹碑记。其文曰:此石原在故宫殿之阶西,没于茅草间,后集于此堂中。石长四尺,宽五尺,最大处宽八尺许。其表有黑红斑纹,宛如血流。故俗传为血迹之说。其愚虽似可笑,然其仰方正学先生之义烈,欲传其遗迹于千载后之情则可悯。脚踏当年金殿玉楼之础而行,自紫禁城中央稍稍偏西处,有梳妆台遗址。乃当年三千宫女朝夕梳云鬓、画蛾眉之处,而今则已没于离离荒草间矣。昔之宫女洗玉肌之处,今则为猪圈。

——宇野哲人《清国文明记·南京的名胜》

二十六日　晴　南京

与菅野氏及俞氏乘马车先访明故宫,观宫前五龙门遗址,想昔日之壮丽。观古物陈列所,系革命后所建之粗拙洋风建筑,楼上楼下陈列遗址中出土之石器、瓦砖、石碑、墓志、井栏、汉晋时代砖等,拓本类别室陈列。陈列品多为明以后之物,虽无特别值得注意之处,但于南京附近金石拓本类多有收集,以及汉、吴、晋时代砖数十种,惹人兴味。

——关野贞《关野贞日记》

明故宫位于市之东部,有东西南北四门,与外部相通。自西门入,多田地,中有础石、砖瓦等,颓败至极,一任荒凉。曾经周围六里之城墙,几百年春花秋雨后,如今则形影凄凉。"国亡山河依然在",纵是十分冷静之人,亦不能不多少动些哀愁。留存者仅五龙桥、冷宫、血碑亭而已。五龙桥为五座石桥平行构架而成,石桥皆由长方形宽阔石板铺就。其正中石桥为皇帝所用。渡过此桥,上石阶而行,尽头处乃名为冷宫之古宫殿遗迹,今为古物陈列所。其中,古碑、金石、瓦砖、古镜、人像等遗物冷冷然陈列于阶上阶下。又有明太祖画像,下颚突出似猿,比秀吉①更甚。或许所谓英雄相,便是如此这般

---

① 秀吉:日本战国时期著名武将丰臣秀吉(1537—1598),官至太政大臣。据传相貌似猿猴,故作者做此联想。

吧。最引人注目处为血痕石。此为燕王命方孝儒[①]草诏时,孝儒投笔于地,且泣且骂:"死即死耳,诏不能草。"成祖怒曰:"不顾汝九族乎?"孝儒曰:"虽十族奈我如何?"成祖乃将其宗族尽数捕来,杀八百四十七人,遂灭其九族。最后磔孝儒,以刀剜其口至耳,行刑七日乃死。其血流至此石上,至今尚留有焦状斑纹。欲传孝儒之义烈于千载之下,以鼓舞后世志士之意不言而喻。

——早坂义雄《在混乱的支那旅行·南京今昔》

重新坐上马车。道路左弯右折,终于来到一个叫满洲宅地的地方。这里以前是满洲旗人宅邸所在,现在则成了农田,从这里再走一阵就到了明朝的宫殿遗址。遗址上砖、瓦、卵石到处散乱着。砖门仅残留一小部分,荒废殆尽,无法令人追想当年模样。

有三个人在大概是内护城河的河沟里钓鱼。对面的草地上,水牛在幽闲地独自游嬉。

"据说长发贼之乱时全被烧毁了。"斤伯先生说道。

---

① 原文如此,应为"孺"之误,下同。

马车向着城墙方向在田间行驶。走到城门附近,简陋的民宅凌乱地挤在一起。理发店、铁匠铺、饭馆……贫困相的邋遢男女,饥饿的孩子,油炸的声音,成群的苍蝇——令人感觉这真是一个悲惨可怜的世界。

——村松梢风《魔都·南京》

过去,大南京城东部内侧,曾有长二千五百米,宽一千七百一十五米的长方形城墙,其中还有一段纵横七百五十米的城墙。城墙四面有六个大门和其他小门。门上有楼。楼上覆有黄色琉璃瓦。越进入中心,宫殿越加密集。称作殿的,以龙为主要装饰;称作宫的,以凤为主要装饰。从上梁到垂脊,都由黄碧交织的美丽浮纹琉璃瓦所组成。我曾经见过朱漆底金云盘龙的圆柱,不计其数地整整齐齐地矗立着,燎梁和飞梁相交织,造型十分美观。拱门之上,五彩的花卉间,珍异的鸟兽和奇怪的仙人,金碧灿烂,跃跃欲狂。雕刻极为精细,凹雕中有浮雕。色彩无处不在,质朴中现出繁华。

长而整齐的铺路石连着低低的石阶,登上石栏围成的坛。坛上一面是石板,也就是宫殿的前庭。宫殿也被石栏所围，上面可见牡丹花、海石榴花，嵌玛瑙、嵌玻璃的石刻。我置身此处，简直觉得华丽眩目到睁不开眼。因为装饰太过繁复，结果看了什么竟完全忘却了。只觉得南京城的东部全变成了黄色的陶瓷器。这陶瓷器据说是天帝的玩具，显得庄严华丽自是理所应当，然而却是那个叫做朱元璋的暴发户、土匪老大修建给自己的住所。就是那像猩猩一样，下巴很长的明太祖。太祖住在这样的宅子里，曾叹息道：

"乃公之失大矣。此宫殿居之颇不易。本为填平湖而成，故夏热冬寒。见宫女、宦官之中多有患脚气、风湿病者，亦可知地理皆误。此事虽小，然细观南京之地理，首昂而中凹，形如擂钵之底，要害处之恶，显而易见。当筑成之时，乃公已知其误，然事到如今，更行迁都之事，已不可为。此乃祸及子孙之大错。乃公不意为史所拘，过信古时孔明先生之言。今之势已与孙权之时不同也。"

——井上红梅《中华万华镜·明太祖之悔》

陶瓷试验所附近有古物保存所。沿故宫飞机场，经导淮委员会、蒙藏委员会等处门前，进入中山东路大道，

图 5 古物保存所
(松本信广《江南踏查》)

右转往中山门方向,面朝右侧道路处即为保存所所在。附近昔年曾为明太祖营建宫殿处。据说古时此处原有燕雀湖,太祖填埋之,于其上修造宫殿。然而,今日已几乎全不见当时痕迹。唯有秦淮河畔半毁之西华门,向飞机场北面少行可见之西长安门,与其相对之东长安门,以及此两门中间面南之午朝门尚留存。自午朝门外向正南方可望见古洪武门,即光华门。东长安门、午朝门皆已修缮一新,唯独西华门仍保留旧貌。然而,此并非定为明太祖时所建,只是有助于了解古故宫之规模。吾等一行造访古物保存所之际,恰逢××部队兵士正监督战俘拆毁西长安门。听说似乎是因此门的存在会导致恶性气流产生,影响道格拉斯机降落,故将之拆去,用其砖填埋附近沟渠,以扩建飞机场。于是,吾等赶紧起草请愿书,请求将西长安门作为史迹保存,以求各方谅解。结果,拆除中的西长安门到底踪影全无。不过,据说原计划中还包含将东长安门、午朝门二门及古物保存所建筑也一并拆除,以填埋沟渠,将这一带夷为平地,这一方案倒是暂时中止了。如此一来,至少今日仍可追怀明故宫当年之规模。午朝门外有外五龙桥,门内有内五龙桥。此处古时为前庭,桥使用有红色血管状条痕的大理石石材。昔时附近草丛中因有同质地之石础,上有似血痕之处,当地人传为方孝孺之血石,乃至左宗棠有在此立碑之举。方孝孺为明朝忠臣,曾为二代惠文帝侍讲。帝之叔父燕王自北京起兵,陷南京,篡夺帝位之时,命孝孺草登基诏书。孝孺投笔恸哭,论顺逆,大骂燕王。触王之逆鳞,处磔刑[①],一族数百人及门生约八百人皆殉之。传说附会孝孺当时咬舌而死,血流至宫殿前阶石之上,其痕至今犹存。此种巨石有四块横置于奉天殿址荒草间,光绪七年左宗棠任两江总督时,立殉难忠臣祠,移石至旁,建亭覆之,又立血迹碑记其由来。当辛亥革命之时,亭祠悉被烧毁,碑石则皆无恙,故民国四年(一九一五)江苏省长韩止叟于旧基上建南京古物保存所,移血石于楼下,左宗棠之碑置于中央,及至今日。故古物保存所全系以血石为中心而建。其后,保存所主要收集南京相关之古物,其次搜集江苏地区碑拓之类,尤以古瓦收藏著称。初属江宁府,国民政府成立时改为国立,

---

① 磔刑:将犯人肢体分裂的酷刑。

属教育部。二十五年时改由南京市政府管辖。十七年，卫聚贤以教育部部员身份出任主任，十八年明故宫侯家塘池水干涸，露出砖木，由此组织发掘，出土瓷器、古钱、木质腰牌等。同年调查山西万泉县石器时代遗址，出土石器、土器等多件。十九年发掘栖霞山甘家巷附近六朝墓三处，出土铜锅、铜钉、铁钉、瓷器、明器等，且于墓前发现石器、土器片。上述发掘使古物保存所藏品增加三分之二。同年卫聚贤辞去主任一职，栖霞山调查报告亦终未发表。

此次战争中，因该所面朝中山东路，惹人眼目，故土器、陶器之类皆遭劫掠破坏，古瓦类及其他亦被难民掠去，唯有大型石类及运输不便之砖瓦类尚留存。室内土器残片散乱，堆积如山，二楼纸片拓本类散放，明器类无一完整，鉴镜古钱类则片影不见。要之，陈列品中除一部分搬运困难之金石砖瓦类外，大部皆罹战祸而失落。吾辈先着力于将所中小型石瓦类搬运至中央研究院历史语言研究所。世传古物保存所中贵重品悉被毁，而经过此种努力，吾等终于有幸将其藏品中最重要之部分救出。然而因石器、土器片类散放地上，已无法区分栖霞山出土之物与山西万泉县出土之物，颇为遗憾。自此古

图 6 调查六朝墓途中
(松本信广《江南踏查》)

图7 中央研究院历史语言研究所
(松本信广《江南踏查》)

物保存所移送至中央研究院之标本中主要之物,有梁萧秀墓石阙顶盘之天禄兽。南京现存南朝齐梁时陵墓,其墓前石刻为六朝艺术之精粹。其中,位于尧化门东清风乡甘家巷之梁散骑常侍司空安成康王萧秀墓前石刻,以保存最为完好而著称,其右侧石阙顶盘上所踞者即为此天禄兽。先年曾遭雷击,坠落地上,江苏省长韩止叟于民国十三年将之移至保存所。(盘径 0.855 米,厚 0.13 米,兽高 0.58 米,长 0.6 米,前部宽 0.32 米)

另有一重要之物为《西天善世禅师班的达塔铭》[①]。洪武十六年杭州灵隐寺住持释来复撰,日本沙门释中巽书。此石刻近年在南京郊外,与塔一并出土,令古物保存所中人十分惊喜。战后,南京宝来馆主人铃木氏曾在石上贴纸,以明示其重要性,防止散逸。塔已失,而碑则得平安收藏,实为万幸。

——松本信广《江南踏查》

[①] 《西天善世禅师班的达塔铭》:文中漏"公"字。应为《西天善世禅师班的达公塔铭》。西天善世禅师班的达公指明代以北京地区为活动中心、与宫廷关系密切的密教团"西天僧"的师祖,天竺僧人萨哈拶释哩,曾在中国弘法十余年,"班的达"为尊称,意为"大学者"。该塔铭系当时名僧来复应萨氏门人智光之请所撰。

楼台第五

雨花台

午后由一柳氏相伴,自三山街过镇淮桥,即架于秦淮水之上者,出聚宝门,此门即城之南门。其墙上城楼,虽不及北京正阳门之整然,规模之宏壮则远过之。过此门即为长干桥,由此桥向南,有街,称长干里。报恩寺大磁塔,其壮丽号称江南无两,然今已不存。里尽,即入山路。雨花台为昔日云光说法,以致天花乱坠之遗迹,仅存其名耳。曾国荃曾于此守垒四十余日,终得克复金陵之策,山顶兵营尚存。牛首山、方山等金陵以南诸山自此处皆可望,金陵内外城,烟树参差,孝陵明楼之遗物亦可历历指点。台下之江南制造局,其雄壮虽不及汉阳,然亦厂屋栉比,隐现于煤烟之间。兵营一侧有方正学之墓。

——内藤湖南《燕山楚水·禹域鸿爪记》

自秦淮转出,出城南聚宝门,行约一清里,至雨花台。雨花台在聚宝山最高峰。梁武帝时,僧云光登台讲经,感动天地,降花如雨,故而得名。俗言当时所降之花凝而为石,至今台上仍可见。所谓雨花石者,拾而观之,乃小块玛瑙。盖因山中产玛瑙,而称聚宝山,又传为雨花之奇迹。

立台上,南京城尽在眼下,可一一指点。长发贼据南京时,曾国荃率湘勇据雨花台而攻之,终陷南京城,观此地可知其说当为确。

——宇野哲人《清国文明记·南京的名胜》

雨花台在聚宝门外聚宝山(一名梅岗)上。传说梁代光宅寺云光坐此山顶讲经之时,天降宝花如雨,故唐代卢襄名之为雨花台。登此山则满城风景尽入一眸之中。左右少女少年双手提小篮,篮中茶碗满盛清水,浸五色石子,前来售卖。口称"请买、请买",纠缠不休,若

图 8 雨花台
(常盘大定《古贤遗迹访考》)

不买一二碗便不肯离开。小石子据云系自雨花台中掘出。眼见日本人似乎颇能购买,模样素朴却姿色平平之少女便以日语道:"石头"、"石头"。令予不禁想要吟唱:

> 地为雨花台,人则三五妙龄女。双手捧玉匣,请买五色石。从旁聚将来,反顾一相望:晋之法师尸梨密①,迦陵频伽②梵呗③声,响遏行云高座寺。遗迹可在此?心生怀恋意。

历史、背景、情境皆备。以歌咏胜负争夺少女之心的万叶④时代之风流,或者亦筑基于此等情境之上,此种

---

① 尸梨密:西域高僧帛尸梨密多罗,晋永嘉时至中国,住建初寺,与王导等王公贵族过从甚密。

② 迦陵频伽:梵语 kalavinka 的音译,佛经中描绘的人首鸟身的神鸟,又称美音鸟、妙音鸟,声音美妙,婉转动听。

③ 梵呗:僧人颂扬佛德或吟诵经文时的特别的歌唱。据《高僧传》(卷一)记载,帛尸梨密多罗入晋后,与名士周顗交厚,顗在王敦之乱时被害,帛尸梨密多罗前往探望其遗孤,"对坐作胡呗三契,梵响凌云",所以常盘大定此歌中用此典故。

④ 万叶:日本现存最古的和歌集《万叶集》,7世纪中后期至8世纪中后期编辑而成。全二十卷,收入上至天皇,下至平民的和歌4 500余首。因为当时日本没有文字,所以书中和歌全部用汉字记录。记录时,有些地方直接使用汉字表意,有些地方则取音不取义,也就是将完整的汉字作为日语的注音符号使用。这些被用作注音符号的汉字称为"万叶假名",万叶假名至平安时代逐渐简化,形成了以汉字笔画为基础制作出的片假名和平假名,沿用至今。

诗思盖与由明州之月而怀三笠山①之意相类。总体而言,自北京出发后,无论京兆、山西、河南,所见"女子"实皆为年轻男旦。至汉口、九江,稍稍能见女子外出之姿。至南京则情形一变,少女独自一人也敢靠近有须男子身旁,纠缠售卖商品。予以为从中可知南北风俗相异之处。诗意盎然之雨花台上,三五少女售卖五色石子,使人感觉难以言喻之优美,遂欲摄一小照留念。向少女传达此意,对方毫不推辞,并云欲以台为背景,姑寻一合适之处放置小篮,即刻便来。正想如此再好不过,不料少女眼看要将小篮放下之时,却趁予不注意,一气绝尘,逃遁而去。不喜照相,想必还是源于认为照相会让人没精神之迷信吧。

——常盘大定《古贤遗迹访考·南京怀古》

---

① 由明州之月而怀三笠之山:据说日本奈良时代遣唐使阿倍仲麻吕(中文名晁衡)于公元 753 年归国时,友人王维等为之在明州(今浙江宁波一带)设宴饯行,仲麻吕于席中做和歌:"天の原 ふりさけみれば 春日なる 三笠の山に 出でし月かも。"大意为:回首望天,见明月悬空,由此月而思及故乡三笠山之月。此篇后被收入平安末期藤原定家编辑的和歌选集《百人一首》(相当于日本的《唐诗三百首》),流传甚广,为日本家喻户晓的名篇。

某日,我登上了雨花台。在卖南京特产雨花石的十几个少男少女的纠缠中一路上行,每人手中都提着篮子,篮中放着的白色茶碗里,红白各色的小石头浸在水中,如玉一般鲜丽。被可怜的孩子和美丽的小石头所勾起的我的兴趣,超越了被"要不要"、"买不买"的喧哗声搞得烦躁的心情,于是,便带着滑稽的孩子王的欢乐满足了他们。可是,走到山顶,选好三四碟准备付钱时,却突然陷入了被所爱之人背叛的沮丧中。我以为一碟最多二三钱的小石头,结果竟要价二十钱。平日在旧书店,看到超过心理预期两倍以上的标价都会觉得不舒服,而今竟受到来自我可爱的孩子们十倍要价的突然袭击,真是可悲可叹。我把石头扔回去,叫着"贵了,不要!"快步走开。此乃吾辈惯用之应战法。我生性不喜欢讨价还价,若是觉得贵,宁可不买。可是,最初在旧书店偶然用了这手段,正准备乘车离去之时,对方竟立刻表示可以便宜一半。从那以后,我便常用此法。果不其然,一个看起来很温柔的女孩子紧追上来,用温柔的声音妥协道:"洋先生,全部十钱要不要?"那坦诚亲切的说话的样子真个十分可爱。从一碟二十钱到十碟十钱,这是何等程度的暴跌啊。我从那孩子手里买了一篮。接着,其他的孩子也争相降价,随着"石头贩卖工会"的价格下调,我终至买了三篮,且又回复到先前的欢乐心情,远眺着南京城内,伫立在山岗之上。

——青木正儿《江南春·南京情调》

复乘马车,经南门,过报恩寺旁,彼处有著名之雨花台。雨花台在聚宝山,一名为梅岗的丘陵之上。据传梁光宅寺法云坐此山顶说法,宝花从天而降,唐卢襄因此而命名为雨花台。岗上皆杂草,平淡单调,降雨之时,山上小石果真会美化如花乎?众多少女少年提小笼,笼中茶碗盛清水,浸五色石。求买,不买则不去,同行中有购之者,终于散去。此石自雨花台掘出,着实美丽,而眼见孩童说着"石头""石头"的日本人却颇能光看不买。

传说中如诗般的雨花台上,支那少女卖着五色石,南京城的背景等等,如此想来,便觉难以言说之怀恋之情。

——早坂义雄《在混乱的支那旅行·南京今昔》

雨花台所处之地形,好似周围大小群山拥戴着一位老大一般。这里大概就是古代"土馒头"的遗迹吧。在此处放风筝,实在是不错的主意。

各处山上都有人群聚集,形形色色,千姿百态的风筝高扬低飞,宛如一幅图画。

有长达十数间的蜈蚣风筝。那是将数十个风筝连接在一起,以左右脚为舵,从而确保悬浮和重心平衡,因此任何情况下都不会担心坠落。

还有梅花形的风筝。风筝线非常之长,在空中飞扬之时,风筝整体呈水平,仿佛漂浮在水中的花朵。实在也真是花。梅花的各个花瓣都恰到好处地渲染成五彩,望去十分协调。

古昔,梁武帝之时,有位不知叫做什么的了不起的和尚曾经在这里说法,感动上天,降花如雨。这便是雨花台之名的缘起。实则这满天的风筝,眺望过去,正有天女散花之趣。

还有蝉形的风筝,发出蝉鸣般的声音。蛙形的风筝,眼珠子溜溜地转,那是在风筝上部开了两个小窗,装了可以旋转的盖子。

金陵大学的风筝是美国的自由钟形,装上了铃铛,用手抽动风筝线时会丁零作响。

还有箱形的、笼形的。是箱子妖怪吗?是笼子妖怪吗?题着"风月无边",原来如此,果真是好题。

此外,还有鲶鱼,有猫。猫的头、身和脚尾由三个风筝连缀而成,做工有些勉强,不如蜈蚣风筝那般自然。

尤为袖珍的,是长脚蚊风筝。因为用的是蚕丝,所以几乎看不到线。

看了这些,感觉日本那种简单的风筝真是逊色。若是用这种思路做滑翔机的话肯定能做出不错的东西来。

蒋介石提倡新生活运动时,当时的行政院秘书长褚民谊办过风筝大会。意谓虽与礼仪廉耻无关,但却也是国粹之一种。结果在报纸上被画成漫画,大大冷嘲了一番。

放风筝在上海是旧历正月里的活动,在南京则不会选在那样寒冷的时候。而是在四月之初,清明时节,柳芽新吐,桃杏初绽的时候。城北的紫金山正被紫气所笼罩,一如其名所谓。近处,南方的楼门内外,寺院的屋脊和民舍屋顶上的装饰瓦给白壁镶上了黑边,或如鱼尾,或如凤翼,或如滚浪,远近参差。城墙西侧,长江远望似银带,点点帆船如凤蝶般扬帆漂浮。

雨花台出产彩色的小石头,根据模样有各种风雅的名字。此外,还有称为"天下第一泉"的茶馆。虽然并不是什么风味绝佳的水,但是因为城中的水不是很好,所以才格外引人注目吧。

——井上红梅《中华万华镜·雨花台的风筝》

与昨天的路线不同,马车从南边的城门穿过,到了城外,萧条的街景也延伸到了那里。雨花台虽说在城外,却也极近,是一座青草丛生的圆形山,对面连绵的山上有牧牛在吃草。登上山顶,城内光景尽收眼底。

"这是兵械厂。"

斤伯先生指着脚下的几栋建筑说。

"革命的时候,革命军首先占领了这个兵械厂,在里面安放大炮,炮轰城内,南京城于是很快就陷落了。据说革命军里还有日本的后备兵加入,光着膀子只穿一条兜裆布在那里开炮。到了总攻时,日本人也是最厉害的,总是打头阵,战死的也不少。"

向南方眺望,低低的山脉仿佛大海一般无穷无尽地绵延着。万里无云。我们躺倒在草地上说了一会儿话。乞丐们照例又靠拢过来,在我们耳边哭泣乞讨。不过这里的乞丐并不是单纯要钱,而是带着许多在这山上捡的青豆子一样的石头,请求我们买下,而且比起昨天的乞丐要温和许多。乞丐是南京名产之一。

从另一边下山。近山脚处有墓地。斤伯先生说那是日本人的墓地。山下有乡村茶馆。挂着"雨花台第二泉"的匾额。我们走进去,到里院喝了茶。

——村松梢风《魔都·南京》

北极阁

上北极阁,系明钦天台故址所存遗构之一。有康熙帝御书"旷观"二字之碑,发贼乱时断裂,乱后复合之,立于阁内。此处南朝时为台城所在之地,据爽塏之处而望,城中之景尽在眼底,旷观之名,可谓不虚也。阁所在之丘陵正下方,即为传教士宅邸,乃西式小楼阁,精巧如画,入眼而来。

——内藤湖南《燕山楚水·禹域鸿爪记》

自钟鼓楼向东,上北极阁。阁在鸡笼山,中有三层楼,曰旷观亭。登此亭之顶,则眼界远较钟鼓楼为大,其东越鸡鸣寺、玄武湖,与钟山相对,真好图画也。

——宇野哲人《清国文明记·南京的名胜》

到南京的第二天早上,从领事馆回来的路上登了北极阁。在山脚下命令车夫"稍等一会儿"时,他答道:"请慢走。"这话真个让我十分欢喜。我来南京之前,上海自不必说,在杭州、苏州等地也从不曾在车夫、马夫口中听到过这样的话。苏州那个赶驴子的,在我参观名胜的途中再三强乞酒钱。上海的车夫则是无论已经给了多少钱,都会再次伸手索要。而刚刚那车夫说的那一句,则令我感觉似乎是在向我建议:不仅北极阁,而是整个南京都可以慢慢地来。对于凡事不喜匆忙的我而言,真是无上的款待。

从北极阁的窗口望出去,整个南京都默默向着我展开。玄武湖澄澈透底。眼底满是草坪样的东西,仔细看去,原来便是所谓的冢群。啊,冢果然是好啊……冢可谓是一种保存了风致的山岗。

在我之前,已有两位乡下人模样的男子登阁。其中一人指着东面正下方的一座寺庙对我说"那个地方……"什么什么的听不懂的话。我想可能是在告诉我那寺的名字,于是拿出记事本,写了"写字写字"。可他却显出奇怪的脸色,并没有写。我反客为主,写了"栖霞山"三个字,交替指着远山和记事本,用不熟练的支那语说:"那边最高的是栖霞山吗?"他们带着狐疑的表情比较着记事本和山,读着字,两人不知说着什么。奇怪的禅学问答就这样结束了。他们去后,我自己站在旁观者的立场客观地回味适才那一幕,觉得起初似乎是他们这些乡下人见我穿着洋装,一幅知识渊博的样子,便向我打听寺名。当然,他们想必并不知道我是二十多天之前从日本来,昨日才刚到南京。尽管如此,远来者如吾辈,能被支那人(虽说是乡下人)认作南京通,实在是光荣至极。真是这样的话,"写字写字"之类是如何地拙劣啊。其次,吾辈关于南京山岳除了从《桃花扇传奇》中得来的

"栖霞山"之外,一无所知,因此本想向他们求证。这自然是出于相信他们有着能够告诉我寺名的知识和善意。可是,他们却似乎是以为我告诉了他们那山是栖霞山,只怕回村之后要把这栖霞山当作旅途见闻向人吹嘘吧(后来知道,寺是鸡鸣寺,山是紫金山)。

将四壁乱写的涂鸦慢慢地检视完毕后,我下了阁,并在看门道士面前放了数枚铜钱以为香火之资。这里不像其他地方那样索要通行税,只这一点便令人心情愉悦。上海龙华寺施行门票制度,汽车进门要收五十钱,上塔一人十钱。杭州则有两三处寺庙是和尚站在门外张望,但见乘车,便无一例外地伸出脸盆一样的东西索要香烛钱。没完没了地劝人"喝茶、喝茶"的和尚到处都是。寺院和尚都是如此心地污秽,使人全不能起虔敬之念。不愧是我亲爱的北极阁道士,起初登塔时只是无言地为我指路,下来时也只是默默地坐着。道教的严重衰落虽然令我痛心不已,但至少这些事上表现出的恬淡玄风之遗意,尚能令我欣慰。以前在杭州葛岭炼丹台上遇到的看门道士,突然向我说话。莫非是看出吾辈有爱仙骨之心,觉得竖子可教吧。然而我因为听不懂他的发音,便照惯用的法子拿出记事本,不料对方却摆手说:"我不知字。"那高亢的声音惊得我呆若木鸡,不知如何是好。虽说要参悟那不可道不可名之玄风,文字并非必要,然而我所敬爱的道士先生如此这般干脆地超越了文字,实在是我做梦也没有想到的。不过,我善意地将这种干脆坦白"不知字"、不敷衍的态度理解为吾"道"的神圣之处。当我再次倾听他说话时,对方见我叼着薄荷烟斗,便问要不要借火柴给我。那种纯真,那种亲切,令我欢喜。虽然不知字,可我到底还是喜欢道士。从山岗上下来,只见车夫正坐在车子的脚踏板上,在柳树荫下打瞌睡。棉絮般的柳花轻飘飘飞舞着。我喜欢南京的车夫。

——青木正儿《江南春·南京情调》

鼓楼,红砖筑成的巨大城楼式的建筑物。从它旁边向左,折入狭窄的林荫路,下马车,登山路。北极阁。从这里俯视,原野一览无余。紧邻原野的古代城墙呈黑色锯齿状,在眼底绵延。城外的玄武湖水大半已被荻草所覆盖,发出钝涩的戎刀般的光。

翅膀尖上带着少许白色的喜鹊掠过城墙之上,低低地飞。宏大的景致。无限伸展的原野尽头,三山被紫烟笼罩着,扬子江于群山深处扬起尾鳍。

梁武帝的鸡鸣寺与那绵延的山丘相连。瓷器般脆美的建筑。

身子靠在紫檀大椅上,一边啜着热茶,一边吃着西瓜子、枣、桂圆等等,一边俯瞰江南一带景致,果然十分雄大。吴国孙权的石头城,传说中明世祖三千美妃的梳妆处,就是左方微微隆起的小山丘。古昔的南京只是作为遗址而留存。时间过去。南京只是作为过去的遗迹,哀感深致而又美丽华艳。如果有人为了寻觅伽蓝之壮观,或山水之意趣而造访南京,那么必然会失败。因为名字虽然还在,但却只剩下一堆土块、一座石碑,或者一丛茂竹而已。

有诗,如下:

旧都南京

谢六逸　译

杨柳里的旧都啊!

有描着黄龙的旧屋瓦、有古钱形。

岑寂的杂草里,有赤壁的崩颓,水牛游息的水池
鹚鸡于飞的城墙……。

笼内的鸟声盈溢着的茶楼下的运河里,画舫,
红紫色的灯笼,彩色的栏干,白昼惟有倦怠与寂寥。
(鸦影掠浊水飞过)
歌女们疲劳而安眠了吧,除去璎珞,闭着朱唇……。
胡琴简板不响。
永远衰颓下去的旧都的。
奇妙的猫耳形耸立着的荒寺的屋顶　屋顶,
若你愿听人间的颓废的哀调,到秦淮去。
若你愿听深沉的兴亡的歌,到草地去吧

那鹧鸪和苇草,黑而丑的蕃与棺材,还有那野犬
你在风里可曾听着昔日的环佩声
你可曾见那涓涓的行潦里映着古旧的廊影。①

　　　　　　　——金子光晴《古都南京(1)》

---

① 此译文为原文所附。

城市北部,在几乎与城墙相接的地方有个叫北极阁的地方。听说是眺望南京市的最佳位置,于是便登了上去。该建筑为元代至正初年所建的气象台。据说古时清太祖登临此处,为其雄阔所感动,于是称之为"旷观之地"。即使是现在,仍不失其旷观之实。南京城缩影一望可得,城墙外可见玄武湖全貌,远处下关方向也可望见一线蜿蜒的扬子江,白浪翻腾。正东方向的丘陵上为鸡鸣寺,眼底有中央大学,稍远处国民政府、军官学校等建筑的屋顶也可望见。

从北极阁下来,穿过中央大学和社会科学研究所之间,来到鸡鸣寺和北极阁之间微微隆起的一座小丘,那里有一座支那式的小门楼,这是防空壕的入口。

打着手电筒,我们沿水泥台阶而下。台阶宽约一间左右,非常之长,不知不觉中感觉自己仿佛是在矿山的竖坑之中。终于走到了台阶尽头的平地,木门像大楼的办公室一样排列着,有数间门上用铜字写着××铁路、电信室等,盥洗室也配备齐全。

在大场镇①等处所见的碉堡,其坚固虽也有令人叹服之处,然而与眼前这庞大的构造相比,尽管性质不同,但也是绝不可相提并论的。再次伴着咯咯的靴子声,沿着与先时不同的台阶走上去,重新沐浴在外面眩目的日光中时,不禁松了一口气。这里也有小楼,但与之前的不同,也就是说这里是出口。本来从这里也可以进入,所以应该是出入口兼用。两个楼门间约有一丁左右的距离,环绕着水泥地下室的小丘上自然生长的草木十分繁茂。

——草野心平《支那点点·南京瞥见》

钟鼓楼

至钟楼。楼为明时遗制,其建筑壮大,胜于北京之钟楼。清时,于此楼上建一大碑,记康熙帝南巡盛典。帝驻跸金陵仅二日,而谓民物盛否比北方云云,实过于讲究虚仪。号称有清盛运至极之康熙年间,即已有此粉

---

① 大场镇:位于今上海市。1937年日军进攻上海,淞沪会战爆发,中日双方展开激战,死伤惨重。大场镇是此次会战的主要战场之一。

饰太平之状,由此可窥一斑。

——内藤湖南《燕山楚水·禹域鸿爪记》

钟鼓楼在南京城中央。因长发贼之乱时曾遭兵燹,市街仅南部得以留存,而终未能全部复旧,故楼在今市街之北。登楼则南京之形势历历在寸眸之间。其东则北极阁之上,与秀丽钟山遥遥相对。其南则市街之瓦如海扬波,烟雾间可远望南门。其西小丘起伏,与石头山相连,木叶黄落,呈仲冬之萧索光景。其北临大江,遥望狮子山炮台。其地势之雄大,真足称帝王之居也。古之望气者称此地有王气,真至言也。楚威王曾埋金于钟山以镇王气。故此地称金陵,山称紫金山。秦始皇又曾凿钟阜以泄王气,改其地名为秣陵。孙吴时始自京口迁都至此,云建业。晋元帝南迁,于此建都,称建康。尔来,南朝历代皆以此地为都。明初定都于此,据云曾扩城至方圆九十余清里,北京虽亦雄大,然其城墙内外不过六十清里,由此可推知南京城规模之雄。

——宇野哲人《清国文明记·南京的名胜》

其 他

凤凰台

入聚宝门,沿城墙往西,城之西南隅有凤凰台遗址。据传宋元嘉十六年秣陵王见二异鸟来游台上,文彩焕发,五色璨然,时人称为凤凰,故而筑台。其时李白《登凤凰台》诗正脍炙人口。台四周地势隆起似小丘。当年楼阁荒废已久,遗物虽不见,然遗址附近有寺。是日,淡烟笼江村,加之金陵城墙高耸,李白所咏"三山半落青山外,二水中分白鹭洲"之光景未能得见。台下有晋之阮籍墓,为竹林七贤中首屈一指者,然已不知其所在。

——宇野哲人《清国文明记·南京的名胜》

文星阁

浑浊的河水沿着墙壁缓缓流动。墙边有一棵垂柳。那粗乱倒垂的柳枝的倒影中可以看见香烟的招贴画。被熏黑的表面上混合着红绿黄的颜色。河宽至多十间,不过因为两岸人家低矮,所以看起来很宽。左边有一座六角形的三层建筑。屋顶上可以看见好像福禄寿①的脑袋一样的宝轮②,想是一味向空中伸展之过,给人不协调的感觉。

这叫文星阁,是夫子庙的附属建筑,照片里常常见到的就是这家伙,最能反映秦淮气氛。

这阁的主体部分最初涂的是朱漆,现在因为太过古旧,已经说不出是什么颜色。阁上挂着绿青底金字的匾额模样的东西,已经破败到不仔细看就根本注意不到的程度。敞开的窗户里乱七八糟地放着隔扇之类,像是用不着的戏曲道具都被搬到这里来淋雨。以这文星阁为前景,上游可以看见南画③般的一排排家宅恰到好处地沿河排列,凸字形的白壁顶着装饰瓦,耸立在远远近近的屋顶间。那后面,生着青苔的城墙的锯齿如梦似幻地环绕着,对面远处的紫金山悠然迷离。只是目睹这样的

---

① 福禄寿:日本传说中的七福神之一。头长,身矮,长须,拄手杖,杖上挂写有人寿命的卷轴,身后随鹤。
② 宝轮:佛塔顶部金属制的装饰物,九层环形,上有水烟,下有仰莲。
③ 南画:日本从江户中期到明治时代流行的,具有浓郁中国趣味的画派的统称。深受中国明清时期南宗画影响,并在此基础上有所创新,自成特色。因在汉诗文素养深厚的文人中颇为流行,所以也称文人画。代表画家有池大雅、与谢芜村等。

景象便足以令人忘言。我此刻站在文德桥的正中央,晚风拂过。大正十年①六月末的黄昏。

牌 楼

牌楼和鸟居②是一类,却是远比鸟居更具浓重支那味道的东西。以至于让人觉得像是裸体的花魁③那样头重脚轻的东西,因为实在无法靠自身力量支撑,于是就随便架了四根又圆又粗的支柱撑着。形状是品字形的头上装了屋顶,"サ"字形的细长脚戳在地面上。也就是说,为了展示那三块薄薄的匾额,硬将大门做成那种形状,由这复杂的木结构支撑着屋顶。"天下文枢"四个金字浮雕虽然写得很好,然而决非显示威严之物。我曾经想,为什么要把这碍事的东西建在门前呢。有一天傍晚,我乘船在这里靠岸。只见前面鸡血石般的大门耸立在微茫的暮色中。后面不太高的小树林,以及正门、二

---

① 大正十年:1921年。
② 鸟居:日本神社入口处的大门,表示由此开始进入神域,由两根柱子支撑长短两根横木组成。
③ 花魁:日本旧时江户花柳区吉原地方的高级妓女,花魁头饰十分繁复华丽,故作者有此一比。

门的屋顶一层层地越发高上去,最后是可称为殿堂的坚实建筑,简直令人恍惚以为是梦殿的入口。支那的庙观一面极为繁华,一面极为荒寂。啊,黄昏的夫子庙的森严哟。柱子林立的殿堂中,金色的牌位闪闪发光,除此以外空无一物的空荡荡的森严哟。我将这印象永远秘藏于心中。

——井上红梅《沉浸于支那的人·秦淮画舫录》

伽蓝第六

鸡鸣寺

至鸡鸣寺,因梁武帝每出游时,常于鸡鸣之际至寺中,故而得名。据传武帝与达摩相谈即在此寺中。寺南有施食台,相传此地本为古战场,元代为刑场。悲雨萧萧之夜往往闻鬼哭。故明洪武初,迎西蕃僧惺吉、坚藏等七人于此,结坛施食,以度幽魂。

《府志》载鸡鸣寺前,施食台后,有景阳井。陈后主国破之时,与张丽华、孔贵嫔隐于井中,故又称胭脂井、辱井。是日寻而不得,二日后再寻,终不知其所在。

——宇野哲人《清国文明记·南京的名胜》

一行六人乘两辆马车,以支那人为向导,先至古同泰寺遗址之鸡鸣寺。梁代（南朝）时为堂堂大寺。武帝于宫殿之后别开一门，使与此寺南门相对，朝夕讲法之时从此门出入。禅寺据说为达摩大师积行之处，梁武帝于此寺讲经设会，三度舍身，以为天下祈福。大同年中（一千三百八十年前）一度烧毁，后又改建，未成而遭侯景之乱①，化为废墟。

关于此同泰寺有二说。一说为南唐之净居寺或圆寂寺，宋代之法宝寺。一说为此处之鸡鸣寺。后者似为确。鸡鸣寺右临钟山，左近北极阁，阁与寺隔谷相对。北极阁为元代至正元年（五百八十年前）所建之观象台，后年改称钦天台。清太祖亦曾临幸，于此处远眺，称赏有加。传说梁武帝于此寺中召见达摩，与之对谈，然此说真实与否令人怀疑。寺门题古同泰寺，寺中除二三佛像与古人书迹之外，形同空屋，可资怀古之物一无所有，

---

① 侯景之乱：南朝梁武帝治下公元548年，由侯景（503—552）所发动的叛乱。侯景出身羯族，本为东魏武将，降梁后获封，在任上发动叛乱。叛军自寿春（今安徽省寿县）直逼首都南京，数月后宫城陷落，梁武帝亦身陷乱中。公元551年11月，侯景称帝，国号为汉。但不久即受王僧辩、陈霸先联军攻击，翌年4月兵败而亡。侯景之乱终结了梁武帝在位期间五十多年的太平时代，对当时的江南社会造成毁灭性的打击。

令人失望。自寺后客室可远眺玄武湖、钟山,若春花盛开之时,想必景致更佳。

寺之东南方可见关帝庙。寺与庙之间,梁武帝宫殿旧迹,今已为麦田,仅有高一间之瓦壁环绕而已。其次,登传为梁武帝所筑之城墙,南京城内外景致颇佳。后为玄武湖,左临紫金山,山上建有民国创立纪念碑。前方,满城为垂柳所覆,市街尽绿,优雅古都之面貌,足可窥见。

——早坂义雄《在混乱的支那旅行·南京今昔》

蟋蟀与白蝶群集的草丛中,古昔的鸡鸣寺如交趾陶器①般,装点在一抹碧空之中。朱黄的墙,墙的轮廓是细细的黑白线,两侧翘起的木构架的美丽屋顶,屋顶之上是涂成白、赤、青、黄、紫等色的陶制鯱②,白天看上去,仿佛若是用石块砸上去,就会咔啦咔啦地碎掉。

在这澄明的空中仰望这美丽,这脆弱,这色彩之甜、

---

① 交趾陶器:明清之际在中国南部广东、福建等省生产的彩色陶瓷器,因由交趾(越南古称)商船运至日本,故日本有此称呼。
② 鯱:古代中国建筑屋顶上的兽头瓦,鱼形,有防火避邪的作用。

之多的感慨,将我心中某个角落一直挥之不去的现实主义的黑影,十足大胆地,十足浪漫主义地,明快地敲得粉碎。

美丽的梦,造出美丽的世界。艺术并非只是始终仰赞自然。美丽的梦与那梦中的氛围,将自然培育成了美丽的花。鸡鸣寺无论在建筑美学上应占何种地位,都确确实实在我的灵魂中,营造了前所未有的陶制之梦。——在梧桐与桑椹的成熟之间。

进入鸡鸣寺。支那庙宇中抹香的烟雾,在金箔闪烁、向前探身而出的巨大佛像腰间,缠绕又舒展。寺院背后,摆着许多紫檀桌,从那里可以展望城墙和城外一带。

白色的浮云之下,视野所及,白得几乎耀眼的芦苇随风摇曳,黑色的锯齿状的古城墙绵延其间。城墙之上,白翼的喜鹊飞掠而过。城外,玄武湖水被芦苇所障蔽,一处,水光微微反射,浮萍之间,撒网的渔人的身姿比小拇指还要小。

——金子光晴《古都南京(2)》

同泰寺即鸡鸣寺

梁代同泰寺实为堂皇大刹,时在北掖门外路之西。武帝于皇宫后别开一门,与寺之南门相对,晨夕讲经时,惯常从此门出入。寺内有九层浮图,大殿六所,小殿及堂十余所,东西般若台各三层,大佛阁七层,十分壮观。武帝于此处讲经、设会,三度舍身以为天下祈福。大同元年焚于天火,仅存瑞仪柏殿一宇,故复建十二层浮图。未几侯景之乱作,其党范桃棒曾据此寺,寺因此而成邱墟。

然则此同泰寺今在何处?有二说。一说为南唐净居寺或圆寂寺,宋代之法宝寺。另一说谓近城北外廓高台上所立明代改建之鸡鸣寺。法宝寺予未曾踏查。至鸡鸣寺,右方远望钟山,左方近与鸡笼山北极阁隔溪相接,实为要害之地。地势宛然如城寨,一旦有事,即可起军事作用。寺门题"古同泰寺",中门左右分题"齐梁胜迹,支许[①]奇缘"之联句,着实令人起怀古之思。然寺中却无任何可资怀古之物。虽为明洪武二十年所建,但如

---

① 支许:晋高僧支遁与名士许询为好友,常一起谈玄论佛,为时人所称道。后以"支许"代指僧人与文士交谊。

图9 鸡鸣寺
(常盘大定《古贤遗迹访考》)

图10 十年后的鸡鸣寺
(《世界地理风俗大系Ⅲ》,新光社1932年版)

门壁之类，皆为晚近之物。据载，曾迁灵谷寺宝志公之函，瘗于此山，建五层塔。其左列建十王功臣等庙，其右建施食台。清康熙癸卯年，塔毁，又重建，然塔今已不存。因仅有半日时间历观明孝陵、古物保存所与鸡鸣寺，故无暇探访志公瘗所。施食台在寺之登临口之左。其中祀志公，以为施食之因缘与志公有关，但此为附会。据传，因元代曾于此地置刑场，故至明代，招西藏僧，筑施食坛，欲以慰藉幽鬼，此说当为确。鸡鸣寺之后有华林园，园中有名胜景阳山。此盖即梁武帝置图书馆之所，虽已无迹可证，姑俟他日之机，徐徐查访。

——常盘大定《古贤遗迹访考·南京怀古》

清凉寺

自石城桥渡秦淮，由汉西门入城中，沿墙内侧而行，至清凉寺，寺颇荒凉。直上翠微亭，亭四周乃形胜之地，虽有兵营，然半以农业为生，入兵士营门，无人盘问。亭亦蒿草丛生，无余地可供休憩。城西野色江流，在指掌之间，可见太白诗中三山落于青天外之景，唯有此景与昔时无异。举目远眺,不知白鹭洲何在。今凤凰台址既已不存,更遑问吴宫花草,晋代衣冠。此处本为南唐李后主避暑之地,故其山虽浅,而老木丛生,幽径曲折,令人生思住之心。上孙权斜月楼遗构,复饱览形胜。下就归路,一片荒芜,几令人不觉此为城中之景。古坟垅亩,相杂于丘陵山谷间,于其中过,观袁简斋小仓山房遗址,已成民家。归学堂,暝色稍合。

——内藤湖南《燕山楚水·禹域鸿爪记》

城内西方有清凉山,东与北极阁相对,其西面半山处有清凉禅寺。孙权时筑石头城于此山,为要害之地。诸葛亮评此处曰:"钟山龙蟠,石头虎踞,真帝王之宅也。"[①]若登临此处,可惹起古今之感之处想必极多,况此处有传为梁昭明太子读书遗址之古扫叶楼,然因我等一日之中需参观灵谷寺及城内外各处,故于此处仅只入禅寺而已。

---

① 此句出自《太平御览》(卷一五六)所引晋代张勃《吴录》:"刘备曾使诸葛亮至京,因睹秣陵山阜,叹曰:'钟山龙蟠,石头虎踞,此帝王之宅。'"

清凉寺为扬吴①顺义中所建,初称兴教寺,五代南唐时改为清凉道场,后周法眼文益曾住寺中。文益为禅家五宗之一法眼宗始祖,然《府志》等文献中却不传其名。文益驻锡后,此处纯然成一禅寺。至宋太平兴国年间,改称广慧禅寺,明初又称清凉寺。苏东坡曾寄赠弥陀佛像并诗,为此寺颇为得意之事。

今日寺已衰微,仅存一殿。其中尊像,盖系以弥陀为中心,观音、接引二菩萨侠侍两旁。然据寺中幼僧所言,中尊为释迦,侠侍为观音、地藏二菩萨。中尊手相稍类法身印,二菩萨手相同为入定印。二菩萨之前置韦陀天则可,然却配以关帝,此处之未能免于道教化,可见一端。寺中全无古碑,无古佛,无古物。予于此古寺中,最欲探寻者乃其与法眼文益之联系。多方问询,然恰逢住持不在,仅有幼僧应对,十分困难。幼僧一面因予之咄咄追问而不知所措,一面将我等引至一房内,似为客室。此处悬有《苏文忠公赠清凉寺和长老诗》卷轴,当然并非真迹,然似为此寺对游客展示之得意之物。予对此向幼

---

① 扬吴:即五代十国之南吴,为杨行密所建,故又称"杨吴"。

僧言:公为宋代人,而予所欲求者为五代时之开山祖师。幼僧愈发为难,进而引我等至方丈居室。寺既已疲敝,虽为方丈,亦不过一被褥凌乱之矮室而已。墙上悬一肖像,题曰:法眼正宗清凉堂上第二代圆寂先法师。此第二代当为明初改称清凉寺以后之事。总之,由此一轴可知寺号法眼宗,明白无疑。试询之于幼僧,答曰法眼。则自然可知此处曾为文益所住。问幼僧:既为第二代,岂无开山之祖?彼无答辞。然予既见法眼正宗之文字,不觉露快心之笑,示安心之容色。

如此,予已求得禅宗五家中首屈一指,有宋一代颇具势力之法眼宗发祥地。法眼宗与其他四宗相比,最善用华严教理,被评为禅门中最为详密者。如南宋朱子所谓,唯法眼宗所言可解,其他诸派所善者,则不过如使人食钉饮漆之类。由此评语亦可见,此宗为禅门中之理论派。故法子①中有如天台德韶②般之学者,法孙③中有如

---

① 法子:佛教用语,佛的弟子,所有信佛之人皆可称佛子,也指释迦牟尼在世时的直传弟子。此处特指法眼文益的直传弟子。
② 天台德韶:法眼文益弟子,承其法嗣,为法眼宗二祖。
③ 法孙:再传弟子。

永明延寿①般之博学,亦是理所当然。不过,此派仅专注于学问,自临济禅观之,则已远离教外别传之宗风,故随临济禅之隆盛,法眼渐次衰颓之事便已注定。

——常盘大定《古贤遗迹访考·南京怀古》

栖霞寺

二十八日 晴 自傍晚雨 (栖霞寺)

午前乘八时五分之列车,由广濑氏任向导,与菅野氏、俞氏及拓字者相伴出发。于孤树村站下车,自摄山山麓向右转,行十四五町,于溪谷间得一仙境,即栖霞寺也。寺背面由砂岩石所成之岩山耸立,其岩壁上石窟众多,为齐、梁、陈时代所成者,实为南朝唯一之石窟群。惜万历、乾隆之时以漆灰涂佛像,故颜面姿态等已失当初之手法。往往于漆灰剥落之处可见与北魏相同之样式。此石窟旁有舍利塔,系初唐之物,雕刻精丽,实为余

---

① 永明延寿:天台德韶弟子,法眼宗三祖。

所见中最美之塔婆①。又有唐明徵君碑②,是亦唐碑中之杰作。栖霞寺实为南京最重要之遗迹,而人多不知,一览凡庸寺观而止,惜哉。

——关野贞《关野贞日记》

栖霞山

访牛首山时之向导砂堀君言:今次始知,原以为如已死故物之古刹研究,竟有难言之雅味。于是更请为栖霞山、宝华山、镇江之旅向导。一二洋行肯为东海之孤客,割舍有为青年前后共计七日之劳,实为极大牺牲。牛头、金陵之调查,赖此等宝贵之牺牲而得以顺利进行。

离南京,沿江宁铁路而行,第四站称栖霞山。由此下车,沿平坦田间路,行仅十丁许,便抵栖霞山。不费丝毫劳苦而访得之地,恐怕未有能与此相比者。纵北京城内,亦无可如此一路平安到达之所在。寺内有可称江南第一名塔之五重石造舍利塔,名声驰于中外。于佛教研

---

① 塔婆:佛塔。梵语 stūpa 音译。
② 唐明徵君碑:唐高宗李治所撰,高正臣书,王知敬篆额。碑阴有"栖霞"二字。为唐碑中珍品。

究者而言，则其由梁代僧朗、陈代僧诠、慧布所筑，作为江南三论宗发祥地摄山之地位，意义更为重大。予特地于此处下车，于观赏舍利塔、千佛岭外，实为造访三论宗义之发祥地。

栖霞山，佛教史上以摄山之名而闻。摄山开基者为齐之名士明僧绍，寺之开祖则为法度。明僧绍者，齐之学者。顾欢著《夷夏论》，谓中夏国民不需外夷之佛教，引起关于教会之大问题之际，僧绍著《正二教》，以公平之见地，比较老佛，指顾欢已失老庄之旨，兼对以迷信为基础之道教施以痛击。齐永明元年征为国子博士，不就，其识见有如此。世称齐郡高士。法度者，为净土信仰之人。僧绍以师友之礼相遇，迎入摄山山寺。开辟以来，向之困扰民众之群妖，忽焉绝迹，其名一时大盛。辽东僧朗，承法度之后，总督山寺。此僧朗实为江南三论宗之第一祖。"三论"之研究及其实证，于教义上，与著名之天台宗兴起有内在关系；于实修上，则有发展为风靡四海之南禅之必然脉络。故僧朗于佛教史上之地位，可谓极其重要。

"三论"本为龙树、提婆之佛教，可谓大乘佛教之骨格。一度为罗什三藏所译,即成一门中热心研究之对象。初与同为罗什所译之《成实论》相埒,独步于思想界。罗什寂后,江北动乱,研究者乃绝其迹。唯《成实论》经江南宋、齐、梁三代,而呈非常之势,研究者甚众。其鼎盛期为梁三大法师开善智藏、庄严僧旻、光宅法云之时。当是时,僧朗远渡辽水,驻锡江南,成为教界再度研究《三论》之因缘,此事正不知震动彼时思想社会至何种程度。梁武帝累降征书,至天监十一年,中寺僧怀、灵根寺僧慧等十僧诣摄山,谘受《三论》大义。承僧朗衣钵之僧诠,便系此十僧中所出。该寺于法度、僧朗之时仅称山寺,僧诠之时称止观寺。由此可知,称栖霞山寺乃因其为栖霞山之寺,称止观寺则系就其内容而言。僧诠以不言实行为理想,苟涉言论,一概避之。以期以己之一身实践《三论》之空义。僧诠学殖之博大,实证之深远,由其门下所出四友之事可知。四友者,兴皇寺法朗,栖霞寺慧布,长干寺慧辩,禅众寺慧勇。是等四友,各具所长。其中,擅长"四句"即理论思辩之法朗与达于"得意"即实证悟道之慧布,为不分伯仲之双璧。且此二人相交如水鱼,互为表里,使僧朗、僧诠之教义悟道愈加发扬。僧朗为著名嘉祥大师吉藏之师。至吉藏，实可谓将《三论》教义发展至极，予以为成就吉藏之法朗、慧布二人，也须予以相当注意。

罗什一门之三论研究称关内义，僧朗、僧诠、法朗三世之三论研究称山门义。关内义、山门义并称古三论。与之相对，由法朗弟子吉藏集大成之三论教义称新三论。然予以为吉藏教义与僧诠、法朗教义间之差异，尚未至需以新古相区别之程度。若吉藏之三论教义，于佛教史上占重要地位，则与此同时，僧诠、法朗之重大价值亦应予以承认。

是等三论学者中，法朗、吉藏二人于教学史上常被赋予重要地位，相形之下，慧布则远离学者视线。因其人过于沉默自守，不仅今日，即便在当时，恐亦未为人所注意。然予以为慧布不仅于三论宗史上，乃至于禅宗史上也应予以注意。慧布实为栖霞寺或曰摄山寺之创立者，此前彼处不过仅有供隐君子栖息之禅室，而慧布以一己之学德，使其蔚然成寺，具堂塔之规模，故务必借此机会，就此人而申一言。

慧布于僧诠门下四友中，受"得意"之嘉称，以此观之,就悟道一点而言,其崭然现头角之事可知矣。僧诠戒其门下,禁溺于言论之事。故师在世之日,一门悉服从此训诫。然及师寂后,先有具"领悟"之名之慧辩,至金陵长干寺,开坛讲论。其次,以"四句"之名驰闻之法朗,至钟山兴皇寺,亦开讲论。二人之间,时有理义之冲突。当是时,助法朗而促其大成者,实为此慧布也。慧布严守戒律,精进修禅,依师之遗诫,偏主实证,然于求道一点,实有热烈之诚心。远赴北方邺都,访达摩宗二祖慧可,叩问江南未闻之教学。抄写大量章疏,悉送之法朗。后又觉有不足之处,复至邺传之。由此可见其如何不惜一身而为法。又曾一度访天台宗二祖慧思,废饮忘食,彻日彻夜相论大义。慧思以铁如意击案,激赏曰:"万里空矣,无此智者。"①三论宗与北方达摩宗之联系,与天台学者之关联,实于摄山慧布一身之上而成。且彼身为僧诠门下三论修道者,于不立文字之实证,一生坚守。慧可之顿悟楞伽禅,慧思之圆顿法华禅,皆为禅宗史上须加以注意者,而慧布不立文字之实证,亦不可等

---

① 此句出自道宣《续高僧传》(卷第七)。

闲看过。法朗之教学,与天台宗之教义间有重要联系,与此同时,慧布之实证,于孕育南禅禅风上亦有不可或缺之地位。特别是,因牛头禅全自此三论学者中出,故南禅更经由牛头禅与三论学者形成深切联系。牛头禅与达摩禅皆自号南宗,仅由此点,也可推知牛头禅与达摩禅间之关系及类似之处。且不可忘记牛头禅之开祖法融,乃经三论学匠炅禅师所锻炼之人。佛教史上几乎无名之炅禅师,必定为僧诠、慧布"不言实行"之学德无疑。

且说摄山寺之缘起,提供首要基本史料者,为陈代侍中尚书令江总持《摄山栖霞寺碑铭》。先是,梁元帝尚为湘东王之际,选栖霞寺碑文,极尽典丽。而江总持所选,于叙事详备则过之。此江总持之文得以留存,令人心喜。江总持弱岁归心释教,年二十余入钟山,就灵曜寺则法师,受菩萨戒。及暮齿,事陈,与前揭之慧布相游,深悟苦空,为慧布之人格所感化,更复练戒①,运善于心,行慈于物。故无论自人品,或自时代而言,经其手所成之文选,都可谓绝对可信。今由此文一观摄山寺之成

---

① 练戒:佛教用语,即修炼戒行。

立因缘。

因山状似繖①,故又名繖山。山中多药草,足供摄养,故尹先生名之曰摄山。山之西南隅,本有外道之馆,俄而因疫疠磨灭,遂为佛教之地。时齐之居士平原明僧绍,于宋泰始中游此山,乃有终焉之志。时多虎狼之害,野老频谏止之,僧绍不以为意。披拂榛梗,结构茅茨二十许年,至诚所感,平安无事。时与僧绍有冥契②之法度禅师自黄龙来,至此山,于山舍讲《无量寿经》,中夜于光明中感见台馆。以此事为因缘,至齐永明七年,僧绍舍本宅而成寺,即法度所构之所。僧绍尝梦岩间有佛光,后依稀亲眼见之,遂有创造佛窟之意,俄而物故。其第二子仲璋为临沂令,嗣其遗志,于西峰石壁穿凿龛窟,雕造法度与无量寿佛并二菩萨像。佛坐身三丈一尺五寸,通座四丈,二菩萨高三丈三寸。听闻此事,齐文惠太子、豫章文献王、竟陵文宣王、始安王等,各舍泉贝,共成福业。宋太宰江夏王霍姬、齐雍州刺史田奂,并广抽财施,琢磨巨石,成亿万化身佛。后,梁太宰临川靖惠王于天

---

① 繖:同"伞"。
② 冥契:默契。

监十年,爰撤帑藏,复加莹饰。时明德僧朗法师者,远去辽水,来金陵,阐方等之指归,宏中道之宗致。故梁武帝累发征书,复敕遣十僧,谘受三论大义。南兰陵萧琛于兹山没迹,因与僧朗深相契,遗言葬于法师墓侧。

据以上碑文,栖霞寺、千佛岩之成立因缘已一清二楚。摄山之名于佛教史上地位之高,非因千佛岩,乃因与僧朗以后三论学者之渊源,此事已如碑文所载。碑文撰者江总持,实为僧朗法孙慧布之道友。

此碑于唐会昌灭佛之际被毁,后重立,复断折,至宋康定元年,由寺主契先复立。既如此,则可知唐高宗时此碑仍存。然不知何故,御制明徵君碑所记与前揭事实相异,而以僧辩为寺之创立者。云僧辩为经师,应刘绍招,至宅中斋,因声明而感群鹤。时代则仍为齐。想来时代同一,刘绍与明僧绍类似,不可思议之感应相通,或因此而致混淆。众多古物丧失殆尽,保存完好之高宗碑,其价值自应予以承认,然记载相异之处令人困扰。然则高宗碑与江总持碑,孰与从？不言而喻,应从百余年前,且与使此寺规模具备之学德慧布同时之江总持,方为至当。

图 11 栖霞寺石塔
(常盘大定《古贤遗迹访考》)

图 12　栖霞寺石塔局部
（常盘大定《古贤遗迹访考》）

寺中有可谓江南独一之名塔。石造五级,台基上雕刻释迦八相,周围台石、边柱、莲台、塔身等悉施以精细雕刻。其中,八相以他处几乎无可比拟之精细,肉刻佛传,其艺术于支那化一点上有汲之不尽之妙味。艺术的支那化背后,自然含有支那佛教独立之意味。吾人对此并非仅作艺术之观察,亦由此而体味其中所含之支那佛教思想之独立。

八相为:(一)降胎;(二)诞生;(三)出游;(四)出家;(五)降魔;(六)成道;(七)说法;(八)涅槃。当然并非一定按此顺序。八相者,俗有所谓大乘与小乘两种。大乘无降魔,有住胎,小乘与此相反。此塔之八相有降魔,故按俗说为小乘。然与小乘、大乘皆异处,为增加"出游"。大乘与小乘均言"托胎",不言"出游"。此处之八相则舍去"托胎",加入"出游",愈发显露艺术之味。

(一)降诞所画,为乘白象,自兜率天向中天竺迦毘罗城净饭大王第一夫人摩耶香房。香房中夫人为左右侍女所拥,倚靠交椅,所着服装及宫殿造型,支那化风格十分明显。(二)诞生所刻,一半为无忧树下,夫人为众多侍女所围绕,太子自夫人右胁诞生,帝释以氎衣承受之;另一半则为太子坐于七宝台座上,其上九头龙王倾九头,雨甘露温冷二泉之景。惟台座上之太子,未取"天上天下"之形。(三)出游所画,右方为太子跨白马犍陟,由车匿①相伴,众多导从跟随,正自门而出。左方下部,为二童扶持之倚杖老人,上部为因疾病所苦之人与横尸之死者,及宛转悲哀之眷属。太子前方,更加入超然于是等老病死之二沙门。如此则将四门出游之传说巧妙收于一幅之中,盖八相中之杰作也。(四)出家图中,为表现一夜之中行数百里远之事只以半面绘白云上乘马之太子,另半面则绘太子以己之锦衣换猎师之袈裟。上部绘太子于山林中冥想,两侧有鹿,含义不明。大概意为身着袈裟,使鹿安心,以谕猎鹿为生之猎师。此处添画野鹿,想必为显示与猎师交换职业的太子之慈心。(五)降魔图颇为奇拔。有雷神、风伯、着支那服之魔王、支那样式之龙,支那化之标本集中于此。(六)成道图右部绘浴于尼连禅河中,气息断绝之太子,为天降天女所扶持上岸。中央绘菩提树下,金刚座上,以彻底不动之姿势入定之太子,其右侧有难陀女捧乳糜。为表现难陀

---

① 车匿:释迦出家时的驭手,传其在释迦圆寂后跟随阿难修行,后达到阿罗汉境地。

为牧牛女,添绘大牛二匹。牛之上部绘树木纹样,善男善女自两旁向其礼拜。此必为菩提树供养。(七)说法与(八)涅槃,毋庸多言。

然则此宝塔为何时所造?考之文献,有隋代说与南唐说二种。以艺术家之专业立场观之,后者为妥。

《摄山志》岩崎文库所藏云,隋文帝诏令天下送舍利,凡八十三州,使造石塔。蒋州栖霞寺为其一。塔以白石为之,高数丈,凡五级,锥琢天然,种种奇绝。前设导引二佛,各高丈许,亦以白石为之。像貌衣缕,谓顾恺之笔法。此记述十分明白,于现塔状况已说明清楚,故仅自文献观之,直使人欲断为隋代。然《金陵梵刹考》中引《景定建康志》谓会昌废佛后,"宣宗大中五年重建,南唐高越等建塔,徐铉书额,曰妙因寺"。《景定》所载为原始文献,惜关于此塔无任何说明。

《金陵梵刹志》所载恰似综合上述二者,然逻辑不通,意思不明。曰:舍利塔高七级,在无量寿佛之右,隋文帝造,高数丈,五级,雕琢极工。南唐高越林仁肇复建塔。[①] 将此暧昧之文

---

① "高七级……复建塔"部分为直接引用《金陵梵刹志》原文。

章与前揭两文献相对照,盖有无量寿佛之右七级高塔,与隋文帝所造高数丈之五级塔,此外尚有南唐高越林仁肇塔。又高越塔应指七级塔。虽不明究竟为二塔抑或三塔,但五级塔确系隋文帝所造。因其毕竟与最初之《摄山志》之说同。艺术须遵从专家之意见。关野兄[①]谓系中唐以后,伊东[②]、中川[③]两兄谓系南唐之物。皆以为不可溯至中唐以前。

寺名随时代屡次变更。唐高祖时改名功德寺,增置梵宇四十九所。高宗名之为隐君栖霞寺,武宗时一度被废,宣宗时重建,名妙因寺。宋太平兴国五年改为普云寺,景德五年改为栖霞禅寺,元祐八年称严因崇报禅院,又改称景德栖霞寺,又改为虎穴寺。明洪武廿五年勅称栖霞寺,以至于今。现住[④]为金山江天寺首座印楞宗仰

---

① 关野兄:日本著名建筑史学家关野贞,详见本书作者简介。
② 伊东:日本著名建筑设计师、建筑史学家伊东忠太(1867—1954),毕业于东京帝国大学,曾为寻求日本建筑之源流而赴中国、印度、土耳其等地旅行。1902年在中国旅行时发现久为人所遗忘的云冈石窟,并发表调查报告。设计作品包括明治神宫、筑地本愿寺。以西方建筑学立场研究日本建筑,为日本近代建筑史奠基人。在中国建筑研究方面,著有《支那建筑装饰》(全5卷)等。
③ 中川:日本美术史家中川忠顺(1873—1928),毕业于东京帝国大学,入内务省,在古社寺保存会任技师,终生从事古物保存、古典美术研究活动。
④ 现住:佛教用语,即现任住持。

和尚,似为颇有学识之学者。赖其为向导,礼拜千佛殿。须臾见无量寿佛大像,多有剥落,古态几不存。右方之岩壁间刻有持斧之人。和尚执笔而书曰:此乃工匠苏奇。

> 千佛工竣,检数仅有九百九十九尊,此工匠自称曰,我亦算一尊,遂立化。

此传说颇为有趣,惜地方狭窄,无法摄影。之后顺次登千佛岩,谒拜而行,其中佛像皆为近世所塑,故并无特别举出之必要。仅有一处稍大洞穴中之古佛,首部虽为后人补修,光背①样式则与天龙山窟相类。另有与此洞相近之二小洞中佛像,虽已头、手、足尽失,然衣纹样态有似笈多式之处。皆为齐代遗物。洞内宋人题字不少,然无暇细读。

寺背后有废寺故墟,仅存巨大宝坛。调查附近石碑,知为明代圆通寺遗迹。继续深入,另见宝坛二个,此处不仅废墟之上复叠加以废墟,且小溪对岸尚有广阔废墟遗址。具体数目虽难以辨清,但废寺至少在三四个以上。最深处有巨岩,其一刻"云片",另一似刻有碑文,但

---

① 光背:佛像背后代表佛光的装饰。

图 13 栖霞寺千佛岩之一洞
(常盘大定《古贤遗迹访考》)

位置过高,无法确认。如今此寺虽可称为废墟,但或可由此查访古止观寺遗址亦未可知,因为怀有此种希望,故翌日凌晨早起,复行踏查,然终于无果。

据记载,尚有明僧绍旧隐之处白云庵,明袁了凡拜诣云谷禅师之天开岩,但已无暇访问,十分遗憾。天开岩"在寺后三里,石多特立",自此条记载观之,最深处刻有"云片"之岩石或者正是。予等投宿之翌日,宗仰和尚便去往上海,故虽有种种疑问,却无缘求教,亦为未能尽兴饱览之一因。

二日后住金山,和尚问:"栖霞寺之石塔观之如何?"向导高木氏转述予意,答道:"实为名塔,只是石片大块剥落,无人修缮,一任精妙之雕刻委于草莽间,十分可惜。应洗涤台基,收集零落之石片,妥善保存为是。"和尚点头称是:"然然"。

如此前庐山之文开篇所言,此栖霞寺自古以来,为天下四绝中首屈一指之名刹。自其风物而言,自与陈代名僧之渊源而言,特别是自其保有千佛岩、五级石塔而言,实为教理史与艺术史上重要之物。因其在南京附近,极易前往,为请今后往游之人留意,乃随心中所想而恣意书写,不意成此长篇。

——常盘大定《古贤遗迹访考·南京怀古》

五月三十一日上午八时于兵站前集合。乘卡车,与警卫兵六人同赴目的地。汽车出中山门,左侧可见紫金山,沿柏油路疾驶。蒋介石政权所留之"临别赠品"中惟道路颇为称意。在麒麟门左拐,至尧化门车站。本来从此处沿铁道线向东即可到,然而负责驾驶之士兵因过于慎重,追前车辙迹而行,终致失其道,行至乌龙山炮台附近。

变道向右至栖霞山,先访栖霞寺。寺中建筑虽为新建,但结构宏大。寺前有唐明徵君碑。绕至寺后,有传为隋仁寿三年所建之舍利塔,为石栅栏所护。此塔似几度破损而经修补,附近有残石散落。其旁有名为三圣殿之南朝时代窟殿,前立二菩萨像,虽经后世修补,但胸以下则似为原建,与本尊大佛台座上所悬法衣褶皱,皆令人怀想佛祖之面影。周围尚存小窟,其佛像光背与香狭间[①]则如旧态。

——松本信广《江南踏查》

---

① 香狭间:佛坛上所使用的镂空器具。

其 他

毗卢寺

自钟楼归旧路,复折向东,过总督衙门前,抵毗卢寺。现为南京第一大寺,佛殿楼阁以回廊相连,不计其数。住持名海峰,眉睫间虽有俗气,然待我等一行颇善。出示一万佛体及龙藏等,庖厨角隅之处亦导我等细细参观。

——内藤湖南《燕山楚水·禹域鸿爪记》

南京所遭遇之时代变迁,比之他处更甚,即便只是找出一座古刹,也颇费工夫。名称随时代而变,有兴有灭,位置也时有变化。欲确认古之甲寺即今之乙寺,势必多少加入些考证。自己也会觉得枯燥,读者自然也会感到无趣。不过,虽然烦琐,但既为学术调查,于考证之事便必须有所涉及。不仅南京,既到江南,此种情况便会常常出现,故在此预先说明。

报恩寺即古之建初寺、长干寺

在南京,首先必须寻访之处是江南最初之佛寺建初寺。此为孙吴赤乌十年至此地之康僧会,因感得舍利之因缘而建之名寺①。彼时此地名为佛陀里。此寺之建成为江南佛教普及之基础。不久被孙皓所毁,后再建,此后几经变迁。梁代僧祐律师曾住此处,唐初牛头宗祖法融禅师于此处入寂,由此可知寺至唐时仍存。宋代改为法性寺,遂失作为古迹之价值。如今已无法确认其遗址所在。然不论如何,就在南门外报恩寺附近,或者相同,或者有异,若求最近者,则谓古建初寺即今之报恩寺应无大谬。

长干寺元有古塔,本为吴时一尼于此地所营之小精舍。晋时刘萨阿,因感奇梦,筑塔一层。孝武帝扩建至三层,成一名刹。齐时名僧元畅住寺中,与钟山上定林寺法献,并称黑衣二杰。梁代,勅命增广寺域,成一大刹。及至陈代,三论学者僧诠门下四友之一慧辨住寺

---

① 据释慧皎《高僧传》(卷一)记载,康僧会祖先为康居人。初至吴国传教,孙权谓僧会,如能得舍利便造塔。僧会于是斋戒净心,以铜瓶礼请,经三七二十一天终得舍利。孙权大为叹服,于是建塔。因系此地最初之佛寺,故名建初寺。

中,于佛教史上占据屈指可数之地位。下至宋代,称天禧寺。元代被焚毁。明永乐十年勅重建,历经二十九年漫长岁月,筑成九层琉璃塔。据云建造此塔之时,系于四方堆起土丘进行筑造,塔成后再将丘除去,乃依伽蓝造法之大内式筑成之庞然大物。嘉靖时大火,塔虽幸存,然康熙年间大火时终被焚毁,遂拨帑金修造。今则踪影全无。琉璃塔即瓷器塔之谓。现今江南机器局门外池边有传为塔盖之遗迹者,状如铁釜。直径约二十步①,重五千贯②。今报恩寺与机器局间虽有相当距离,然明代时寺域直延伸至机器局旁,故云塔盖附近即为琉璃塔之所在。

古建初寺遗迹虽已杳然难寻,但自其在报恩寺附近而言,若以之为其遗迹,则建初寺址、长干寺址,皆须于明代大报恩寺访求。明代以灵谷、天界、报恩称三大寺,外加鸡鸣、栖霞、静海、宏觉、能仁,称八大寺,朝廷赞助颇厚。至清代,沈豹建大殿,僧休然于塔后建无梁殿、万

---

① 步:日本旧时土地面积单位,约合3.3平方公尺。
② 贯:日本旧时重量单位,以1000枚开元通宝钱的重量为一贯,约合3.75公斤。

佛阁,此外有唐三藏法师石塔及放生池,今日塔盖附近池塘或为放生池所在。其余殿、阁、塔则已无处可寻。今日之报恩寺仅为杂闹街衢中一凡庸寺院,充作学校教室,古碑、古物无一得存。唯门内小殿中悬挂含有"长干"文字之四字匾额,以为寺名之纪念。此外,门卫小屋所售琉璃塔之图片,谓建初寺、长干寺即明之报恩寺。

高座寺

高座寺在雨花台山腰处。晋代,善吟梵呗的尸黎密渡江南来,为丞相王导等所敬重,时人仰称为高座法师。常在石子岗之东行头陀①,及入寂,葬于此。成帝乃于其冢建刹。寺成之后,陈郡谢鲲名之曰高座寺。石子岗便是雨花台。梁代,宝志大士据云曾主持此寺,可知曾为名刹。因法云讲经之事,又称雨花台寺。传内有铜钟碑、张僧繇画壁、宝志二印、法云手植之松。唐李白族子中孚,出家后在此修行,造塔,称中孚塔。至宋代,改称永宁寺。明代,寺分为二,西称高座,东称永宁。至清,

---

① 行头陀:佛教僧人的一种修行方式,须遵守住寂静处,常乞食,着百衲衣等戒律。

图 14　高座寺
（常盘大定《古贤遗迹访考》）

两寺并峙,高座寺尤为宏大。此后尽皆荒废,今仅存小殿。庭中卉木荟郁,有五谷树、娑罗树等海外异种。想清之盛时,必定枝繁叶茂,勾曳游人手杖,今则唯有巨松作为当年遗迹留存。此外,因有甘露井,或曾有甘露寺之名。寺前称天下第一泉者,想必便是此甘露井。

凤游寺即古之瓦官寺

瓦官寺本为河内①山玩之墓。晋元帝时,因王导曾以此地为陶处②,故有瓦官之名。兴宁中,慧力乞此处为寺。初建堂塔,为建寺之始。简文帝时,竺法汰于此讲《放光般若经》,因车驾临幸,大拓房宇,成南京名刹,僧众接踵而至。僧徒驻锡于此者,有如僧敷、道一、法和等。居士过此处者,有如何充、戴逵、孙盛等。梁代,造诸台殿并瑞像,建高二百四十尺之瓦官阁,为寺门最为宏壮之时代。陈代,时年三十岁之智颛,离慧思座下,讲经于此,为佛教史上最光荣之时期。其后,有唐一代为名胜。扬吴时改名吴兴寺,南唐时改为升元寺。宋初遭

---

① 河内:古地名,在今河南省境内。
② 陶处:管理制陶的地方。

兵火，复建，名崇胜戒坛院。降至明代，废而为骁骑仓，一度灭亡。嘉靖中，附近集庆庵僧人掘地，得升元寺石像，知为瓦官寺故址，遂名庵为瓦官寺，以复活之。然其上之凤凰台，曾有小庵，方为真正之瓦官寺遗址。故万历十九年，僧圆梓募资，将此台地全部赎回，大建刹宇，名之曰上瓦官寺，其下之集庆庵名下瓦官寺。上瓦官寺即今之凤游寺。

予虽踏查凤游寺，却未见任何有似故迹之物。失望之余，因有人告知别有一处瓦官寺，遂往访之，见虽安放有拙劣小佛像、韦陀天之类，然有妇女于其内纺线，只是一般俗家，并无任何可资确认为瓦官寺之遗迹者。于附近勘查一番，见门内仅存"重建瓦官祝釐圣寿碑"之碑冠，横卧于圃畔，故可确认为古瓦官寺遗址。该处俗家，便是古之集庆庵，也即前述下瓦官寺。然碑则为嘉靖年间之物。

晋义熙初，师子国①献四尺二寸洁润殊形之玉像，历十载乃至，晋宋间置于此寺中。又有戴安道手制之佛像五座，及顾长乐所绘维摩像，此三物世称三绝。此外，有

---

① 师子国：今斯里兰卡。

图 15 下瓦官寺
(常盘大定《古贤遗迹访考》)

释洪所造金像及张僧繇画壁。齐东昏侯虽曾毁玉像以为潘妃钗钏,然由唐杜甫"虎头金粟影,神妙独难忘"之诗可知唐时维摩像仍存。又据传,有晋恭帝所造丈六金像及宋世子丈六铜像,然时世变迁,寺迹都已不明,上述艺术品,唯于记录上得以流传而已。

灵谷寺即开善寺

开善寺为梁三大法师之一、成实宗学者智藏所居,于佛教史上颇为有名。天监十三年,宝志大士葬于钟山玩珠峰前,为追崇大士而于其地建精舍,即为开善,智藏勅住其中。玩珠峰即独龙阜,梁武帝曾与志公同登其上,共语心迹。志公圆寂后,帝忆及当时,于此处筑其瘗所。唐代名为宝公院。钟山一名紫金山,乃超乎想象之大山。据云原本以此山为中心,有延贤、草堂、宋熙、灵味、兴皇、大爱敬、竹林、定林、钟山、开善等七十寺,可知其广大。是等诸寺,自齐梁后递相兴废,下至赵宋,王安石合诸小刹,改名大平兴国寺,其后又曾名蒋山寺。下至明代,因于此处建孝陵,将寺远移至东方,改名灵谷寺。名称变换,内容自然也随之变换。因前述之缘由,若直以灵谷寺为古之开善寺则不可。其场所既已改换，内容亦已不同，实为七十寺合并所成。

出朝阳门，向左远眺钟山，途经已成南京古物保存所之明故宫、本为开善寺所在之明孝陵前，更行一里有余，抵灵谷寺。寺距朝阳门十清里，自门外约五清里之区域为满洲人故宅，近年革命战乱之时，罹兵火，唯余瓦砾纵横，见之使人痛感时势之变迁。

于灵谷寺，先自题有"勅建灵谷第一禅林"之外门入，再入题有"普济圣师志公真身道场"之山门，境内中央有大雄宝殿，其中佛像十分普通。自石阶向右绕至后方，有二丈余高之龟趺，正是巨碑之台座，然巨碑、冠龙①皆不见。后询问得知，冠龙被取走，置于三四丁之外溪间。寺僧解释乃因龙欲饮水之故。中庭杂草繁茂，长至一人高，石块狼藉，直延伸至附近杂木林中，应非巨碑被毁后所余之碎石。此巨碑必为颂赞宝志大师而立无疑，然不知究竟遭逢何种命运。因天色已晚，故无暇就此质询寺僧。至大雄殿之后，有巨大废殿。无屋顶，无柱梁，

---

① 冠龙：装饰在石碑顶的龙形石雕。

图 16　明孝陵
（常盘大定《古贤遗迹访考》）

图 17 独龙阜
(常盘大定《古贤遗迹访考》)

唯余砖壁。砖壁为双层,有众多小室。此等小室或为禅房。寺僧称此处为无梁殿。现状宛如牢狱,不过一杀风景之物而已。

无梁殿右方、后方皆有废墟。据云右方曾有龙王殿,后方曾有五方殿,如今则空无一物。距五方殿后方约两丁处之小丘上有志公殿,石阶下有石碑。石碑上刻吴道子笔志公像,及李太白赞、颜真卿书。世传所谓三绝之碑者,应是此物。然现今所见,盖为清朝复制,样态拙恶,不值一观。实非三绝,直为三拙。据云创建之时,勅令陆锤于冢内制铭辞,玉筠于寺门刻碑文,永定公主造五级浮图,赐玻璃珠为塔表,张僧繇画遗像,于塔前建开善寺。然今日已无一物留存。如此而言,则今日之灵谷寺,殊乏可观之物。虽心思方丈中或有可观之物,且寺僧又频频相邀,然暮色渐临,遂匆匆离去。欲知灵谷寺之古意禅味,至少应在此宿留一夜,以极闲寂之钟山风月,如梦般明灭之禅院孤灯,超脱旅情,离却人间方可。

图 18　灵谷寺大雄殿
（常盘大定《古贤遗迹访考》）

图 19　灵谷寺无梁殿
(常盘大定《古贤遗迹访考》)

牛首山・祖堂山

予自数年前，心中便有夙愿：访金陵之时，定要前往探寻牛头禅祖师、唐法融禅师遗迹。然《僧传》所载为润州牛头山，地图所标则南京之南有牛首山，无牛头山。虽觉牛首山与牛头山或是一地，然而，若慎重考虑润州即为镇江一事，则牛头山究竟在镇江之南，抑或南京之南，便全无头绪。询之于镇江高木氏[①]，云镇江亦有牛头山。询之于南京之人，则曰牛首山虽有名，却无人去过。虽说不知如何是好，然据《府志》可确定牛首山附近有祖堂山，在南京之南无疑。遂决定姑且先往南京之南，乘驴踏查一番。十六日，历观城内遗迹完毕后返回住处。三星洋行江岛贞夫氏与一二洋行砂堀义显氏自明日起为予之向导。好意当谢，良机不可失。冈崎学士[②]虽也因专业研究需要，意欲同行，然同学京都大学讲师黑田氏今明两日便会前来，须在此等候。故予暂且仰赖江

---

① 高木氏：作者此次南京之旅的向导由日本人经营的一二洋行提供，高木氏为一二洋行镇江分行职员高木信行。

② 冈崎学士：日本著名东洋史学家冈崎文夫（1888—1950），毕业于京都帝国大学，师从内藤湖南，1919—1921年在中国留学。所著《魏晋南北朝通史》至今仍为日本东洋史研究上的经典之作。与常盘大定在北京时因通信而相识。

岛、砂堀二君为向导,即日出发。按记载,山在城南三十清里之外。

至南门外,驴子已在等候。天气晴好,路况亦佳,自北京之旅以来,无有乐于此者。向左可见雨花台,进而越狮子岗,前方牛首山遥遥可望,双峰模样颇似牛首之形。晋王导尝指之称天阙山。原有辟支洞,故又有佛窟山、仙窟山之名。或谓东峰之上者为佛窟寺,西峰之下者为仙窟寺,分而称二寺。然据实地调查,并无二寺。顷刻已抵北面山麓寒村,速度之快,出乎意料。沿小径,渐次上行,有石径坡道,与此偏僻之地不相称,予见之愈发自信此便为牛头山无疑。舍驴而徒步,登至山顶,绕至南面,有寺巍然。东峰之上,七级大砖塔耸立于杂木林中。《府志》云或位于城南三十里处,或位于聚宝门外三十五里处。实则更近,不出二十五清里之外。此即《僧传》所载牛头山佛窟寺,牛头山幽栖寺则为今祖堂山幽栖寺。《传》谓两寺相距十五里,实则仅七八清里。未曾实地踏查之人所记,于事实不合。

寺之创建及创立者,《传》云系宋初刘司空,《府志》则谓系梁天监年间司空徐度,《志》之说为确。《金陵梵刹考》以为僧明庆之禅房。当时称佛窟寺，唐代称长乐寺，又称资善院，或名福昌院。南唐称宏觉寺。宋代称崇敬寺。至明初，又称佛窟寺。正统年间，名宏觉寺。至清，又改名普觉寺。现仍用普觉之名。明代为金陵八大寺中首屈一指者，由此应知为一大伽蓝。时代变换，不仅名称不同，记载其事之典籍也有谬误，故实地调查颇为不易。

普觉寺为法融禅师阅藏、开教之地，牛头禅最初之道场，实为金陵附近名山。或云有芙蓉峰、辟支洞、文殊洞、兜率崖、石鼓，或云有唐塔、文殊洞、兜率岩、含虚阁、石鼓、丹灶、大银杏树。实查此山，则有大小砖塔二、观音洞、文殊洞、舍身崖、辟支洞，峰顶有兜率岩。辟支洞前小砖塔中有壁碑，记建造因缘，由是而知为宋代之物。观音窟下大砖塔，自其样式观之，亦判为宋代之物为当。然有说谓为唐代宗大历九年所建，《志》从之。《传》曰："佛窟中曾有七藏经书。（一）佛经；（二）道书；（三）佛经史；（四）俗经史；（五）医方图符。宋初刘司空倾巨富之财访写之，永镇山寺。虽相传守护，然贞观十九年夏

图20 普觉寺
(常盘大定《古贤遗迹访考》)

图 21 普觉寺大砖塔
（常盘大定《古贤遗迹访考》）

失火,延烧五十余里,二十余寺与此七藏并归于煨烬。"①著者道宣律师痛惜之。虽不至于否定曾藏有佛典俗书之事,然所谓七藏书,应是夸大之辞,而道宣却将此当作实情记录。大雄殿、内部之毘卢殿中主尊观音、观音窟、文殊窟之观音、文殊,皆非佳作,并无观赏价值。唯大雄殿中所保存之铁佛,虽下半部已毁,然颇具欣赏价值。或为宋代之物。观音窟背后记缘起之明碑云此寺为明代复建。窟中石坛想必为明代之物,稍足观。窟下有铁板道人舍身塔。寺僧云系法融为此道人所建。然既为明代石塔,恐为住持之墓。寺下崖间有形式相同之石塔五个,皆为明代住持之墓无疑。文殊窟中祀日宫、月宫娘娘,可为此名山道教化之铁证。舍身崖之名起源于铁板道人,想必亦为此处道教化之结果。

---

① 引文出自释道宣《续高僧传》,国内通行版本文字与常盘此处所引略有差异,译文从常盘文。

图 22 普觉寺大雄殿古铁佛
（常盘大定《古贤遗迹访考》）

图 23　普觉寺铁板道人舍身塔
（常盘大定《古贤遗迹访考》）

祖堂山

祖堂山在牛头山前，一呼可应。寺虽无法望见，但可知为平缓山脉。于牛头山进午餐，定明日之约，乘驴而返。于山内外调查一番后，赁寺仆以为向导兼挑夫。薄暮下山，更上祖堂山，绕山一周，自南面出，见幽栖寺。亦为威严堂皇之大伽蓝，吾等三人即在此一宿。住持为七十余岁之老僧，法号广慧。见予等远道而来，欢喜出迎。竭尽款待，不吝好意。有寺仆三人。想必因为此处支那人亦罕至，而竟有三位东洋人来投宿。即便不是因吾等为东洋人之故，于这人迹稀疏之山寺也是稀罕之上倍加稀罕，自然欢喜不尽。对吾等但凡有所言语，必激动不已。见予杂记簿封面所绘武者像，则争论为驴为马。就寝后，复特意秉烛来探，寻问西服之价格，闻之而惊叹咋舌。虽然客气，但却并不因害羞而畏缩不前。见其举止动作，虽是四五十岁之黑面络腮汉，却也有似小儿处，显出自然爱敬之态。翌日晨，寺中二人已于凌晨三点起身，乘空驴而返，想必是将山中所伐之薪，远远运至南京城内。见吾等三人亦乘驴而去，擦肩而过之时，不意彼等二人高声欢呼。

祖堂山广慧老僧之学问如何不得而知，但若就道心而论，则应是颇为坚固之人。共餐之时，对种种事件，吐万丈气焰，向万里珍客，诉腹中不平。自云系开山祖法融后第四十七世。翌日见客堂中所置牌位，列记中兴第四十三世缘度，第四十四世慧海，第四十五世道元，第四十六世仰高岗之名。可知中兴第四十三世为清朝之事，确定无疑。现今七堂伽蓝，应系此中兴缘度之时所重建。餐后闲谈许久，话题偶然及于此大伽蓝殿如何建成。答曰："昔南京总督冯国祥使者至，言意欲捐资重建，被贫僧拒绝。"想必是酒后大话，然其气魄颇令人喜爱。至今所遇缁徒①中未闻如此有骨气之语。然则如何建成？老僧乃两手相合，做叉手之形，曰："如此这般醵集些少净财而成。"此与山间僻地颇不相称之大伽蓝，里外皆新造，故想必古物未能保存，然就规模而言则过于普觉寺。

山门金刚殿，中堂大雄殿，后堂毗卢殿，皆为新建。大雄殿三尊系光绪十七年所造，其背后观音，为光绪二十二年所造。想必系缘度和尚所为。右方有祖洞，据传

---

① 缁徒：即僧侣。

图 24 祖堂山幽栖寺
(常盘大定《古贤遗迹访考》)

祖师法融曾于其中坐禅二十余年。崖下有虎爪穴,背后山中有献花岩。道宣所记:"贞观十七年,于牛头山幽栖寺北岩下,别立茅茨禅室。日夕思择,无缺寸阴。数年之中,息心之众,百有余人。"此寺即为当年禅室扩大而成。记祖洞:"山有石室,深可十步。融于中坐,忽有神蛇,长丈余,云云。"记虎爪穴:"山素多虎,樵苏绝人。自融入后,往还无阻。"记献花岩:"贞观廿一年十一月,岩下讲法华经,于时素雪满阶,法流不绝,凝冰于内,获花二茎,状如芙蓉,灿同金色。经七日,忽然失之,众咸仰叹。"[①]道宣将幽栖寺、佛窟寺皆冠之以牛头山。今则以佛窟寺所在为牛头山,幽栖寺所在为祖堂山,以区别之。又道宣谓佛窟寺在丹阳南部之牛头山,幽栖寺则仅言在牛头山,以此区别之,由此可见,似以幽栖寺之牛头山在润州即镇江。如此则道宣所记颇为混杂。

《江宁府志》云:"以幽栖寺在牛首,宏觉即幽栖寺也。今又别有幽栖,或自此宏觉分出。"并未区别幽栖寺与佛窟寺,而唐时早已有二寺,故可知《府志》之推想不

---

① 以上四段引用道宣所记皆出于宣所著《续高僧传》,国内通行版本文字与常盘大定此处所引有一二处差异,译文从常盘文。

当。承法融之法嗣,达摩宗五祖弘忍弟子法持所住之金陵幽岩寺所在不明,而牛头宗第六祖慧忠与其后之玄素所住之幽栖寺则在祖堂山无疑。《金陵梵刹考》以为寺之创建在宋大明三年,山亦因寺得名,名幽栖山。至唐代,法融住于此,为南宗第一祖师,自此改名为祖堂寺。唐末光启四年废,杨吴太和二年重置,改称延寿院,其后复称幽栖寺。

左方有石塔,似颇有渊源,询之寺僧,答曰祖师衣钵塔。问祖师墓塔所在,答曰:"祖师为湖北省人,故归乡后入寂,不知所在。"后查考而知,实于南京建初寺入寂,葬于鸡笼山。如此则幽栖寺、佛窟寺皆无祖师墓塔,则以此衣钵塔为祖塔之代表当无妨。况有祖师入定之祖洞,又有其阅藏及开教之处牛头山,可远溯至法融,可谓遗迹颇丰。

与牛头山相连之山径下有石塔,规模颇大。金刚殿左下方亦有同形之石塔。塔上无文字,故不知为何人之物。然其形状与牛头山崖上崖下所见之六石塔同,可知应为明代之物。荆棘乱草丛生,欲摄一小照亦颇难。

宿幽栖寺,翌日(十八日)凌晨起身,踏查境内,不意

图 25 法融祖师衣钵塔
（常盘大定《古贤遗迹访考》）

眼前石垣下有鹿跃然而出。予不禁口占："吾庵在都南，有鹿栖焉。此山远俗世，人皆云焉。"①吟罢独自微笑。此处距南京城之南不过三十清里，而人迹颇远，故有鹿栖息，老僧及众寺仆以吾等为稀客，亦在情理之中。

是日晨，穿行于朝露浓重之杂草间，上下于两侧之丘阜中，再三试摄小照，有一自称分寺之僧者前来，应为老僧所遣，云："请为老僧摄影一张。"许之，老僧大喜。于大雄宝殿前凭椅而坐，想因不惯摄影之故，而成垂目之态。后至上海冲洗成像，观之甚佳。朝不谋夕，人生苦短，更何况那老僧正不知如何翘首以待。遂即刻寄往南京。想不久之后即可送至幽栖寺中，老僧与寺仆必定观之不厌。

临离牛头、祖堂二山之前，关于法融及牛头禅应再添一言为适。

法融，润州人，初在翰林，穷尽坟典，既而以"儒道俗

---

① 原文为："我庵は 都の南 鹿ぞすむ 世をうし山と 人はいふなり"是"五、七、五、七、七"音节格式的日本短歌。系作者模仿平安时代"六歌仙"之一、宇治山僧喜撰法师的名篇"我庵は 都のたつみ しかぞすむ 世をうぢ山と 人はいふなり"所作。喜撰之歌大意为：吾庵在都之东南，闲静而居。世人却以为吾因厌世而避居于此山。

文,信同糠秕。般若止观,实可舟航",从茅山三论学匠炅法师剃发,以"慧发乱纵,定开心府,如不凝想,妄虑难摧",入空林,宴默二十年,专精凝心。① 以致人皆以"懒融"称之。终悟入妙门,得百八总持,得三一悬河之辩,无尽且无穷。牛头山幽栖寺北岩下禅室中,数年之间,息心之士至百有余人,禽兽亦悦服。贞观二十一年,于岩下讲《法华经》,有不思议之感应。永徽三年,应邑宰之请,至南京建初寺,讲《大品》。显庆元年,应司功萧元善之请,再至建初寺。翌年遂于南京入寂,葬于鸡笼山,会送者据云多达万余人。如此则法融之禅可谓无师独悟,继其法系者称牛头禅,此派所出如法持、慧忠、玄素、径山道钦、西湖鸟窠道林,皆杰出人物。唐代,至可与江南达摩宗分庭抗礼之势。必须注意,此法融之出世②年代,比之创建达摩宗之高僧六祖慧能亦早二代。此外,慧能之禅风,恐受牛头禅之影响亦未可知。

然慧能门下之南禅,中唐以后次第扩张势力,对北方神秀禅系及北魏禅、南方牛头禅加以酷评,兼用苦计。

---

① 此处两段引文出于道宣《续高僧传》。
② 出世:此处为佛教用语,指僧人居于高位教化世人。

对神秀禅,下所谓"南顿北渐"之语,实言其禅不能达真正之彻底。对北魏禅,谓菩提留支与慧光毒杀达摩。对牛头禅,则谓法融曾受四祖道信之一札。以此而使彼等屈服于南禅,渐收其功。当然,其成功自然并非仅凭批评与苦计,成就批评与苦计之势力背后,南禅中大德辈出之事亦不可忘。予既承认南禅因大德辈出,终致席卷天下之势,亦以为其批评与苦计中所见吞并之策不可忽视。此派祖师中之一人法持,虽为五祖弘忍弟子,然法融与道信间则毫无联系。道信曾驻庐山,却未曾至金陵。法融曾于茅山、牛头山修禅,却未曾至庐山。所谓道信自九江向东远望,见瑞云浮现,乃腾空而上,至牛头山,见懒融,一席问答间,遂导之入真境之说,实赖《宋传》作者赞宁之笔力。赞宁以此为基础,推论末枝不及根干。其意所在,不言自明。吾人务必具一只眼①。况如牛头禅至六祖而法系绝之事,亦与事实不合。六祖慧忠以后,有如玄素、道钦、道林等大德高僧出。关于六祖予也有一番意见,然今次暂不深入。

---

① 具一只眼:佛教用语,指独到的眼光和见解。

予造访牛头禅真正发祥地之法融遗迹,期待彼处应有有抱负之人。时逢牛头山住持仁亮和尚不在,因有具相当学力、法号挟贫之后住①在,试与笔谈,不过言"懒融"、"道信法子"、"南宗",依《景德录》照本宣科而已。且既自称牛头宗,又云现住为临济正宗第四十八世,如此矛盾实令人心焦。祖堂山之毘卢殿壁碑亦不外乎依《景德录》所载。宋元以后临济禅之势力,到底无人可与相抗衡,直令一切宗派垂首,牛头禅亦难逃此列。玉泉寺天台宗与临济宗同称,牛头山亦牛头宗与临济宗同称。明代以后,寺僧恐亦不知法融祖师之真实事迹。临济之力何其伟也。欲详论此事,特留待访正定府临济寺之时。

——常盘大定《古贤遗迹访考·南京怀古》

---

① 后住:佛教用语,即继任住持。

陵墓第七

明孝陵

自朝阳门出,至城外,钟山之孱颜,当面而立。其麓高原草枯,古坟散点于陵谷间,无一树遮眼,孝陵之残阁丹壁,遥遥可辨。沿城墙北行,自燕雀湖畔至原野间,驱驴而行,不策而自驰,似喜野色之旷豁也。地志载此处有吴之孙权陵,然已无坟陇可资辨认。金陵城墙高五丈至七丈,不似北京城墙有扶壁①相支持。瓦壁似以泥浆涂抹,遍生青苔,其色黝黑,与燕雀湖相接处,湖光交映,真乃一段秀色。孝陵之门已失,享殿亦仅存些许基址,想其规模应较永乐陵为大。陵前明楼有甬道,与永乐陵

---

① 扶壁:为平衡土体等对外墙的推力,而在外墙上附加的墙或其他结构。

同。其下层之高度殆倍之,宽度则三倍之。上层屋顶已颓,唯余四壁,堕瓦狼藉。陵前乾隆御制之碑亦大半残缺,乱后光景,极尽凄惨。自正路归,有石人石兽夹道并列,绵延约半里,其制与十三陵同,大小则过之,唯较粗糙耳。其前有碑亭,置太祖功德碑。此处钟山连峰向东绵延,其下一带高原,时有兵营。南面平田千里,树色水光,城郭村落错落其间。方山、牛头山恰似青螺,遥遥浮于原野尽处,不愧为六代帝王之州,不免令人起苍茫万古之想。上朝阳门头,更观形胜,归抵学堂,日已过亭午。

——内藤湖南《燕山楚水·禹域鸿爪记》

出朝阳门,渡平桥,直向东北,钟山之阳,为丹壁所绕之孝陵,即在眼前。取右道先至碑亭。亭在红门之后,屋宇全毁,仅存四壁,中有:

大明孝陵神功圣德碑

永乐十一年九月十八日嗣皇帝立。由此渡小河,稍稍向西北折,每隔约七十步,有狮子、獬豸、骆驼、象、麒麟、马各二对。前者跪,后者立,夹道相对。绕道小丘之麓,再转东北,次有华表一对,及文武各二对。即比昌平十三陵少四石人。若以石人石兽之大小及雕刻而论，则昌平与金陵无甚差异，惟金陵之象较大，而雕刻技巧则稍劣。次有龙凤门，已塌，仅存少许础石。由此道向北，渡桥入门。有匾额，刻"明孝陵"三字。当初之殿宇于长发贼乱时尽被烧毁，又有重修小殿，中有康熙御笔"治隆唐宋"四大字，及刻有《谒明太祖陵作》《明太祖陵有作》二诗之碑。

碑阴刻康熙二十三年及三十八年上谕。次有正殿，安置明太祖高皇帝之位。又渡桥谒陵。孝陵比之永乐帝长陵规模更大，由砖形大理石筑成。故雨水下流之时有如垂泪。陵上石碑不存，想必为发贼之乱所毁。

陵后负钟山，前望则金陵尽在脚底，气象雄绝，形胜地也。自孝陵望南京，如自比叡之山，四明之半腹①望京都。想太祖选定此处为陵之时，盖欲邦家永镇，子孙万世昌隆。然一旦帝崩，尸骨未寒之时，燕王篡位，惠帝遇害。人生不如意之事常如此。永乐帝迁都北平之理由，

---

① 比叡之山，四明之半腹：位于日本京都市东北方、京都府与滋贺县交界处的比睿山。自古以来被视为镇护王城的灵山，山中有作为日本天台宗本山的延历寺。四明指比叡山二高峰之一的四明岳。

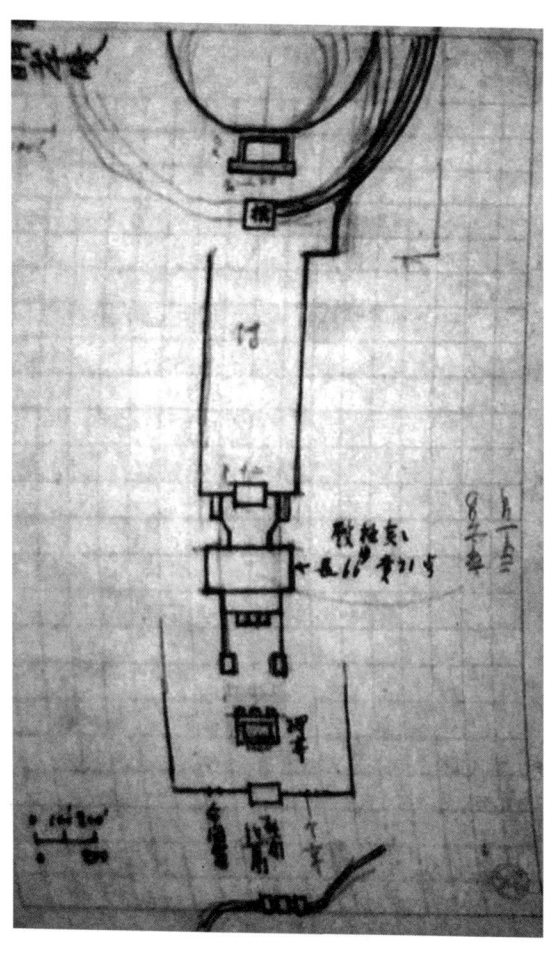

图 26　关野贞绘《明孝陵图》
（《关野贞日记》）

一为可防备北狄，一为为己久封之地。此外，又焉知非因不忍居金陵而须时常仰见孝陵之故乎！

——宇野哲人《清国文明记·南京的名胜》

二十六日　晴　南京

自故宫东面朝阳门出，更行，观钟山山麓之孝陵，南门有碑阁华表，经石兽石人之列，过三石阶，方至陵之前门。于享殿遗址前所立之一建筑中休憩，进午餐。此处售茶及遗址中出土之瓦片、古物之类。登碑阁，观陵，感慨昔时之陵墓委实颇为壮大。

——关野贞《关野贞日记》

出大东门，行至田野间，郊外十分广阔，农田中尚有已结穗之玉蜀黍。孝陵为明太祖陵墓，在紫金山南麓，周围砖壁环绕，规模颇为宏大。陵道长约十町，两边石人石兽成行，相对无言。所立之田陇处似为昔日陵道所在。石碑每隔一町，放置骆驼、象、麒麟、马等，或跪或立。

继续前行，有高约一丈之文臣武臣像，皆如昔时模样，不由怀古之情难捺。于陵前舍马车，渡石桥，上石阶而行,左右皆杂草。正面有匾额,题曰明孝陵。中有康熙帝亲笔所题"治隆唐宋"四大字等各色御笔石碑,正殿祀"明太祖皇帝位"。

其后即御陵。荒草芜杂,丛生于路旁,红枫灿烂,千株万株,纵是冷酷无心之人亦会生出慰藉幽魂之情。前有巨大址础之洞门,系砖石筑积而成,高约五丈。过洞门,树木翁郁,于宏壮之土馒头形陵前施一礼,继而上址础。高墙之上,南京市街尽在一眸中。追想帝王之伟大,思其兴亡之迹,低徊顾望不能离去。下城楼,入楼门内,有兜售佛像、古钱、古瓦之类者,因担心招惹麻烦,遂急急下楼,欲乘马车之时,左右男女老幼乞丐纠缠乞讨,挥之不去,如夏日之蝇,令人厌烦。无奈之下与之数钱,则滚滚追随而来。支那乞丐之纠缠执拗如其料理之浓重口味一般①,令人难以忍受。然若是一被叱骂殴打,便发怒或逃遁,便得不到钱。纵使遭受叱骂,却依然保有对金钱之执着,此亦非奇妙之处乎?

——早坂义雄《在混乱的支那旅行·南京今昔》

---

① 此处日文原文为"しつこい",有色、香、味浓重和纠缠执拗两种含义。作者在此处使用,有一语双关之意。

图27 明孝陵神道
(早坂义雄《在混乱的支那旅行》)

我忽然抬起头。只见社里的五味君①穿着支那服立在桌前。看上去很暖和的黑色马褂罩在蓝色大褂上,即使评为"威仪堂堂"也绝不夸张。我在寒暄之前,先向那支那服微微表示了敬意。(后来我的支那服令北京的日本诸君烦恼,正是这位五味君的坏影响。)

"今天就由我来做向导吧,从明孝陵到莫愁湖。"

"这样啊。那么赶紧出发吧。"

比起参观名胜,我其实更想消化掉胃里的面包,于是马上穿上了外套。

一小时后,我们二人便站在了去往钟山之陵的威仪堂堂的石桥上。孝陵因长发贼之乱,殿楼大都被烧毁,所见之处都是荒草。在那离离荒草间伫立着大石象,残存的楼门础石,到底不似奈良郊外绿芜丛中,追忆身佩银钉长刀的公子之寂寥。如今即便是这石桥之上,处处石缝间,也都开着野蓟花,俨然怀古之诗境。我强忍着胃中的恶心,仰望钟山松柏,想回忆起六朝金粉什么的前人诗句。

---

① 社里的五味君:"社"指资助芥川此次旅行的日本《大阪每日新闻》社。五味君应指社中一位姓"五味"的职员。

陵的主体——是不是其实也不知道——反正就是最后面耸立着的，高得不可理喻的石壁。那墙壁正中，是大约可以通过汽车的平缓上行的隧道。这隧道的高度只占石墙整体高度的四分之一。我伫立在隧道前，沿着微黑的石壁一直向上，仰望晚春的青空，这时，不知怎么，突然感觉自己的身体仿佛变成了小鸟一般。接着，便朝石板路的草丛间吐了少许酸水。

穿过隧道，登上一段石阶，终于来到了陵的最高处。那里既没有屋顶也没有柱子，只残存着红色的围墙。四周正在发芽长叶的小树和嫩草，墙壁上整面的涂鸦痕迹——荒废的情景与他处并无两样。然而，站在这陵上，只见在纷纷交错乱飞的燕群之下，刚才走过的石桥，正殿、郭门、微白的陵道——以及在日光照耀下的山河，一片青青，向远方延展着。五味君好似叡山①的将门②一

---

① 叡山：即比叡山。详见前注。
② 将门：平将门（？—940），日本平安中期武将。因领地纠纷而发动叛乱，939年自称新皇，威震关东，兵败后被杀，史称"平将门之乱"。传说，平将门曾登上比睿山高峰四明岳俯瞰，由此而生称霸天下之心。后人遂将其登临之处称为"将门岩"。当时及后世一直认为将门兵败，含恨而死，怨气深重，视其灵为极凶恶之怨灵。衍生出种种传说怪谭，经久不绝。据说将门首级安葬之处在今东京都大手町附近，称为"首塚"，又称"将门塚"。将门之灵在附近的神田神社中，至今仍享祭祀，以为镇灵。

般,悠然地吹着风,俯瞰着陵下点点走动的几个男女。

"请看,今天在西门外有高跳动①,看热闹的人非常多。"

可是,戴着鸭舌帽的纯友②嘴里含着酸水。连"高跳动"是什么也没精神问。

——芥川龙之介《江南游记·南京(中)》

穿过由大隧道构成的城门,长约三十多间,这门称作"朝阳门"。

城墙外侧有天然湖围绕,好似护城河一般。地势自湖岸渐渐升高。几处丘陵画出绿色的波形,对面秀丽的高山耸立着。斤伯先生指着远处的高山道:

"那是紫金山,孝陵就在那山脚下。"

---

① 高跳动:即踩高跷的游艺活动。
② 纯友:藤原纯友(?—941),日本平安中期贵族,本为地方官。自936年起,以日振岛(今日本爱媛县境内)为根据地多次组织海盗,自任首领,发动叛乱。941年为朝廷征讨军所败,被杀。纯友之乱与平门之乱同时,史称"承平·天庆之乱"。因纯友自西,将门自东,同时对中央政府造成严重威胁,故当时很多人相信二人事先已有共谋,后世更是传说纯友曾与将门共登比睿山,俯瞰平安城,约定共同举事,若得天下,则将门称帝,纯友为关白(平安时代设置的辅佐天皇处理政务的最高职位)辅之。作者此处用此典故,自比纯友,以将门喻五味。

回首向后望去,齿状的城墙显得愈发长,愈发宽。墙壁在正午阳光的照射下显出紫色的朦胧,影子倒映在湖上。令人不可思议的梦幻光景。

"五味先生,这城墙到底有多长?"

Y子向斤伯先生问道。

"七十二清里。换算成日本的里数是十二里。"

斤伯先生答道。沿着平缓的坡道向上走,路旁的众多乞丐开始吵吵嚷嚷地从后面推我们的马车,黑乎乎的手毫不客气地伸向车中要钱。抓一把铜子撒过去,他们便松开了手,像鸡啄米一般捡拾起来。有一个人捡了两三枚的,也有动作迟钝的一枚也没捡到。没捡到的家伙便再次追着马车纠缠。没办法,只好再撒。然而,又没捡到的家伙再次锲而不舍地紧跟马车,竭尽全力哭叫。

"真是纠缠不休的乞丐啊。五味先生,这些家伙要跟到什么地方啊?"

"说的是啊,跟一里左右是没问题的。"

我们吃惊地扔了钱,乞丐立刻喜色满面地捡了起来。

路两侧并列着巨大的石像。骆驼、象、狮子——此外还有不知是什么的动物像两两相对,夹道而立。象最大,有二间左右高。再往前走,立着四个文官和武官的石像。

一会儿就到了孝陵。我们从马车上下来。沿宽阔的坡道而行,正前方出现了一座门。门左右有红色土墙围绕。那里又有大群乞丐,令人烦恼。这次是男女老少约三四十人严阵以待。

向里走还有好几栋陵园建筑。这自然是明太祖之陵。所到之处都是一片荒废景象。堂中在售卖破瓦片之类。

一个女乞丐不知从何处钻到这陵园中来,跟着我们纠缠不休。虽然被斤伯训斥,却轻易不肯离去,而且反反复复不知说着什么。

"五味先生,这乞丐到底在说什么啊?"

"说的是让我们给一个钱。可那话说得也太不要脸了,说在门外有一大堆人要给,而在这里只给我一个就行了,这对你们来说也很划算。"

"唉?真是可恶的家伙,完全知道我们的弱点。"

我们给了那利己主义的女乞丐一个钱,赶走了她,继续向里走。石阶只有中间是平面的,上面雕刻着龙。斤伯先生解释说,过去这是皇帝所走的地方。最里面有红砖筑成的巨塔。塔呈四角形,看上去像是放了个箱子在那里一样。塔后是山。我们从塔下面的明亮的隧道钻过,绕到背后。杂木林立的山上,野山鸽在啼叫。

登到塔上,可以看见脚下的几栋建筑,前方无数丘陵蜿蜒展开,围绕着墙壁一直伸向远方。旷野中央,点点石门与石像伫立着。这是极其雄大的景色。

我们走到塔下的凉爽树荫里休息。斤伯先生在那里给我们讲了些有趣的事情。其中之一是这塔上的杀人事件。

"那是去年春天时的事。一个女学生模样的女人在这里被杀了。看门人说,前一天傍晚确实看见两个男学生和一个女学生三人结伴而来,但回去的时候是否只有男人却没有看见。多半是把女的杀了以后从山那边逃走了。"

"犯人抓住了吗?"

"哪里抓得住呢?"

斤伯先生一脸若无其事地答道,接着又想起了什么似地说。

"还有一件怪事呢。往这后山深处走一里左右,有个叫紫云洞的寺。这是大概三年前的事,秋天的时候我带着猎枪进了这山,想着顺便看看那是个什么样的寺,于是就第一次进去了。只见僧房门口有一只日本的女式木屐脱在那里,就是那种表附木屐①。我觉得太不可思议了,就怀着好奇走了进去,请求引见。出来的就是一位如假包换的三十多岁的日本女人,穿着日本和服,系着日本腰带。是位十足的美人。说了一会儿话便叫端茶来。那时又出来一位可爱的小女孩,据说是这女人所生的孩子。当时我没有细问详情,就这么回去了,可是在那样的山寺里住着日本女人实在是不可思议,结果却一直不得其解。然后过了大概一年,终于明白了那女人的真面目。那女人以前是下关——就是你们旅馆所在的那一带的地名——的卖淫妇,和一个支那人厮混熟了后就做了夫妻。我在寺里看见的那女孩就是两人的孩子。不过,那男的是个作恶多端的坏人,干着走私鸦片之类的营生,紫云洞的主持因为一些缘故,把那里提

---

① 表附木屐:可以穿着走在日式草席上的木屐。

供给他们作为隐蔽所。那地方暴露之后夫妇二人最后都被抓了起来。"

"那女人知道自己丈夫干的坏事吗?"

"当然知道,而且慢慢调查后发现,女人干的事比她丈夫还要过分呢。"

"孩子怎么样了?"

"谁知道,结果是不知所终了吧。"

Y子用调笑的口吻道:

"这可是你的拿手好戏啊,还不快点写?"

"写什么?"

"用那女人做主人公。和支那人做了夫妻,跟丈夫一起干坏事什么的,不是很有意思吗?"

"嗯——这样也可以。不过要我来写的话,倒不如专门在五味先生的遭遇上做文章。单写五味先生无意中在寺里邂逅日本女子的事情。脱在僧房门口的女木屐,这可是能让人印象相当深刻的场景呢。说不定能写出点有意思的东西,真想去那寺里看看啊。"

"好走不送哟,一个人去吧。"

"一个人的话就不敢去了。搞不好一不小心自己就成了侦探小说的题材了呢。

我们不久后就踏上了归途。

——村松梢风《魔都·南京》

下了北极阁,再驱马车向左,去城外,看明孝陵。沿途那荒凉颓废的景色,纵然说我这一生从未见过也不为过。崩塌的石桥,蟋蟀草蔓延的石路,小石头堆积成的小屋,摇着短尾游走其间的黑猪,发出吱吱的哭泣声碾过的独轮车,被浮萍所覆盖的池沼……只露出头部在那水中捕鱼的男人们。再走一段,是连耕作痕迹也消失了的荒野,炎阳下只见白色的石人、石马、石驴、石犬、石象等等,有三四丈高,排列在那里。

那里还有无数的乞丐聚集着,抓着、攀着马车要钱。

孝陵的崩塌的门前,停着一大群蚱蜢样的虫子,我们一走近,立刻向四方飞散。

啊!白色眼睛的太阳……凝视着时代,或者说是凝视着时代之外的太阳,我在这里看到了这样超越的太阳。那是用和凝视着建设同样意味的目光,凝视着对崩坏的放任。

放任朝向那无意义的崩坏的单调之路。噢！除放任以外别无他法。人啊！那并非只是对南京而言。而是对我们的整个宇宙而言。面对我自己、你自己，不，面对有生、无生，所有的一切，面对永恒，写下名字吧。我和我的妻子一起，用白石灰块在孝陵的墙上写下了名字。接下来的一场大雨就会把它消灭得无影无踪吧，然而又会有谁，能让自己的名字比我们二人用石灰块所刻的名字更永久呢？

远雷的鸣声在我脑中轰响。

——金子光晴《古都南京(1)》

在被散发着夏日气息的青草所埋没的道路上，马车已经向着明孝陵急行。头盔似的云，炮台状的巨大苍穹，夏日的天空，宛如军队般压迫人心。

热气逼人。同乘的女士们在阳伞下，绿色、淡黄色、绛红色地沸腾着，像是加了碳酸的五色饮料。夏与影，炎炎烈日灼烧的岩石和深蓝色波浪的和服，沙漠与绿洲，如此这般冲突的人生，正是我所希求的。因此，尽管气喘吁吁，尽管热汗淋漓，我依旧最爱这盛夏时节。

钻过几道城门,终于到了城外。城内与城外的荒凉之态,不分伯仲。

蒲、荻,都长到人身高的两三倍。一条大蛇流着血,徒然翻滚着。玄武湖畔。塘中瘦瘦的麦穗与草穗(大丁草之类)交错,乱七八糟地刺向那比远处城墙更高的空中。紫色的蓟花在草丛中刺出芒尖。

吱,吱吱——,吱,吱吱——。有东西发出着奇妙的声音从旁经过。一看,只见是苦力们两手推着独轮车,上面因为密密实实堆着许多维修山路用的石块,所以车毂才会发出响声。巨大的石马、石人、石武人、石驴、石犬、石狮等,耸立在被灼红的瓦砾地上。

路旁草丛中,身着菜色服装的支那军人,背上斜背着油纸伞,随地睡着。张着嘴,疲劳而满足地睡着。他们的训练全如儿戏一般。

他们的头脑中,全无一点军国主义的威仪之影。他们只是昨日为赵,今日为魏,被驱赶着的仓皇流民。

被吹遍这名为支那的荒野的狂风一直地、一直地追逐着的草芥。他们真是和其他人民一样如草芥般活着。在很多种意义上,如草芥般活着。

从马车一下来,登上孝陵。朱红色的巨大的陵墓建筑之上,从被雨露溶毁的垣墙的破损处,可以远远望见被太阳照得发白的山河。

垣墙上,杂草,不知名的灌木,各种蕨类植物繁茂地生长着,白云稠叠,挟着雷鸣声涌起。石板路上,有许多小蚱蜢,飞着。

在红色的土围墙上,用白色的石灰块写下了一行:大日本东京金子光晴、妻三千代、江岛S等。用心地写下在明天的雨中就会被抹得无影无踪的名字。背后通往明太祖墓的山地中,已然能感到雨气,汹涌的山岚的寂静,另一面,远远地,远远地驱赶着热云的雷车的轰鸣震动着我的耳鼓。

五月,南京已入夏。这夏,徒然灼烧着那荒废至极的东西。

——金子光晴《古都南京(2)》

钟山诸陵

吴大帝之蒋陵①与步夫人②之墓在钟山之南,其地名孙陵冈。自朝阳门至外郭之麒麟门,相距二十里,其间有十三冈,第三即为孙陵冈。然明初宋濂游钟山之时,已不知其所在。《游钟山记》中云:

> 问蒋陵及步夫人冢,无知者。或云在孙陵冈。

今到底难知其所在。钟山之北,太平门外十余里之地,有一小村,名蒋庙街,村中有蒋王庙,祀吴太帝。然非蒋陵之地。

钟山之阳,六朝帝王及名臣陵墓颇多。其阴为齐之

---

① 吴大帝蒋陵:即孙权墓。清陈文述《秣陵集》:"陵在钟山阳孙陵冈。自朝阳门至麒麟门相距二十里,凡十三冈,第三即孙陵冈。"
② 步夫人:孙权夫人。陈文述《秣陵集》谓其"以美丽得幸于权,宠冠后庭。生二女,长曰鲁班,少曰鲁育"。死后"葬于蒋陵,在孙陵冈吴大帝陵侧"。

周颙昔年隐居之钟山草堂。孔稚圭《北山移文》①曾骂其无节操，今皆不可考。然遥望郭外，丘陵起伏，远相连接。思彼丘之下，即为几多帝王宰相长眠之处，此身恍为六朝之人。浮想联翩，南朝历史如走马灯，仿佛在目前。夕阳已沉，纵马任行，过燕雀湖畔而归。据称湖畔有梁昭明太子墓，亦不知其所在。

——宇野哲人《清国文明记·南京的名胜》

方孝孺墓②

雨花台东北山腹处有明方正学先生之墓。乃一高约七尺，直径约三丈之土馒头。周围绕墙，为同治五年

---

① 孔稚圭《北山移文》："圭"为"珪"之误。孔稚珪（447—501），一作孔珪，字德璋。会稽人。历仕宋、齐二朝。齐武帝永明年间，任御史中丞。《北山移文》为孔氏名篇，收入《文选·卷第四十三》。"北山"即钟山，因在南京城北，故时人又称"北山"。"移文"为古代公文体之一种，多用于不相统属的官署之间。该文为孔氏讽刺周颙假归隐真求禄的虚伪行径。文中有"世有周子，隽俗之士，既文既博，亦玄亦史。然而学遁东鲁，习隐南郭，偶吹草堂，滥巾北岳，诱我松桂，欺我云壑"等语。

② 方孝孺（1357—1402），字希直，浙江宁海人。明惠帝建文时任侍讲学士。建文四年（1402）惠帝叔父燕王朱棣起兵攻入南京，自立为帝（即永乐帝），命方孝孺起草即位诏书，他坚决不从，遂遭杀害，被灭十族，死者多达八百七十余人。

八月两江总督李鸿章重修。正学先生之才学盖有明一代，其义烈千载之下，亦足可使懦夫奋起，至今诣其墓亦不禁凛然正襟。向导佐佐布质直君曾于夏日欲诣其墓，遍寻雨花台而不得。盖没入茅草中矣。而今仲冬，草已枯萎，故未曾迷路。

雨花台之麓曰梅岗。《府志》载晋谢安之墓在梅岗，今次无缘寻访。

——宇野哲人《清国文明记·南京的名胜》

雨花台多有墓地，中有一土馒头位于山谷间，乃明方孝儒①之墓，曾为李鸿章所修理，如今则无木无棚，更无祭拜香花，纵然是冷酷之人亦不得不哀叹实利主义的国民之无情。

——早坂义雄《在混乱的支那旅行·南京今昔》

---

① 原文如此，应为"孺"之误。

六朝墓

二十八日 晴 自傍晚雨 南京(栖霞寺)

沿铁路西行约一日里①,见两石狮横于田中,系梁代之物。田水颇深,难以靠近,仅摄影。更西行约一里,于甘家巷民家屋后卑湿粪坑中,见梁安成康王陵之华表、碑、狮子。更行七八町,始见兴忠武王碑。更十四五町,可见萧侍中神道碑立于五六町远处,然因火车时间将近,唯期之他日。行一里,冒雨抵尧化门站,乘六时四十八分之列车归南京。此日自清晨便蒸暑异常,大汗淋漓,上衣如浸水中,绞两枚手巾数回,生来未曾遭遇如此酷热。北支那之夏为干热,中支那之夏为湿热。北支那无论如何炎暑,亦少发汗,鲜用手巾,而中支那则反之,与我日本气候同,使人汗流不止,烦热难堪。本日正当最为苦热之时,而自傍晚于火车中遇暴雨,归来,凉爽之气袭楼。

——关野贞《关野贞日记》

---

① 日里:日本长度单位,1日里约为3.927公里。

图 28 萧景神道碑
（松本信广《江南踏查》）

于寺中客房用毕午饭,沿原路返回,依次参观六朝墓中之萧侍中景、始忠武王萧憺、鄱阳忠烈王萧恢、安成康王萧秀之墓。萧景墓神道碑立于田野中,以前似曾施有色彩,痕迹仍可辨认,十分罕见。其旁有半没入田野中之石兽。此外还可见石兽之残石一块。更向西行,碑亭中有萧憺之碑。前有石兽,其一失其首,其余则横卧草间,原形已不可辨认。又有似龟趺之残石。萧恢墓与此相邻,有二石兽相对,一尊较完整,另一尊头部纵向开裂。保存最完整者为甘家巷街衢内之萧秀墓。墓为石垣所围,存石兽一双、龟趺一对、墓阙一对、碑一对。

关于此等六朝墓,初有张璜所作 *Tombeau des Liang*(Variétes Sinologiques No. 33, 1912)、朱偰《建康兰陵六朝陵墓图考》(民国二十五年)、中央古物保管委员会《六朝陵墓调查报告》(民国二十四年)等公开发表,我国学者前来访问者也颇多,确切之调查当俟今后。

——松本信广《江南踏查》

文教第八

本愿寺学堂①有邦人教师三名,学徒十五六名,皆热心受业。农商省二留学生,并三井物产公司二留学生皆寄宿于此,如此,则在南京之邦人悉数集于此一堂之中。

——内藤湖南《燕山楚水·禹域鸿爪记》

一行人下城墙,乘马车,自鼓楼前经过,至领事馆,

---

① 本愿寺学堂:正式名称为金陵东文学堂。由日本净土真宗派东本愿寺创立,以在华传播佛教,对抗基督教势力扩张为目的。1899年1月创建,校址位于当时浮桥马路西首一枝园,后移至大行宫古科巷附近。建校章程中称:"特聘日本精通言语文学之士,充本学堂教习,专以日本新译诸书,并日本古今书籍教授学生,俾知东西格致诸学,惟开辟伊始,所教者仅一端,循序渐进大成不难矣。"(《金陵东文学堂大概章程》)该校的创立得到了当时中日双方宗教界、政界人士的积极支持,首任堂长本愿寺僧人北方心泉与杨仁山、刘坤一、日本驻上海领事小田切万寿之助、东亚同文会长近卫笃麿、副会长长冈护美等多有联系。招生对象主要为10—15岁的中国学生,日常教学包括日语教学和普通中学课程,由一柳智成、藤分见庆、长谷川信了等日本留学生担任。1909年闭校。

向领事深泽氏一表敬意。由服部书记生引路,参观金陵大学。该大学为美国人出资经营,以支那人为对象施行大学教育。其建筑为美支混合式。某美人为余等亲切说明,排日之时该大学为运动中心,听闻此语,不禁释然。

罗君之讽刺

其后参观国立东南大学及南京高等师范学校。大学校长年纪三十六七,受美国教育,活泼有生气,交际态度圆滑自如,英语流利,吾等一行完全被其所蛊惑。校中有一亲日教授,名罗世真,早稻田出身之青年教育家。年未及壮岁而能以精熟之日语述支那教育现状,且讲且叹,确为支那一流之悲歌慷慨之士。氏为向导,引余等一行人参观运动场及校舍。校之后方临北极阁,诚为形胜之地。

罗氏曰:"余欲将本校建成一社会大学,然乏资金。余曾留学日本,日人中多有知己,故曾渡日,欲言己志,得同情。先说永井议员,议员虽大为赞成,然钱款终未能筹得。若得几十万圆便可成事,有朝一日定往北京,诉之于天下志士,必使事成。"似感叹日人多口舌之勇者而乏实行之人。又言:"美国去岁欲投资百万圆,向本校捐助工科大学,然因顾虑国家体面,眼下正在拒绝。"云云,想是称赏美国人之不言而实行,不能不令余等一行汗颜。

参观附属小学校。依美国式自学自习主义,较日本之灌输主义为进步。然Y氏问:"教育主义为美国式否?"则答曰:"并未取美国主义。"是否果真如此?美国之魔手已伸至该校则毋庸置疑。至此不禁震惊于美人之机敏与政策之巧妙。

贡　院

庙前右方有贡院,上悬"粥厂"之匾额。昔为进士考试之处。为长方形砖结构,其中有长一町余,宽三四尺,深约五六尺之房间二百余间,昔时据说曾有三万间。考生一人一间,在内书写答案,至考官到来,宣布考试结束时止,一步不许踏出。寝食自然皆在其内。考场分为东文房、西文房,四隅皆设监视岗,以防考生作弊、交谈。观此使人忆及古时,高中者欲以庆贺,或落第者欲自暴自弃之时，则或入秦淮之饭馆，或登画舫拥美人而荒淫乱酒。支那规模之大可由此窥得。

此处又有一新鲜有趣之物，曰：惜字塔。

为塔底面积三尺见方，高四五尺之砖塔。正中处有口，雕"惜字塔"或"敬字亭"等。此物仅在支那可见。

支那自古为学问之国，文字之国，故敬重文字非同一般。因此对写有文字之纸张之敬重，非吾辈想象所能及，且又因信仰敬重字纸者必能如愿以偿得功名富贵，故不仅本人所写之字纸，对他人所写者亦是如此，因忌讳将字纸弃置路旁或混落污秽中，各地乃成立敬惜字纸会。不过，所宝重者仅为以支那文字书写者，外国文字则不论。

此会之工作，乃先由有志者共求房室，名为"惜字会"，置事务员一二名，负责一应事务。费用由各有志家每月筹金三十圆左右。于官衙私邸中分发写有会名之收纸笼，以为收集字纸之用。待纸片集满之时便遣人回收，投入会中所置大锅内焚烧，所余灰烬悉投于河中。又派人于市街巡视，收买字纸，或置箱于里巷中，以便行人可随时将字纸投入其中。

前述之塔建于神社佛阁或学校官衙，由此可知，此种行为系由精神信仰而来。

关于此事还有如下传闻。某位日本人于支那内地旅行之时，曾借用厕所，该处为何等人家不得而知。顷之，某支那人亦如厕，见有报纸被弃置于粪壶中，大吃一惊，十分愤慨，断定"必系此前之日本人所为"。追及其后，诘其不慎，终至将之杀害。其事之真伪姑且不论，由此足可知支那人敬文字、尊字纸之精神何等深厚。

南京日本人小学

南京日本人小学为南京唯一之邦人学校。且昔时侨民尚多，故儿童亦多。今则减至侨民百六十四名中，仅有儿童十三名。余思及此等长于支那内地，尚未接触故国风光之可怜儿童，便觉无论如何必须前往慰问。遂决定造访之。学校位于旅馆附近。校中只有教室一间，职员室兼器具室一间，附带校长住宅。着实寒碜可怜，简直令人不敢相信是我帝国之学校。十三名儿童如下：

图29 日本人小学校
(早坂义雄《在混乱的支那旅行》)

寻一①	二	三	四	五	男六人
四人	二人	二人	三人	二人	女七人

时正值授课中。此十三名孩童对吾等全不注意,两耳不闻窗外事,静心自习之状态令人感佩之至。五年级生正研习静冈县地理。问:"静冈县有何物产?"生:"柑桔与茶。"问:"茶自何处输出?"生:"自清水港。"余乃惊叹于生徒自习效果之佳,同时亦不禁感谢校长之努力。氏为鹿儿岛县人,与夫人共执教鞭。视此十三名孩童如己出,孩童亦敬仰之如慈母。见其亲密之状,不得不深感其为现代裴斯泰洛齐②。吾等一行中,S校长欲摄影留念,遂一同至门前集合。摄影完毕,校长奉茶点,言向来苦心经营之事。排日风潮之时,支那民众喧嚷而来,投石叩门,其暴戾之情状非言语所能形容,当其时,纵校长亦几不欲生。

——早坂义雄《在混乱的支那旅行·南京今昔》

---

① 寻一:"寻"为日语"寻常小学校"简称,即普通小学,为日本明治维新后实行义务教育的小学。满6岁儿童可入学,初为四年制,1907年后改为六年制。此处日本人小学也依照这种学制设置。"寻一"即为寻常小学一年级之意。以下类推为二、三、四、五年级。

② 裴斯泰洛齐:Johann Heinrich Pestalozzi(1746—1827),瑞士教育家。受卢梭和康德影响,提倡顺应个人发展的自然顺序的教育方法,毕生致力于孤儿教育和儿童教育,对近代教育理论影响很大。

穿上新鞋后,继续乘车而行,到了通往贡院的大街上。贡院据说面积约三万坪①,有房二万六百间,规模大得简直岂有此理。这地方是过去的文官考场。路过看一下,感觉就是内部分割成很多间的长条形建筑。不过,在夕照中耸立着的,灰白墙壁的明远楼下,无数的屋瓦连绵,那景色不仅令人觉得夸张,甚至还异常荒凉。我望着那屋顶,突然感到世上的考试制度无一例外地无聊。同时,也想为天下的落第书生们奉上满腔同情。诸君之落第非因诸君之无能,而只是不幸的偶然。自古以来,支那的小说家为了让这偶然成为必然,以各地的贡院为舞台,创作出因果怪谈。然而这并不足以为信。不,毋宁说这些故事正可证明,他们对及第是何等偶然之事心知肚明。诸君即便落第,也决不可怀疑诸君之能力。一旦怀疑,则不仅诸君最终会自毁其身,也会陷诸君的前辈考官于精神杀人之罪。事实上,像我这样的人即使落第,也不曾对自身才力有丝毫之怀疑。因此,考官诸公似乎唯有在见我之时,才不会感到良心之苛责……

---

① 坪:日本面积单位,用于丈量房屋和宅地面积。1坪约合3.306平方米。

"贡院本来比这更大。"

导游的声音忽然惊破了我的妄想。他回头向着我,指着上空点点蝙蝠飞掠而过的悲凉的瓦屋顶说。

"这里曾一度作过议员选举场,不过自去年以来慢慢地被拆毁了。"

——芥川龙之介《江南游记·南京(上)》

在教育方面,中央大学得以充实扩建,夫子庙的圣庙被改建为图书馆。堂内大屋成为书库和阅览室,墙上悬挂古人格言、教育部指示,陈列现代科学、农艺、军事航空、文学、思想等各方面的汉文杂志。日本电气工业杂志和《改造》①、《中央公论》②等也混在其中。图书方

---

① 《改造》:日本大正—昭和时期的代表性综合杂志,1919年在时任改造社社长的山本实彦主持下创刊。是"大正民主"时代的舆论代表之一,关心社会问题,常登载社会主义倾向的激进文章,河上肇、山川均等马克思主义者都曾为该刊撰稿。创作栏则刊载过志贺直哉、芥川龙之介、堀辰雄等名作家的名篇。尤其受到当时年轻读者欢迎。1944年被军部当局取缔,1946年复刊,1955年停刊。

② 《中央公论》:日本代表性的综合杂志。1887年创刊,初称《反省会杂志》,1899年改为现名。泷田樗阴任编辑时代成为权威杂志,吉野作造、大山郁夫、美浓部达吉等著名思想家都为该志撰稿,是"大正民主"时代的言论中心。文艺栏则汇聚了夏目漱石、岛崎藤村、志贺直哉、永井荷风、芥川龙之介、谷崎润一郎等名家,成为文坛主流刊物,许多作家的出道之作都发表在该志上,故有"文坛登龙门"之称。1944年被当军部局取缔,1946年复刊至今。

面,可以看到日本的医学书籍,特别是基础医学方面的大部头。读者自然是南京的青年学生,有梳着大背头,皮肤白皙,身着支那服之人,还有短发的摩登女子,男女同席地看着书。还有旁若无人,横卧高鼾,以阅览室为吾寝室的家伙。

——后藤朝太郎《支那风土记·南京城门的警戒情形》

出发之前我们对南京实在是抱着错误之认识。以为历经太平天国之乱和辛亥革命之后,南京就是在荒废的古都之上被蒋介石附加了新式西洋建筑。旧都之面目为新都市计划①所破坏,令人兴味索然,在学术上并无多少价值。正如吾等不知"新支那"一样,对新南京也未能理解。焉知,蒋介石不仅要使南京成为政治首都,还欲使之在短时间内也成为学术首都。一切贵重图书、学

---

① 新都市计划:指 1929 年 12 月由国民政府公布的,针对首都南京的现代城市建设规划《首都计划》。"全部计划皆为百年而设,非供一时之用"(林逸民《呈首都建设委员会文》),"本诸欧美科学之原则,而于吾国美术之优点,亦多所保存焉"(孙科《〈首都计划〉序》),宏观规划取欧美格局,微观上,如政府办公建筑则采中国固有样式,开中国现代城市规划实践之先河。规划出台后,南京兴起了十余年的营造高潮,后来虽因战争等原因未能全部完成,但现代南京城的城市格局、功能分区、道路系统、公共建筑等都是根据这一规划奠定的。

术标本、美术品等皆集于南京,学术机关亦汇聚此处,南京正日益成为支那的学术中枢。例如,中山门附近正在建设中的中央博物院,准备陈列其中的标本类或已送至南京储藏,或正在运送途中。此等标本文籍之类于皇军占领南京之后,曾一度被全然弃置不顾,任由支那土民侵盗破坏,实为遗憾之至。吾人入南京城之时为五月十七日,距南京城落已有半年,虽已大大错失时机,然抢救考古标本中可救之物,尚为时未晚。

——松本信广《江南踏查》

风月第九

"怎么样?这条河对岸据说有很多艺妓的住所,应该有不少美人吧。"

我频频举杯,一边啜饮着绍兴酒,一边望着水面说道。支那向导喝到微醺,酒兴正酣,赭红的脸上浮出善意的微笑,答道:

"是啊,美人当然是有的。日本来的老爷们大多会为了看稀奇,招个艺妓来玩玩。那就为您招一位到这儿来吧。招来唱个曲的话大概要三元。"

"只是叫到这里来唱曲的话没什么意思,干脆直接去艺妓家里看看吧。你要是有熟识的就带我去。"

"原来如此。这样也很有趣。"

支那人显出心领神会的表情,眼角微微一笑,点了点头。

"这样虽说有趣,只是因为军队横行,河对岸的妓馆现在一个女人也没有了,全是空宅。艺妓们全都逃到军人们不会去的又黑又冷清的小巷子里了。所以要找的话比较麻烦。"

这么一听,我的好奇心愈发抑制不住了。

"但是一家总能找到吧。在那种冷清的地方,不是更加有趣吗?"

"哈哈哈哈,说什么呢!要找的话当然不会找不到。好的,好的,我等会儿就带您去。"

两个人一边这么谈着,一边吃得酒足饭饱。从旅馆出来的时候肚子正饿得很,这时却连食量很大的我也吃不下了。隔壁的房间,中庭对面的包厢都还在喧闹不已。夜已渐深,猜拳的吼声,埋头赌博时银币哗啷哗啷的响声,压过秦淮水面,响彻四方。

"若是夏天的时候还不止这样呢。每天晚上、每天晚上,随便哪里的饭馆、妓馆都是满客,运河里还有很多画舫,在上面唱歌、拉胡琴什么的,热闹得不得了。现在因为天冷,所以客人比平常少些。"

"画舫到底是什么时候最多呢?"

"您问得是,大概从春天三四月份开始到九月末吧。"

我于是为了未能早一个月来而深感后悔。现在夜这么静，好不容易想要好好体味一下期待已久的南国情趣却也不能够了。总之，无论如何一定要找一个天暖的好时候再来玩一次。

"今晚真是受您款待了，托您的福，我的心情也好极了，差不多该走了吧。"

支那人饮尽了第二壶绍兴酒，看着我的脸色说道。桌上还有很多吃剩的菜，可我们两人却都再也没有动筷的勇气了。叫了侍者拿来账单一看，才花了两元左右。如此大快朵颐，价格却这般便宜，若是在日本的支那饭馆至少要七八圆。支那的西洋料理和日本料理都是又贵又难吃，特别是支那人做的西洋料理简直难吃得不像话。所以虽然器物多少有些不洁，但支那料理确是一个愉快而经济的选择。

在饭馆前再次上车时已经过了十点。沿着河岸向东，到了白天曾乘着画舫经过的利涉桥畔。南京的桥两侧挤满了人家，如果看不到河水的话，常常连哪里是桥都不知道。不过，秦淮河上的桥却是例外。文德桥、武定桥，还有这座利涉桥，都像日本乡下的那种木桥。白天经过时,可以看到铁栏杆上晒着一片白菜。河的这边是鳞次栉比的饭馆,对面是狭斜的窄巷,其中许多妓馆参差相连,仿佛大阪的道顿堀①一般,不过也确如向导所说,家家都是一片漆黑,户门紧锁。不知何时,月亮已经出来了,透过薄云漏下淡光,浑浊的运河水面荡漾着,昏昏欲睡,月光在河面上映出青白色的影子。除此而外,便只有暗澹无光的街道,仿佛已死去般横陈着。车子向着利涉桥北端前行,像被漆黑的街道吸进去一般驶入路左。不可思议的是,河岸边那些挨挨挤挤的众多妓馆,到了近前却全不知入口在何处。照样还是在土墙围着的狭窄的小路上进进出出。路渐渐变宽,容得下一辆车子通过了。地面上铺着砖头大小的凹凹凸凸的石头。车子驶过时喀当喀当地剧烈摇晃,再加上已经不知拐过了多少个墙角,我早已连河在哪个方向都不知道了。不久,终于到了一个车子过不去的非常狭窄的转角处,让车子等在那里,我们二人下车紧贴着墙壁步行。鞋跟碰到突起的路石,咕噜咕噜地被卡住,真是条令人讨厌的

---

① 道顿堀:位于今日本大阪市中央区,道顿堀川沿岸的繁华商业街。影院、戏院、饮食店林立。

路。到处流着黑水,不知是小便还是食物的残油。白墙——不!毋宁说是满是污斑的灰色土墙上方,月亮投下朦胧的光,唯有这一处像是电影里夜景般地微微亮着。这么想来,像这样的路倒是常常在电影里见到。很像西洋电影中,恶棍的手下或是侦探逃跑、跟踪场面的那种陋巷。混入这种地方,倘若那支那向导是恶人的话,不知会遇到怎样的惨事。这么一想,不觉有点害怕。

"喂!我说,这种地方会有艺妓吗?你是不是不知道啊?"

我小声在向导的耳边嘟囔着。

"嗯,请等一下。确实是在这附近的……"

支那人一边小声回答,一边不知为何频频在一个地方走来走去。或者大概也不是只在一个地方,总之这附近的路可以说十分复杂。终于到了一栋门口有六尺左右宽,煤油灯烧得很旺的房子前。看起来仿佛是食品店,一座烤红薯铺子常见的那种炉子呼呼地冒着暖烟。从那里经过,又走了五六间,路又变成了之字形,向左折去。支那人让我在那里等着,自己折回冒烟的房子门前,看起来啰啰嗦嗦地向店里人询问着什么。黑暗中,只有那站在路边的支那人的脸,在店头的灯光下红红地浮着……很快,他返回我这里,轻松地小声哼着歌,再次为我引路。

"啊,就是这里,进去吧!"

他这么说着停下脚步时,实则只走了五六步。只见右侧墙壁上挂着一盏像是眼看就要熄灭的四角小檐灯,无精打采地闪着。"姑苏桂兴堂"——玻璃上用朱笔写着这样的文字,虽然大半已经斑驳脱落,但还不至于辨认不出。檐灯下方有一个勉强容一人通过的门。这所谓的门,不过是将两三尺厚的墙壁打穿一部分,对面严严实实地装上板门,这样屋里的人声灯光不会外漏,且不注意的话就会只当是土墙表面凹进去了而已。原来如此,怪不得刚才以为只有墙壁没有入口。想抬手开门,不料门前竟有人影晃动。那人笼在厚墙深影中,斜倚着板门,仿佛 Niche① 的雕像般伫立不动。看样子大概是看门人之类。向导说了几句,那男人便立即点头,咯吱咯吱地打开了身后的板门。

---

① Niche:壁龛。西方天主教教堂建筑的一种样式,在墙壁凿出一块地方,用以安放圣像。

屋子里非常暗。——南京虽说已经有了电灯,但像这样的人家还是因为害怕军队乱来,尽量不愿引人注目,还是使用着煤油灯。——五六个相貌丑陋的男人围着桌子,想必正在赌博,穿过这间房间,就到了这样的人家一定会有的中庭,尽头处是两三间女子闺房的门口,帷幕低垂,我被带入的是左边的屋子。

室内几乎没有什么像样的装饰。四壁都贴着亮闪闪的廉价的油光纸,只是连那纸也非常老旧。所谓发光其实也和那面糙墙一样粗涩。如今想来,只记得一边有紫檀桌和两三把椅子。只有一盏煤油灯,冒着油烟,根本不能将整个房间都照亮,着实让人感到这样的闺房里不该有的阴郁。起初房间里一个人也没有,坐在椅子上等了一会,一个穿着蓝色衣服,鸨母模样的女人,送来盛着西瓜子和南瓜子的果盘。这老太婆长得倒不像是个贪得无厌之人,用我听不懂的支那话絮絮叨叨说着,望着我的脸亲切地眯眯笑着。之后,想必是这闺房主人的一位妇人,由两个十二三岁的小姑娘跟着,楚楚而来。她在我和向导间的椅子上一坐下,随即一只胳膊枕着桌子,拿出自带的烟草,伸长手腕向我们敬烟。通过向导问她,回答说今年十八,名叫巧。微弱的灯光中映现的脸庞,丰满圆肥,肤色白皙得耀眼。特别是薄薄的鼻翼四周,透出淡淡的红色。更加美丽的是那比身上穿的黑缎衣服更黑的,莹莹有光泽的头发,以及蕴着无限爱娇,像是受到惊吓而睁大了的生动的瞳仁中的表情。在北京虽也见过不少女人,可像这样的美女却从未见过。说实话,在这种杀风景的暗淡污秽的房间里,住着这样精心研琢而成的美女真是完全不可思议。用"研琢"一词形容此女再合适不过了。为什么这样说呢?这样的容貌虽说少有不是美人的,然而眼前这一位,肌肤的光泽,眼波的流动,发髻的式样,身段举止等等,凡此种种都将一位优雅艺妓的爱娇之处表现得淋漓尽致。她说话时,手眼一直在动,遮住额头的蓬蓬的刘海和金花镶翡翠玉的耳环,一直随着颈部的动作闪闪微动,忽地含住双下巴,似在想着什么的眼神,两肘左右张开耸起双肩的姿态,最后还有拔下挽住秀发的金簪当作牙签,一面剔牙,一面借此炫耀那最最精心研琢过的皓齿,种种意态变化,真令人目不暇接。

"怎么样?这一位是美人吧。"

向导向鸨母借来烟管,吸着水烟,任凭我和那美人胡乱调笑,突然间回头向我说道。

"此人是这一带头一号的艺妓。我现在就和她商量,老爷若是中意,今夜便在此处宿下如何?"

"可以留宿吗?"

"唉,对方不太愿意。不过,我现在和她们协商一下的话,多半是可以的。"

"嗯,那务必给我谈成。"

那女人向着我轻送秋波,显出嘲笑的眼神。

支那人再次开始谈判。说是谈判,可那情形看起来却着实太过儿戏,然而我除了等待结果以外毫无他法。这样想着,我老老实实地靠在墙上,不知厌倦地凝视着那女人变化万端的活泼表情。

不知是不是在开玩笑,女人有时会摆出认真的表情,睁大那双圆圆的眼睛,瞪着天花板。向导杂着玩笑,似乎在想方设法说服对方。

"看起来谈得不太顺利啊,能不能行呢?"

"说是还有别的客人,所以不行。但是,嗯,请再稍稍等一下。或许马上就会答应的。"

这样说着安抚我，他又继续谈判。终于，女人丢下一句"那么商量看看吧"，向我微微露出一点轻蔑的笑容，走出了房间。两三分钟后，适才那位鸨母眯眯笑着走了进来。老婆婆和向导间的争论耗费了相当长的时间。向导的态度十分强硬，老婆婆似乎怎么也拒绝不了。终于无可奈何地退了出去，女人再次进来，又是种种分辩。老婆婆和女人就这样一而再，再而三地轮番出场，看样子很难谈妥。

"那么麻烦的话就算了吧。"

我觉得实在是不行，便令向导止住。夜深了，冷了起来，我觉得有些兴味索然。而且，就算谈判成功，若向导也一起住下自然另当别论，否则只留我一人在这阴郁怪异的妓馆中，实在有些害怕。

"嗯嗯，这里不行再去别家吧。我刚才想谈到十五元，可对方定要四十元，说要四十元才肯答应。岂有此理，四十元太贵了，还是算了。"

那时银元的汇率比较高，所以四十元换算成日元是八十圆。我那时身上带了六十元多一点。可是，若在这里花掉四十元的话，接下来还要去苏州旅行，那么在回到上海正金银行①取钱之前都不得不节衣缩食。一旦兴趣减退，我便觉得没有必要为这女人做那样巨大的牺牲。

"虽说确是美人，可四十元也太高了。已经过了十一点了，差不多就回去吧。就算买不到，光是看看也足够了。"

我下定决心，从椅子上站了起来说道。

"什么呀，现在回去还早呢。这女人不行的话，其他地方还有别的美人呢。还有不用花四十元也能找到乐子，又便宜又有趣的地方呢。"

向导只当我是个十足的放荡公子，热心得有些过了头。

"可是，这样的美人不是到处都有的吧。"

我担心接下来会被带到什么奇怪的地方，我可不想玷污了这好不容易建立起来的美女的印象。反而希望，将这宝贵的幻影似的女人的容姿秘藏在内心深处，然后就这样平静地踏上归途。

---

① 上海正金银行：日本横滨正金银行在上海的分行，1893年开设，行址位于外滩。现为中国工商银行上海分行。

"有没有美人,总之去看一看吧。如果不合意,再回旅馆睡觉也行。晚一点不要紧。"

将我们二人送到门口的女人从里面把门锁上之后,向导这么说着,再次摇摇晃晃地踏上了小路的石板。走了五六间,又出现了一户像是妓馆的人家。也一样被围在厚重的墙壁内,小小的便门如牢门一般阴暗,默默地紧锁着。向导一个人进去,很快又出来道:"看来这里没有美人。其他地方应该有吧。"原来如此,如果仔细注意一下就会发现,这附近像这样的隐秘之所随处可见。虽说是因害怕横暴的军队而逃避至此,可是与北京八大胡同的繁盛相比,实在是惨不忍睹。若以东京相比,则仿佛是水天宫①里巷的感觉。向导在这些房子前逐一停步,侧首略想了想便急步走开。

"这附近看来没什么有意思的地方,坐车到外面去吧。"

向导像是自言自语地嘟哝着,折回到来时的路上。周围一辆车也没有。之前一直在土墙间不知绕了多少

---

① 水天宫:位于东京日本桥附近的神社,为福冈县久留米市濑下町水天宫总神社的分社。

圈,除了我们以外,周围全不见人影徘徊。简直好似彷徨于恐怖的废墟之中。在这种深夜徘徊于这种地方的人影,只怕是幽灵吧。实则这路上的光景,与其说是人类,不如说是阴鬼的栖家更为合适。

我们终于在狭路渐渐转向宽道的路口找到了一辆车子,那里有家好像日本锅烧乌冬①店模样的饭店——这对我而言也是不可思议之事。在这种地方的饭店到底是为谁而开的呢?即便有食客来店,那必是幽灵无疑。不对,这店里的大爷只怕就是幽灵也未可知——一个车夫正夹着烧卖之类的东西在吃。向导让我坐上他的车,自己在后面紧跟着。不时从身后传来因匆忙而走了调的声音,"向右转"、"走左边"地命令着车夫。究竟要去何处,他自己大概也不大清楚吧。

走了约两三町远,向导总算又找到了一辆车。两辆车总算从废墟中出来,在一条大路上咯噔咯噔地跑起来。这条街虽说有些似曾相识,却尚未辨清方向。左侧有一间挂着"太白遗风"招牌的商店。经过之时向里一

---

① 锅烧乌冬:在小砂锅内放入乌冬面、天妇罗、鱼糕、鸡蛋、蔬菜等,煮成后直接在锅中食用。

瞄，只见随处散放着几只乡下酱油仓库里常见的那种熏得漆黑的大木桶。虽说看起来像是油店，但从"太白遗风"之句推测，应该是酒店。我不禁想起了佐藤春夫的《李太白》①。若将这招牌之事告诉佐藤，他一定会感觉十分有趣……

前方五六间路远处，出现一座和吉原②大门相仿佛的大门，隐约可见上书"秦淮桥"。若是秦淮桥的话，今早应该已经路过一次了。适才从夫子庙旁的饭店出来的我，不知不觉间又被带到这里来。车子过了秦淮桥，似乎再次折回夫子庙方向。不过，之前是一直走到利涉桥桥头，这次则没有折向夫子庙方向，而是越桥而过，继续前行。虽说之前也到过这桥下，然而，从此处再往对岸走，今夜则是第一次。我心里正想着不知那边是怎样的街道时，沿河的路开始忽左忽右地曲折起来。月亮已完全落下，黑暗愈发浓厚，街道的样子愈发模糊不清起来。唯有那些杀风景的冷肃的灰墙，依然像古城的石垣

---

① 《李太白》：日本作家佐藤春夫所作的小说，经谷崎润一郎推荐，发表于1918年7月的《中央公论》杂志。
② 吉原：日本江户时代官方许可的妓馆区。1617年开设，一直存在至1958年《卖淫防止法》实施。

一般默默地绵延着,中间不时出现野草丛生的空地。显然是摸索着向郊外那荒凉的、更荒凉的地方驶去。一旦走到高墙尽处的空地,含着湿气的冷风就会从不知什么地方悄悄吹来。四周的暗澹光景越是沁入身体,三十分钟前见到的那位美女的容姿在我心中就越发清晰地浮现出来。无论怎么想,在这废都之中遇见那样的美女,都只觉得恍如一场幻梦。事到如今,我不禁后悔当时舍不得那四十块钱,真是遗憾。

……喀当一声猛得向上一颠,车子右拐上了一条异常凹凸不平的路上。只见左侧两三间房子聚在一处,右侧有一个古池。池边五六株老柳,枝叶繁茂,柳枝仿佛黑幕一般垂下,随风簌簌作响。池水微微泛着铅色的光,与柳叶一起微颤着。我们的车子停在左侧尽头的一间房子前。只见点着"××妓馆"的门灯,上面两字的朱漆已剥落殆尽,完全辨认不出。

大门入口处比先前那家更模糊漆黑。支那向导咚咚地轻轻一叩门,墙壁的一部分便像凹进去的岩窟一般将我们吸了进去。户外的黑暗随即也扩散到了屋内,已分不清何处是家中,何处是屋外。身后再次传来喀的锁门声,回头一看,只见眼前一片漆黑,刚才钻过的那门已不知所在,给我们开门之人也不见踪影。外面至少还有老柳古池,里面却除了黑暗之外别无他物。我们确是从墙那边走到这边来的,然而究竟是何时、怎样穿墙而过才到了这个地方的呢?望着身后的黑暗,几乎令人感觉连墙也没有了。那个有着古池和柳树的世界已被比墙更厚的"黑暗之墙"严严实实地遮住了。我想起小时候看完全景画①,从幽暗的走廊中出来的时候,便常常会有这种感觉。

接着,充塞在我前方的黑暗深处喀地响了一声。门锁了两道,还嵌着一扇板门。从板门的阴影中,一个黑色人影,背后浴着微微的灯光,如蝙蝠般摇摇晃晃地向我们走来。我突然禁不住联想到某件恐怖的事情。在这种漆黑的、进入其中却不知出口何在的房子里,万一被恶人胁迫该如何是好?岂止是胁迫,只怕会被杀掉后再抛尸,这罪恶便永不为人所知。这魔窟的四壁之中,

---

① 全景画:panorama。在室内绘有背景的环形墙壁前配置立体的草木、房屋模型、人物造型等,辅以照明,模拟出都市、自然景观的宏大实境效果,观看者位于环形墙壁的中央。1789 年由英国人发明,1890 年在日本东京的上野和浅草首次公开。

简直如深海之底般远离人世。

向导与那男人窃窃私语了几句后，便引着我向板门后面走去。中庭四周是闺房，这种构造与前一家大体相似。不过若论中庭面积，闺房数量，则此处更胜。铺满石块的中庭中央，五六个女孩子围着粗糙的矮脚桌，因为怕冷而缩着肩，就着好像福神渍一样的酱菜啜着粥。那种焦躁不安的可怜样，与土仓墙角吃东西的老鼠一模一样。向导将各处闺房窥探一番后，选定了其中最干净的一间。这里虽然点的也是煤油灯，不过因为适才走过的地方实在太黑暗，所以感觉比想象的要明亮些，然而室内的阴惨气氛却并未因为这一点光明而显出半点华丽。一侧是围着白色屏风的女子的寝室，另一侧照例摆着桌椅，除此而外再无可称为装饰之物。从屏风的缝隙中悄悄窥视里面的床铺，不太干净的褥子上毯子松松隆起。是有人睡在里面吧，正这样想着，毯子微微一动，裙裾处露出如栗子般可爱的缎鞋尖。睡着的该是怎样一位小巧、精致的女子啊！——只看到鞋尖，便使我有了这样的感觉。床铺底部绷着柔软的藤网，人睡在上面多少总会有些凹陷，然而托着她那轻盈肉体的褥子却绷得紧紧的,宛如托着一块棉花一般,完全感觉不到重量。

"喂,喂,起来吧。"

我用日语这么说着,在毯子上方摇着双手。毯子下面那柔软的肉体,那腕、那胸、那脚,我的手仿佛已的的确确抚上了那具裸体。女人自己推开毯子,揉着眼睛,懒洋洋地从床上起来——浅黄色的棉袄,黑黑的皮肤,金鱼般的眼睛凸出着,厚厚的嘴唇翘着,整张脸总让人觉得充满了钝重的感觉。两手插在上衣里,颤悠悠地从床上爬起来,径直坐到我身,表情漠然地嗑着西瓜子。

"这个女人怎么样?喜欢吗?不喜欢的话这里还有很多,把其他的也叫来看看吧。"

对着这副远不及刚才那位美女的容貌,我无法掩饰自己的不满意。

"既然有很多的话,那么把那些女人都让我看一下吧,可以把看上去不错的那些叫出来吗?"

"唉,这样可以的。想看多少都可以的。"

适才在院子里喝粥的女子们很快一个一个地出现在我面前。挂在闺房门口的好似剧场幕布一般的门帘掀起,女子像上了发条的玩偶似地走了过来,停下,做出种种娇媚之态,又悠悠地退回门帘后。有花魁引客之趣。一个接一个地来了十多个,可多少能令人感到些兴趣的却一个也没有,全都像老鼠一般不干不净。结果,还是最初那位女子最好。

"看来还是这一位是一等美人。老爷就要这一位如何呢?"

"可是若与之前那位相比,无论身材还是容貌都差得远呢。"

"那就没办法了。像之前那样的美人可不多。那是一流的艺妓,所以架子很大。这里的虽是二流,不过想要留宿的话就很容易,最近生意难做,肯定能再便宜些。"

合着向导的意思,女人也频频向我献媚。可越是这样,我越发提不起兴致。她名叫陈秀乡,年纪十九岁。脸庞轮廓虽并不讨厌,衣裳却满是污垢,粗糙的皮肤最是令人不喜。望着这粗糙的皮肤,没有光泽的指尖,刚才那位女子琉璃般精雕细琢的美丽皮肤的香气,愈发令我难以忘怀。

"怎么样,老爷?在这里留宿如何?可以把价钱还到十二元。"

"不,算了吧。我怎么看也不喜欢……今晚还是回旅馆睡吧。"

"这样啊,回旅馆吗……"

向导看着我不满的脸色,不知如何是好地说道。

"那么在回去的路上再去一家吧,若是那里的也不行,再回去也好。"

"若是在回去的路上,那去看看也无妨,不过大概都是差不多的吧。不论去哪里也找不到刚才那样的美人。"

"啊哈,老爷是被刚才那女人迷住了啊,那么就再为您找一位不输那位的美人吧。专业的艺妓价格太高不行,良家妇女中倒是有便宜的美人。"

"良家中也有接客的女人吗?"

"是的,有非常秘密地接客的女人。到那种地方即便是支那人,没有介绍的话轻易也是找不到的。据我所知有那么一家,去那里看看吧。"

我们于是断然拒绝了这里的挽留,辞别了女子们的房间,再次穿过中庭,潜入浓墨般的黑暗中。从两重门的墙壁后面走到古池岸边的路旁时,我总算摸着胸口松了一口气。

第三次探访的所谓"良家妇女"的住处,似乎是在从夫子庙往四象桥方向的路上,那乱七八糟地混杂在一起的一片住宅区中。我只记得车子过了利涉桥后折向北,沿着姚家巷的狭窄小路,靠警察署的围墙行驶的那一段,之后再往哪里走就不清楚了。不过考虑到后来回旅馆的路线,可以想象出那人家的位置,大概在四象桥向南行至尽头的丁字路口附近。查了南京街道地图,得知那里叫奇望街,正好在警察署的内侧。在警察眼皮底下做这样的秘密营生真是太大胆,不过支那的巡警或许也并不那样严格。而且从外面看去,警察署和女子的住家一样皆为寂寞的土墙所围,周围都是一片住宅街风格的区域。连一流的艺妓家中都是那般阴郁,良人家中的黑暗凄凉就更不必说了。黑暗,以及冷飕飕的沁入身体的深夜的寒气,一直涌进屋内,在地砖上蔓延。没有火气,空荡荡的洞穴般的房间一隅,一个十六七岁的姑娘,仿佛荒郊野寺正堂上放置的木雕佛像一般,因为寒冷而抖着下巴,闪着吃惊的目光,讶异于眼前这位奇怪的异国绅士的闯入。那双眼睛既不是支那式的圆圆地凸出,也并不十分靓丽,却带着充满了无尽哀愁的润泽,长长地横斜入鬓。倔强的,似乎别有心思的粗眉毛皱着。连话也说不好的这女人的容貌,即便与刚才那位美女相比,也不见得有多少逊色。皮肤虽是黑黑的茶褐色,肌里却十分光滑,包裹在黑缎衣裳中的四肢骨骼像鲤鱼般柔软。这种日本美人式的瓜子脸型,以及瘦小忧郁的容貌,虽不及前面那位的娇态,然而若将那一位比做宝石,这一位便有着黑曜石般的忧郁。"年方十七,名唤花月楼,扬州人。"从她那厚厚的嘴唇中勉强吐出这些话。

"果然,这女子是个美人。只是心情看上去十分不好啊,简直是在生气吧。"

"哪里在生气呢?因为是良家妇女,所以害羞罢了。若是想留宿肯定是没有不愿意的。"

这时,女子的眉毛愈发皱得紧了,噘着嘴,抓着向导嘟嘟哝哝地开始抱怨着什么,润泽的眼睛里眼看就要落下泪来。

"这个样子看起来完全不愿意吧,是不是在叫我们回去呢?"

然而,与我所推测的完全相反。据向导所说,那姑娘是在哀求今夜无论如何请在这里宿下。

"这女人说,如今世间兵荒马乱,没有客人,十分为难。开始说要十元,后来降到六元。再谈谈的话降到三元没问题。怎么样,老爷?三元的话挺便宜的不是吗?"

终于鸨母也过来了,和姑娘一起再三央求,结果确如向导所言,以三元成交。谈妥了价格,向导和鸨母便退入别室,女子将门板卸下,架上门栓。然后便絮絮地说着什么我听不懂的话,第一次露出了笑容。适才笼罩着忧郁影子的眉眼口角,现在是出人意料地表情丰富,竭尽全力向我献媚。半句支那话也不懂的我,面对着这可怜可爱的媚态,却不知如何相报,真是悲伤。

"花月楼,花月楼。"

我用好容易才学会的支那发音不断叫着她的名字,将那细长的脸颊捧在两手间。这样捧起来一看,真是可以完全裹在掌中的可爱小脸。这用些力紧压就会被揉碎的柔软的骨骼,这像成人般匀称,却又像婴儿般天真的五官。我的胸中突然涌起激烈的情绪,想永远将这张脸捧在手中,无论如何也不愿放开。

——谷崎润一郎《秦淮之夜》

水榭水楼

南岸二层建筑居多。绕着白色墙壁往上,有瞭望台模样的小楼。挂着"杨柳楼台"的匾额。

"水榭是伸出水面上的平房。水楼就是像那样风格的二层楼房。"

黄先生解释道。这一带南北都是青楼,所以大多数的人家都在从河上可以望见的地方放置床铺,垂着白色的帐子,红色的被褥隐约可见,或者哗啦哗啦地赌博,还有脂粉不施,穿着薄薄的衣衫,单膝盘坐在椅子上,胳膊靠着栏杆,从二楼向下望着往来游船的美人。那女人体格像孩子般纤细,额前刘海垂到眉间,映出一道红线。有时会张开樱桃似的嘴唇,发出

"三——娘——"

这样好似剃刀上涂了蜜似的声音。黄先生生长于南京,年届五十,游冶秦淮花柳界三十年,此中佳丽无人不识,实是一位通人。无怪乎从方才开始,船所到之处时有"剃刀之甘露"落下。黄先生每每愉悦地循着那声音望过去,咪咪笑着点点头。

淮水无情

屋檐弯曲,屋瓦零落,骨架般的简陋棚屋中也有美人。都穿着单色轻衫,对她们而言已是盛装,而在我们看来实际上只是穿着汗衫短裤而已。

支那的女人不像人类,而像是鹦鹉精、牡丹精,或是在末世淹留徘徊,不肯离去的年轻女子的灵魂,临着秦淮之水化着妆。

"刚才那女子对你说什么?"我突然向黄先生问道。

"那个吗?那是……"黄先生稍稍想了一下,低声道:

"说的是好久不见您了,怎么回事啊。有空的时候来玩玩吧。"

"这样啊,我还以为在生气呢。"

"嗯,确实有些生气。因为好久没去了。"他眯着眼睛笑着。似乎是在盘算着回去的路上去一趟。从这样的好爷爷身上巧妙地捞些零花钱,再拿去供养年轻男人的女人也是有的吧。黄先生像是有所触动,突然叹息,好像自言自语地说道:

"淮水无情。我想在这附近立一座塔,写上这四个字。"

"为什么？"

"哎,怎么说呢,我在这里寻花问柳三十年,却未曾见过一个能善始善终的女人,真是毫无意趣啊,没有一处不在腐败。看看那副样子。以前的文人决不会像那样玩乐的。"

"可是,明知是行将腐朽的宅子,却还是满不在乎地住在里面,不是也很有趣吗？而且她们那艳妆调笑,轻松自在的样子在日本无论如何是看不到的。多好呀。"

我兀自出神这样想着,环顾四周道：

"这样啊,这个样子不要紧吗？物价便宜这一点或许比日本好,可若是这样的话真是让人不安啊。举国都抱着游嬉的态度,结果无论弄成什么样子都无所谓。"

"不过这地方本就是供人玩乐的,除了玩乐不是也没有别的可做吗？"

"是啊,是啊,那今天就好好玩一玩吧。"

黄先生马上又赞成了。

古代,一个叫杜牧的男人说着"商女不知亡国恨"之类的话,一副只有自己看得透的样子,可结果到底还是沉溺其中。这种人在现在的支那也很多。无论对什么都要发表些不平的言论,可是自己却什么也不做,只一味玩乐。想着秦淮大概从那时开始就挤满了这样的人,愈发觉得有趣。

卖歌船

还有一种有意思的船。与艺妓们的船不同,是较旧的小画舫。简直像是不请自来的老婆一样划船过来唱歌。整个家族都乘在船上。全家都是艺人,身份低微,拉着胡琴,打着大鼓,船头上坐着年轻姑娘,像是被固定安装在那里。看见我们便微微而笑,大概是想让我们买唱。

"让她唱唱看吧?"

这么说着,不一会儿,那船便迅速地划了过来,对方将一份好像过去帐①的东西送到我们面前,频频恳求着什么。

"算了吧,唱得不好。"

"多少钱?"

---

① 过去帐:日本寺院中记录施主和信徒的俗名、法名、死亡年月日等的名簿。

"二十钱。"

"那样的话倒也不错。"

取来那"过去帐"一看,上面写着《天水关》《空城计》之类的曲子。我点了《三娘教子》这样的入门曲,命她唱来一听,果然拙劣。声音低低的,与上海的女子相比几乎让人觉得是不同的人种所唱。

"为什么声音那么低啊,那样一点也不好听。虽说声音太尖,也不好,但是这样也低得太过分了。"

"扬州人一般都不擅于唱歌。"

我们这么说着,女人却全不在乎,迅速地唱完,收了二十钱,又请求让她再唱一曲。

"让她唱个小调怎么样?"

"唱什么也不行。"

歌船终究是"落第"了。

尾　声

秦淮的画舫总计有三百艘,分为一、二、三号三种。一号船要十元,二号船五六元,三号船二三元。若是算上赌博、饮食的收入,一日可得三千元,一个夏天则可以有二十万元。这样的话,一年的生计便可无忧。登船游玩的并不仅限于男人,还有带着女伴而叫艺妓之类相陪的。据黄先生说,南京过去官吏家中的女眷并不介意与艺妓见面,而其他地方则没有这样的事。可以辨认得出画舫匾额金箔底上的墨字:"人间天上","秦淮风月好","月圆人好","江上乐秦淮","云影波光"之类。书法与文句虽都平常,但却是这些往来船只的标识。那艘船见过,这艘也见过,这样的感觉像是旧识重逢,十分有趣。不过,这些船其实另外有"彩虹""云鲸"之类的名字,那些被招唤的艺妓就是根据这些标识找到目的地的吧。

——井上红梅《沉浸于支那的人·秦淮画舫录》

南京的歌妓毫无特色。其中扬州人居多。她们所唱的歌只是在扬州歌的基础上将音调拉长,变得更加摇曳而已。扬州歌《打牙牌》就是南京歌《二姑娘倒贴》。用文字不太容易说明,亲自去听一下就会明白。《南京旅馆之歌》用后者的曲调,曾流行一时。说的是支那的国会议员和艺妓宿于旅馆之中,遭遇火灾而被烧死之事。后来,上海也发生了同样的事,因为当事人是国民党员,所以不能入歌传唱,也可能是因为已被南京占了先。

——井上红梅《中华万华镜·南京的特产》

监狱第十

一、南京的模范监狱

新兴的首都南京锐意致力于都市景观的整备,如市区的重新规划,道路的开凿,政府机关的建立,中山陵的完成等。此外,在革命工作、高唱新生活运动、打倒帝国主义、铲除共产党等行政方面的改革也注力颇多。从南京站周边的区域改造,到城门内民家住宅的紧张,人口的激增,哪怕只踏进南京城一步,都能立刻吃惊地感受到建设中的民国首都的气氛。

对于我这样年复一年访问南京的下关、城内、中山陵、孝陵的人而言,最近的南京之行有些不同,变成了从考试院礼堂到监狱方面的巡游。一般的观光客造访南京会去的玄武湖、莫愁湖、北极阁、古鸡鸣寺等处,暂且全都不去，而打算把时间花在参观监狱方面。并不是因为想预测那甚嚣尘上的废除不平等条约运动之后的社会情形，而是忽然无论如何都想看看与支那审判有直接关系的监狱。于是，通过领事馆的人提出想参观当地普通监狱的申请后，很快便获得许可，但只许参观模范监狱。据说因为普通监狱情况颇为恶劣，每每连清洁工作都难以保证，所以参观仅限于模范监狱。那样的话也可以。总之无论如何想看看。就这样，看完了考试院礼堂陈列的周代乐器后，便直接穿过中央大学，前往绿荫之中的监狱。

到了一看，门卫处有五六人，都穿着同样的支那服装，总觉得很安静的样子。似乎是犯人家属，在这里请求会面。我们因为是和领事馆的人一同前去，所以只凭一封书函便很快被引入里面宽敞的接待室。这里虽说是监狱，却不像日本那样是阴冷昏暗的地方。首先是周围的土墙，城内普通民家豪宅的围墙只怕远较此更高更厚。土豪大官的家宅和官署毋宁说更像是被监狱式的高墙围绕。进入狱内，第一印象就是墙壁很矮，时值四月，新绿的树丛和坛中花卉仿佛现出迎客之姿，做向导的官员们态度都颇为恭谨高雅，客厅内桌椅整然，窗户明亮，墙上挂着几张放大了的大官们俨然列队的照片。若是去见关在里面的家人之类，心情自然会有些郁闷。但倘若只以评论的立场、参观的心情入内的话，则会感觉万事轻松。大概正是因为这种缘故，我当时的印象与其说是进入监狱或官署，不如说是来到了私家大宅中的某处。门内，就连庭院步道上也气派整齐地铺上了青砖，穿着支那靴子踩在上面的感觉，真正好像入君子故宅而步于镶砖小径之上。

因此，一进南京监狱感觉就已十分柔和亲切，正如微风拂过绿荫，无处不令人感觉江南春风之和暖一般，全无日本监狱那种铁门紧锁、令囹圄之身肝胆俱寒的氛围。我们正畅谈自己的这种感想之时，一位官员进来，正装正帽，佩着手枪，系着皮带，脑袋胖胖的，是为我们做向导的张先生。

"久等了，现在我就带各位逐一参观里面的各部各房。"

说着便干脆利落地引导着我们走遍了所有的走廊。因我多少也见过东京、台北等地的监狱，所以对这种地方并不陌生,大体有个概念。然而像南京的这一座确实比日本的更具明朗氛围。其中有一种构造,是只要一名看守站在一处就可放射性地监视四面八方,这种设计并非南京独有,只是这里的放射状长廊更为明亮。收容犯人的各个囚室入口挂的不是各人姓名,而是九八七、九八八、九八九、九九零这样只写了编号的牌子。各室门上齐眼高的地方有两个并排的直径三寸左右的圆孔,既没装玻璃也没有盖子,可以随时让两个人并排从外向内窥视,大概能伸进一个手指。因为可以随意窥视,我也兴味盎然地看了几次。有时大概是听到廊下有人声,囚室中的人会站起来从门洞里幽幽地露出脸来,这时窥看者便会与犯人突然四目相对。参观途中出于好奇心,悄悄地窥看了一下,只见里面的眼睛也露了出来。目光相交之时,双方都有些不知所措。"失敬、失敬"这样的客套话不太合适,而什么也不说也觉得过意不去,实在令人不舒服。有时甚至还会发生双方都因为吃惊而吓得后退的情况。其时,若对方是不修边幅、邋邋遢遢的光头囚人,就会非常影响情绪,令人懊恼。

幽房之中并非像日本那样将一个人单独幽闭的单

间牢房。日本的单间牢房是地板房,配有厕所和一个薄坐垫。有的也会放置小桌,让犯人整日在上面做牙刷之类的手工。南京这座监狱却没有将犯人单独关押在单间里,而是在一间相当大的房间里关了八到十个人。而且犯人原则上都统一穿着灰色囚衣,各自在无凭无靠的地板上或伸足或虎踞,十分自由。还有广袖拱手,一言不发,呆然静坐,如达摩①一般之人。细看伸足而坐的诸位先生,原来脚上都戴着足枷,也有虽戴着足枷却仍在房内走动的。看到这样的情形,我觉得奇怪,于是询问向导。向导回答:"那是仅限于在押期间不守狱规之人的双重体罚。"

差不多两点半左右,走廊里送来了食物,再由管理员分配至每间牢房。我瞅了一眼那食物,是粗糙的支那米饭,外加仅浮着几片菜叶的汤,一一按定量配给。据说如果供应普通的支那盒饭的话,只怕会因为太过美味而导致入狱者增多,所以只供应像这样俭约的饭食,真是十分有道理。各个牢房内又有固定的马桶,室外没有

---

① 达摩:中国禅宗始祖达摩,其形象流传至日本后,被民间制作成吉祥物或玩具,多为椭圆形,着红袍,拱手盘坐,此处即以此形象比喻囚人姿态。

厕所,所以,所有人都必须使用房内马桶,但将马桶搬到室外的事同样由犯人来做。

放射状的牢房大致参观完后,接下来,沿着走廊被引领到了里面的监狱工场。那里分为几栋,每栋按工作性质配有不同设备。各工作室门口都有看守严密监视。工场分为鞋靴、家具、木工、成衣、洗涤、排版印刷、装订、锻冶金工等部门,我们全部参观了一遍。

张先生带着我们进入各工场时,一定会在入口处桌子上摆着的参观簿上,用毛笔签上自己的名字:张某某。似乎按规定是每换一间就必须写一遍,虽说非常麻烦,但可见一丝不苟之处。先生腰上别枪,悬腕直笔,书"张某某",墨色明丽。此种情形正因在监狱这样的背景下而成为一种难得的入画之景。这在支那以外是绝对见不到的。

工场中的木工、机械、印刷、裁缝、理发等工作间大抵都无一例外地参观了一遍,不过,其中工作的犯人却怎么也不像是恪勤精励、一心一意认真工作的样子。各工作间里都有三分之二以上的家伙是空手闲坐,但听窗外云雀鸣声的样子。看到我们进去,脸上便显出虽然吃惊却仍然无力的表情，目不转睛地注视着我们。一般城中民家店头可见的那种拼命努力、勤勉工作的样子在这里几乎看不到。感觉与在台北监狱工场中见到的工作态度有云泥之别。以前曾听绫野君说过，南京监狱印刷装订的质量一度口碑很好，然而近年来却大不如前。如今看来，果真如此。这其中当然有训练方法的原因在，不过考虑到这些人本来就是社会的落伍者，也就不足为怪了。不过，若说在押者的样子，则看起来大都十分从容，令人感觉已超越了时间观念，并且也已忘却自己身处狱中。因为，此处虽说强盗扒手云集，然而这样的牢狱生活中，令彼等所从事之工作，实令其"特长"毫无用武之地，毋宁说是使其尽呈去势之态。此外，设置布道场等请僧侣读经说法的做法虽然各处都有，但此处则更加着力于使犯人性情更趋柔和。狱内炊事、汲水、打扫、搬运等杂务，皆令犯人从事，各班都有看守跟随，禁止相互交谈。另外，还可看到重罪犯人模样的，互相被铁锁拴在一起在院子里干活。不过，总体而言，参观时所见狱内情形，完全看不到社会黑暗面里犯人间的相互武斗，也不像是对犯罪施行体罚之处，毋宁说更像是一个官办的舒适安闲的洞天福地。

二、南京刑场之奇景

随心所欲地参观完南京模范监狱后,感觉和自己迄今为止在别处实地所见闻之情景全不相同。以前的支那刑场就有许多奇景。

例如其一,南部乡村有用粗麻绳捻成的笞杖,令罪人俯卧,以一定方法、一定次数啪啪地鞭打臀部之刑。这虽然可以花钱免除,但贫者则通常须按所犯之罪逐一受刑。直到最近,朝鲜台湾也还有此刑。

其二,令犯人戴上首枷,数人并立,再在头部插一枚长板,然后令其在人来人往的繁华大道,或监狱附近处示众。戴足枷者也同样令其在道路上示众。

其三,重罪犯人被置于木框刑架中,头部吊起,四肢悬空,任其饿死,在行人观看下咽气。

其四,拥护共产党的妇人被用棒刺入〇〇,裸体弃置于路上,任大众行人观看。

其五,将犯人双手向上,整日整夜吊在天花板下,两脚被绑住,动弹不得,如此置于牢狱内一定时间。

其六,马贼一旦捉住,立即缚于马车上,警卫持刺刀步枪相随看管,行至城墙下的刑场枪决。或用青龙刀一刀枭首。北平天桥路至今仍有此种刑罚。

其七,将犯人枭首后,首级并排放在棺材上,或高高吊在城外令行人观看。

以上列举种种,在今天也可谓严刑峻法,但这样的刑罚在南京模范监狱中却不曾见到。上古刑罚史中还有凌迟、炮烙、车裂、墨鼻腓宫①等刑。此外,"辟"字的古形②即为令犯人坐在刑具之上的情景,像这样的字本来很多都是死刑之意,在古铜器铭文中可以很明显地看出。又比如"县"字的古形③,正如在《庄子》《孟子》中所见,是将犯人倒悬吊起,令其痛苦不堪的极端刑罚。

支那的刑罚古时颇为严厉,后世则比较有减轻的倾向。听说现在一般监狱中还可见到将犯人吊锁在天花

---

① 墨鼻腓宫:墨、劓、腓、宫、大辟为上古五刑。墨:在额头刺字。劓:割去鼻子。腓:剔除膝盖骨或断足。宫:淹割男子生殖器。大辟:死刑。

② "辟"字的古形:会意字。从卩,从辛,从口。"卩",甲骨文象人曲膝而跪之形。"辛",甲骨文象古代酷刑所用刀具。

③ "县"字的古形:即"縣"。会意字,甲骨文象首倒悬之形。

板上的刑罚。不过,古今刑罚轻重比较之类的话题这里姑且不论,至少南京模范监狱中完全没有见到那种残酷的刑罚。想来此处只是作为典型示范而设的司法部特别机构吧,因此不可因为这里没有酷刑,就立刻认为今后的犯人们都会被如此从轻处置。从支那漫长的历史和严峻的社会情况看来,倘若仅以形式上的惩处和温和的刑罚,敷衍了事的体罚等,并不能阻止犯罪。我亲眼目睹过那个胆敢犯下盗马罪的马贼,直到被枪决的那一刹那之前,尽管被刺刀枪牢牢架住,却还在马车上专心唱着安来节①一样欢乐的曲子,五花大绑的身体摇摇晃晃,面色愉悦,令一众围观者不禁哑然,着实不是一两道绳子可以制御。支那各地针对犯人所实行的严厉刑罚屡禁不止的原因,也可由此而知是事出有因。然而,像南京这样明显表现出新兴气象的地方,至少造出一间这样打着"模范"名号的新式监狱,对标榜三民主义的政府的面子而言是必须的,此外,也有给外国参观者留下好印象的考虑。

---

① 安来节:日本岛根县安来地方的民谣。

三、狱门的花坛

　　日本的监狱铁壁高墙，牢门紧闭，看上去令人说不出地厌恶。话虽如此，可像南京监狱这样，几乎令人疑心是私人宅邸般的明朗设计又该如何评价呢？本来正如世人所知，支那人喜用红色，喜欢明朗、热闹之事。且监狱也并非一定要设计成阴郁之所。这里说几句尖锐的话，做了比这里面的犯人所为更恶之事，却逍遥在这监狱之外之人正不知有多少。可以说，只有不走运且无法用钱赎罪之人才会进这牢屋，那些巧妙地得了大赦的先生们则悠然居于高楼大厦之内，放纵于酒池肉林之中，过着荣华豪奢的生活。这么想来，按照支那式的思维方式，就完全没有必要只让这些监狱中的犯人在黑暗环境中呻吟度日。不过，所谓支那式的思维方式有两种。一种认为支那社会先天分为有产和无产两个阶层。坚信无产者代代为无产，无论经过多少代都只能安分满足于下贱的身份，所谓"没法子"。有产阶级的生活是无论如何做梦也梦不到的。持这种想法之人截然划出等级,对等级间的界线全无疑虑。因此,有产者自身也从未将下贱之人放在眼中,我是我,他人是他人,自相区别。另一种则坚信王侯将相宁有种乎,人本无上下之分,我亦人也,彼亦人也,以此为行事准则。人生虽不得已而有等级差别,然彼所欲者,亦我所欲也。总之认为人生一世不应谨慎畏缩,而采取极公平无私,自由无拘之态度。在下之人有朝一日皆会作此想,在上之人自然亦会深思洞见至此,而勉力以求不失民心。

若问南京城内芸芸大众心中所想如何,则实为后者。这大势所趋,即为对待大众应公平无私。大官富豪脑中心里纵然别有想法,却也必须做出公平待下的姿态以示天下,此种趋势自不待言。

然而,尽管如此,南京的模范监狱实在过于明朗,乃至令人感觉简直不像牢狱。地上花卉竞相开放,惹人注目。恐怕这种狱内的明朗景象本就不是缘于政府的社会政策,而是自然而然便成了这样。可能我们对支那监狱情形的想象太为旧观念所束缚,所以愈加感觉过于明朗,这样的话自然什么都不好说。但是,如前所言,支那人即使在死刑的瞬间也很少会被阴郁气氛所打倒,而习惯于大体上总是表现出明朗做派，若是关系到自己的面子则无论如何都要将无愧无疚的心情坚持到底。比如家中雇佣的男仆，因打扫时不小心，打碎了桌上的花瓶，被主妇看见，责问怎么回事，此时男仆的回答颇为有趣：

"我不知道。完全不知道。这花瓶打碎的事与我全不相干。是花瓶自己摔倒、掉下，然后打碎了的。"

佯装糊涂，且全无道歉之意，实在是满不在乎的态度。从此一事中可推察万事，其中很难见到日本人那样自白、告白的诚恳模样。这又并非是赌气，而不过是其自身性格使然，是因爱面子的心情而自然表现出来的。从狱中女囚身上更能体会到这种心情。女囚身上所着以一般妇人之服居多，可谓丽服艳装，宛如车站三等女性候车室中所见之情景，毋宁说到了气氛欢乐荡漾，全不似囚室之一隅的程度。女囚们在专门收容女子的工场中从事衣裳剪裁，机器缝纫的工作，在手帕或小幅麻布上用红绿黄紫的丝线刺绣之类的精细手工也有，其中光景简直令人感觉是在参观苏州城内的绸缎工场。我悄悄地问张先生为何狱中会有此种风景。

"女囚们为何从事这种工作时还要穿上这么漂亮的

衣服呢?"

张先生回答:"本来女囚也必须穿着规定的灰色囚服,不过最近因为预算的关系狱内无法发放,因此就让女囚们各自从家里拿来,于是就成了您现在看到的这个样子。"

原来如此,因为监狱预算紧张,所以便停止发放囚服,真是有趣。全不受拘束,有钱时便按有钱的做法,无钱时便按无钱的做法,十分轻松。女囚们各自让家中送来自己喜爱的衣裳,穿在身上,正不知有多么幸福。令人深感这是多么一举两得之事。我自言自语地表示理解:

"怪不得女囚们个个都打扮得干净爽利。"

像这样的事只有问了相关人员之后才能完全理解,总之都是能有助增进狱内明朗气氛之事。

在日本,狱门、铁门这样的词听来令人觉得异样。近来虽然将监狱改称刑务所,可实际上所取之冷酷严峻态度丝毫没有软化。刑罚、法律都必须恪谨严肃,推行到底。有着在任何地方都必须采取严厉态度的观念。且世间一般对此的态度,又是认为一旦进去吃过那酸臭的牢饭,便一生都难免被人议论,遂成为再无可能自新之人,使其精神上感到卑下,以致贻误终生。这是日本社会整体都普遍存在的恶劣倾向。因此,我想倘若日本在这方面尝试引进一些支那人的观念如何呢?此一时,彼一时,不要过于记仇。这从人道问题上看来十分重要。洁癖过甚,对犯罪之人概不容情,反而也会造成罪孽,支那监狱内营造明朗气氛的做法对无论男女囚人来说都是好事。而且,养成对犯罪之人既往不咎,淡然处之的习惯,于社会也十分必要。

四、罪行记录簿上所见之南京妇人

参观模范监狱时发现了一间事务室,于是赶快进去一看,只见墙上挂着一大本罪行记录簿。没费多大工夫便获得了事务员先生的同意,得以随便翻看其中内容。一连数册都以纵写方式一一详细登录。男女囚人均有记录,从编号上可见男囚约一千二百人,女囚百五十人许。而且因为是记录簿,所以其中一、编号,二、姓名,三、犯罪种类,四、原籍地,五、职业,六、年龄等项目均一一查实记明。看来少年犯并未收容于此处,记录簿中几乎找不到未成年人。老者方面则能看到七十三岁高龄之人。所载罪状虽说自然是偷抢通奸千般万种,不过最令我等感兴趣的还是女囚。

这女囚中有九十几人所犯都是吸鸦片罪,且似乎多为中产阶级。上流社会阶级犯了法便出钱掩灭,而中产以下者却都因无钱消罪而只好伏法。又据簿中记载,女囚中还有所谓"反革命犯",即因反对南京政府的革命运动而获罪的女子。此处颇为有趣。仅仅因为是国事犯,所以便令人感觉与鸦片吸毒犯之流相比格调要高出许多。此处可窥见南京女子与时俱进之面目。以女子之身投入革命之洪流大势,呐喊徘徊,正是当今新兴摩登女子的典型。然而竟有因反对革命而获罪者,着实与众不同,令人好奇不已。不过,我并未仅仅因为好奇就专门按编号将那女子找出,带至面前,一观究竟。将如此有魄力的新式女杰收容其中,颇能显现出模范监狱的明朗气氛。

此外,因吸食鸦片而被收容在后院的女囚中有老妇模样之人,似乎因鸦片中毒而全身疼痛难忍。这是因为狱中规定，无论毒瘾发作时多么严重，也不许吸烟以为缓解。发作之时若不能吸食鸦片，必然感觉恶心疼痛，痛苦无比。然而因为身在狱中，故无可奈何，只能忍受。从门上小孔中可以窥见，房内各处都有为了缓解痛苦而请身旁的狱友按摩者，还可隐约看见互相按摩的。再往里进入回廊，便到了关满女囚的大牢房。虽非特意，不过还是又像之前那样朝房内窥视一番。只见房内是一大厅，人数颇众。女囚们都坐在正面的地板上。其中有几位身材丰满，穿戴十分美丽的夫人模样之人，正面向我们这边。想是因为感觉到有人不时沿着走廊向内窥看，那位身材姣好的夫人也向我们这边张望。当然从小孔中只能看见些眉眼，不过尽管如此，夫人们似乎多少也对我们产生了兴趣，那身材姣好的夫人与身旁另一位夫人相视微笑，似乎正在谈论着我们，频频向右侧首，嘴唇不停地动着。这些女囚心中只怕正想：

"为什么总是盯着我们的脸，又不是展览品，从那小洞偷窥了好几次了！"

耳语之时眼角挑动，微露妩媚之态。若要形容房中情状，简直可以说是车站三等候车室的氛围，因此有这样的插曲也不足为奇。若是还能至少记得罪行簿上所载那反革命女子的号码,此时推量揣测其人是否就在其中,定是一件趣事。然而我并未做出这等事,不再从孔中向内窥视。直到这个月,我心中仍然清楚印着那女囚的容姿,丝毫没有罪人模样。有时,从我们这些参观者所用的窥视孔中也会突然出现女囚们向外窥视的眼睛。四目相对,过分接近之时实在令人不悦。自孔中向内窥视之时,还是应当保持一定距离,再一一品评、推测对方是吸毒犯还是反革命,如此方能兴味盎然,若是再有更进一步的兴趣,则于参观场合而言殊无必要。自然,倘能允许进入房内问询谈话,则会更加有趣吧。

南京模范监狱并非法国人经营的特拉伯苦修会①,个中气氛全不相同。修道院中,外来男子可以进入男子居所,女子居所则绝不允许进入。所幸这监狱不曾引入修道院做法,我们得以自由参观女牢,又可以随意从监视孔中向内窥看。只要不交谈、不搭话就可以。总之,

---

① 特拉伯苦修会:Trappist,罗马天主教修士修会熙笃会(Cistercians)的一个分派,1664年由法国宫廷祭司朗塞(Bouthillier de Rancé,1626—1700)改革特拉帕修道院时开始。主张严守戒律,日常苦修以沉默、祈祷、素食、劳作为主,1883传入中国,1896年传至日本。

在如此自由的氛围中得以参观监狱内部,感觉上已完全不觉其为关押罪犯之所,即使不能说完全没有,也可以说几乎没有监牢的气氛。以上参观女囚收容所之情况,让人更觉模范监狱之明朗积极。

五、胡汉民幽居的电灯

胡汉民幽居之事曾一度广为流传,闻之颇令人有阴郁之感。这是因为胡氏被幽禁前的经历广为世人所知,胡氏对此事之态度又十分引人同情,加之对胡氏自身人格之理解,种种因素累积所致。话说我漫游之际,参观南京监狱前后,投宿于鼓楼下名为钟和旅馆的支那旅馆之时,馆舍隔壁正是那位胡汉民大人被幽禁的私邸。宅邸极小,为二层洋风建筑。我所投宿的旅馆正巧也是二层建筑,与胡氏宅邸并邻,两边二楼的窗户正相面对。夜晚时分,华灯煌煌,望之眩目,因此全不觉有阴沉气氛。本来支那人家平日里都是门户紧闭,有客来访之时才会开启,因此胡宅大门终日紧闭并非特异之事。有报纸说似有卫兵把守,这并非实情。门前一个卫兵也未曾看见,实在与普通民宅并无两样。

　　支那所谓幽禁、流放之事本就不像人们想象的那般凄惨。倘若按日本人的想象,则大概会联想到镰仓大塔宫①洞穴中之光景,着实惨不忍睹。这是因为比起现实,人们更愿意依赖文字作添油加醋的想象。事实上,支那的幽禁、流放大抵不过是如普通人一般生活,衣食住方面不会一落千丈。根据当事人的身份,若被监禁、幽禁者是有相当地位的大人物,则会顾及面子,以大陆派的作风给予十分宽松之待遇。以前,曹汝霖大人被幽禁于北平总布胡同、三井洋行后院时的情形就颇为宽松随意。譬如曹大人欲往城东方向散步这样的事自然可以听之任之,宅中人员出入也并没有什么繁琐的严规限制。章太炎大人被监禁于北平哈达门内时也是如此。其时,章大人因是"软禁",故较为轻松。大人于室内专心执笔,凝神挥毫,仍旧写那锐利文章,以静心平气。此

---

①　镰仓大塔宫:大塔宫是护良亲王(1308—1335)的别称,亲王为后醍醐天皇之子,参加过天皇为推翻镰仓幕府而组织的讨幕军,成功后被封为征夷大将军。此后,同样参与讨幕的足利尊氏拥兵自重,护良亲王为防止足利氏重开幕府而组织军队。不料被足利氏发觉,幽禁于镰仓东光寺,终致被杀。1869 年明治天皇为追怀亲王事迹,下旨在东光寺遗址上建立神社,位于日本神奈川县镰仓市,称镰仓宫。

外,古代也有韩退之谪贬岭南,黄山谷流放巴蜀,皆在其地倾注心血写就名文,流芳后世。所谓士人获罪,谪贬鄙地,结果反使其地名声广播于世间。

故依此观之,就幽禁胡汉民的宅邸而言,未见将其视为罪人而对待的情形,也并非不可思议之事。在日本,公园中安放大炮,饰以炮弹,环以铁丝网,气氛紧张,却是司空见惯之事。这令人想到日支两国公园与监狱的感觉之不同,可知在对戴罪之人的看法上存在相当大的不同。以支那国情而论,当事之人若是个相当的人物,则将来正不知会有何种运势。尤其是其人系因政治关系而下狱的国事犯更是如此。想必虑及此点,故不会对当事人过于苛待。倘若穷追不舍,将对方驱至无可退之境,只怕之后会被以其人之道还治其身。本来实施惩罚之时,比起依据法律,更多的时候是依据感情或策略,其时若不慎加斟酌,只怕会后患无穷。综合各种考虑,总而言之,所谓幽禁还是不要过分苛待,方为上策。如胡汉民幽居的这种状态,想必是胡氏断然实行了那次著名的绝食,迫使蒋介石大人心情颇不舒畅所致。此等事情皆被世人一一看在眼中。总之,南京城内幽禁之所中洋溢的明朗气氛，与监狱内之气氛正相呼应。这与日本人所想象之情形全不一样，故在此作一介绍。

六、与妻子面谈的囚犯之笑容

我们刚到模范监狱时曾在大门口看到的那几位来探监的太太，在我们走到囚犯会面处时，也正好进来。其中有带着小孩的，也有与亲戚结伴而来的。会面处中的来访者全部在围墙外侧一间凹进去的小屋中，用木板隔开，构造宛如邮局中出售明信片之类的地方。墙壁上开一四角小窗，嵌入可随意开闭的木板拉门。

有人来访时会按号码通知里面的囚犯，随后，胸前缝着号码的"先生"便会在看守跟随下来到会面处。大抵不是一次一人，而是两三人一起带来。向小窗外等候会面之人打个手势便可看见。双方隔窗相视，虽然或许并未到相对垂泪的地步，但是太太已然忘却手中还抱着孩子，只是倾诉心曲，尽情交谈。此时，一旁的看守自然是在留神侧耳倾听谈话内容，外面同样也有看守，因此只能说些被人听见也无妨的话。不过，能够像这样直接见面,可谓不幸中的万幸。若连这样的事都不允许,怎么说都是犯了人道之罪吧。会面时间并不很长,因为后面的囚犯还在候着。一人会面完毕后,由看守跟着沿院中小路返回。囚犯们会面之时脸上多少都可见到些笑容,可谈话结束后返回,身影消失在绿荫之下时,却又变成了郁闷的表情。我因为隔着小窗,听不清谈话内容,所以也就不明白郁闷的原因所在。这里只将我所见如实写下。

在支那所见的许多犯人,即便是即将执行的重罪死刑犯,在与妻子眷族告别之时,脸上也丝毫不会显出恐惧之色,其家属也同样不会做出哭泣、发怒之事。这种双方都平心静气的表现到底是出于何种心理呢?实在不明白。据说是因为认真地相信自己三年之内就会转世投胎,来世定会强于此世。不论如何,那种全无惧色的态度着实不可思议。问题正在于此。若问这种情况下的心理状态究竟如何,那么或许是因为,无论是犯人在监狱中与家人相见,还是家人为探监而进入监狱中,双方似乎都不觉得自己分属于两重天地,狱内狱外并非截然分隔的两个世界。更何况如前所叙,监狱环境又是那般出人意料地花香树绿，芳趣盎然。

因此，在支那，犯罪之人被捕被囚之类，并不被视为多么恐怖的致命打击，不值得大惊小怪。支那这个地方与日本不同，通常大多可以用钱赎罪。无钱之人则只能入狱吃苦，但并不因此就认为是没顶之灾，而是视之为时运不济，甘心认命，全然一副轻松之态。甚至还有犯人在咬牙受死的瞬间仍能欢悦而歌，其心理可想而知。支那人之心理无法以日本人之常识理解之处可以说正在于此。

支那的处决法固然有其残酷无情之一面，有当场枪决，或青龙刀斩首。然而即便如此，犯人似乎并未因此而大受触动。怎能因为这点小事而害怕呢？

正因为是看透世间万事的支那人，所以在这些事情上，与凡事坚持国家本位的日本人的思考方式完全不同。

以日本人之眼观南京之模范监狱，想必会因各人立场不同，而在面对同一事物时留下不同观感。我之所见所感大致如上所述。将来，日支间不平等条约尽数废除之后，倘若有因在华犯罪而受支那法律制裁的日本人被投入那样的监狱,届时是否能有与支那人同样的心态呢。如果不能超越一直以来狭隘顽固,不知变通的日本式性格,那么大概就会立即想自缢或咬舌寻死吧。日本人只怕是没有支那人那种宽大柔和,漠然茫然,在任何境遇下都能顽强前行的悠久韧性吧。说这些话或许不过是自寻烦恼,但对于这种民族性的差异之处,日本人多少也应有思考的必要吧。

——后藤朝太郎《支那民俗展望·南京的光明监狱与犯罪》

饮食第十一

从利涉桥桥头到贡院西街街角二三町左右的距离，南京一流的饭馆鳞次栉比，一直营业到深夜。我们的车子停在了其中一家叫长松东号的饭馆前。

"到这里看看吧，这里可是地道的南京菜。"

向导边说边走在前面，进了门。出人意料地，里面比外面气派。中央是长方形的宽阔中庭，四周巍然环绕着二层楼阁。虽说是青漆木造宅邸，但施工却十分考究，二层的栏杆和回廊的柱子上都施有精细的雕刻，柱子上下挂着灯笼，装饰着盛开的盆栽菊花。立在中庭，环视楼上楼下，无论哪个房间都坐满了客人，赌博猜拳，十分喧闹。我原先想着尽量找个临秦淮河的二楼的位子，可一进门就立刻被告知只有右边一楼的一个房间还空着，于是无可奈何，只能将就了。包间里面颇为舒适。在北京，即便是一流的宅邸，室内也相当不洁。今夜开始总算可以安心地品尝美

味了。因为在日本时就已吃过不少支那料理,于是便从男仆拿来的菜单中自己点了这几样:

醋溜黄鱼　　炒山鸡

炒虾仁　　　锅鸭舌

此外还有几种冷菜和口蘑汤之类。南方菜与北方菜在用料上感觉虽无大异,口味却颇不相同。特别是吃第一道上来的炒虾仁时,这种感觉尤为深刻。虾仁据说乃此地名产,因此原料之上乘自不必说,味道也十分清淡,而且是到了连日本料理也难以企及的清淡程度。这样的话,无论多么讨厌支那料理的人也不会不动筷子吧。

——谷崎润一郎《秦淮之夜》

南方美味以南京为第一,其次为杭州。在南京,河虾是一道名菜,滋味清淡,即便是一般日本人也能吃得习惯。蟹也不错,不是海蟹,而是河蟹,从扬子江里捕上来,和日本的海蟹差不多大,按日本料理的做法来吃也十分美味。

——谷崎润一郎《支那的料理》

支那人常常在店头吃饭,所以到了开饭的时间在街头逛一圈,这个地方的贫富俭奢情况,便大抵可以得知。在南京,自大功坊(中华路)以南,商店鳞次栉比。店中人所吃的食物,大多是炒蔬菜、蒸臭豆腐之类,大抵都没有什么肉。即使有肉,量也非常少。与广东的酒池肉林式的佐菜相比,真有云泥之别。

(中略)

南京没有剩饭。家家户户的剩饭都会回锅加热,做成粥食用。宴会的残肴会留给仆人吃。乞丐们春夏时吃紫云英,冬天则不免冻馁。每到这时,红卍字会①之类的组织就会早早行动,早晨在空地上支起帐篷、锅和炉等等。每日清晨煮粥一次,赈济饥民。这种形式的慈善施舍在明清时代也不是没有,也就是以琉璃塔而闻名的报恩寺腊八粥。每年十二月八日前,僧侣们托钵化缘,收集胡萝卜、白萝卜、豆子、杂谷等人家家中剩余的食物,于十二月八日当天在寺前做成粥施与贫民。

——井上红梅《中华万华镜·全家福》

---

① 红卍字会:世界红卍字会,又称道院。1920年代在济南创立的宗教性慈善组织。

其次是家鸭。家鸭并非南京本地所产,而是从长江上游地方运送而来的。贮藏法非常巧妙。南京板鸭和盐水鸭的美味非其他地方可比。板鸭是用盐腌渍后干燥之物。盐水鸭则是浸在淡盐水中腌渍之物,也就是所谓浅渍家鸭。此外,烤鸭、烤鹅也很有名,不过鹅之味就乏善可陈。

再次是豆腐干。"南京豆腐干"虽然被写进歌里传唱,但是并不比其他地方格外美味些。早晨茶馆中售卖的干丝(切成细丝的豆腐干)虽然也可算是特色,但扬州、镇江也有,所以不能说是本地特产。卖这种东西的,多为不食猪肉的穆斯林。

欧洲大战之时,下关有一家英国人经营的食材商行,叫和记洋行[①]。现在应该还在。洋行拥有好几艘配备冷冻装置的三千吨级轮船,大批购买南京的鸭、鸡、鸡蛋,直接运往欧洲。当然这些东西并不是南京所产,而是用津浦铁路从安徽滁县,或是用帆船或筏从长江上游

---

① 和记洋行:1911年由英国伦敦合众冷藏有限公司在下关金川河两岸征地600亩,建成的当时中国最现代化的食品加工厂。1949年后收归国有,改建为南京肉类联合加工厂。

运送而来的。还有从徐州、如皋运来的牛肉和猪肉。

(中略)

南京菜属于扬州镇江的风格,但不如后者,什么特色也没有。可能是因为缺乏特产的食材。镇江到了春天会有鲥鱼上市,当地人将这种多刺之鱼用镊子一一将刺剔除后,巧妙地做成美味。扬州则有小活虾蘸酱生啖的吃法。至于南京,虽然号称天下美食通的袁子才定居此处时曾称赞过本地的鲋鱼①,然而现在的鲋鱼大概已经退化,并不是格外美味的东西。这种事到了上海就会很容易明白,上海有各省的饭馆,北京、广东、四川、福建、镇江、宁波等等都有各自的特色,而金陵馆却因没有特色,渐渐衰微,现在几乎没有了。我在南京的时候,秦淮的长松生意最为兴隆。那是因为日本人光顾得很多的缘故。本地人因为不知道上海饭馆的情形,遂以为南京菜天下第一。此外还有"海洞春""问柳荫处"等,还有些名字特别的饭馆,然而生意都不兴旺。

---

① 鲋鱼:即鲫鱼。袁枚《随园食单》"鲫鱼"一条称赞过南京六合地区所产的鲫鱼:"六合龙池出者,愈大愈嫩,亦奇。蒸时用酒不用水,稍稍用糖以起其鲜。以鱼之小大,酌情量秋油、酒之多寡。"

关于酒,到苏州还有好绍兴酒,南京则已是北方趣味,喝烧酒者居多。不过,万全店中的绍兴酒十分美味。这家店早上是茶馆,午后就成了饭馆。此外,大功坊半亩园的菜虽说确实不错,不过即便如此,也不算是南京的什么值得夸耀之物。此处本为某大官宅邸中的半亩(相当于日本的一百坪)之庭,颇引人注目,然而完全不能与苏州的庭院相比。

——井上红梅《*中华万华镜·南京的特产*》

人物第十二

一

他①死了。是自杀。是用毒,还是用手枪?报纸上只写了"自杀"。我读到那段只有四行的报道时,无端地

---

① 他:陈群(1890—1945),字人鹤,福建闽侯人。毕业于日本明治大学(获法学士学位)、东洋大学(获文学士学位)。辛亥革命后,曾为孙中山所赏识,任广东大元帅府秘书,此后历任上海警备总司令部军法处处长、国民政府内政部政务次长等职。1938年在南京就任伪中华民国维新政府内政部部长,1940年参加汪伪政权,历任行政院内政部部长、考试院院长、江苏省省长等职。1945年8月17日自杀。陈群也是民国知名藏书家,在汪伪内政部任职期间,曾对各地公私藏书机构、各文献机构不及运至后方的大量藏书进行收集、整理。在南京和上海各建有一座书库。南京书库名为"泽存书库",位于南京颐和路2号,藏书40万册,其中善本书4 400余部,4万余册,还包括汪精卫的部分藏书及伪政府官员寄存图书,1943年经整理后对外开放。新中国成立后,直至1990年代中期一直作为南京图书馆古籍部。上海书库则以收藏日文书为主,共计10万册。苏州等地亦有藏书之所。三地总计80万册,其中宋、元、明各朝善本达10万册。抗战结束后,上述藏书由国民政府接管,经整理后分发至当时的罗斯福图书馆、西安图书馆等处。1949年蒋介石撤离大陆时将其中许多善本携至台湾,藏于台湾"中央图书馆"。

想象到了手枪。而后,随着时间的推移,我开始觉得,一定是用了毒药。

如果说用手枪自杀是阳性的话,那么用毒药自杀就是阴性的。如果说前者是男性的话,那么后者想必是女性的。

他是南京政府①的部长——按日本的说法就是大臣。那位大臣在日本战败翌日,在自家宅邸中自杀了。(日本报纸报道此事是在约一周后,注意到这则报道的日本人只怕很少吧。那时的日本人无暇他顾。)

当时还身处战争的浓郁阴影中的我,在他的死亡中幻想着硝烟和血,幻想着被子弹打飞的脑浆,因此第一反应,或者说第一感觉是,他是用武器自杀的。然而,随着时间的推移,我开始觉得应该是用毒药自杀的吧。这样想是有原因的。

黑暗的八月十五日之后的数日间,日本内地有许多自杀者。以陆军大臣 A 为首,许多有名无名的人自我了断了生命。几乎全部用手枪或日本刀(使用毒药的似乎

---

① 南京政府:1940 至 1945 年间,汪精卫等国民党党员在日本支持下,在南京成立的傀儡政权,又称"汪精卫政权""汪伪政权"等。

仅限于无法得到武器的那些人)。

一般而言,战败后立即发生的日本人的自杀是阳性的。因为早就有失败了就去死的觉悟,所以失败了就死了。这里面既没有理论的错误,也没有心理的深渊。所谓明明白白的自杀。

有人会问,这样看来,作为南京政府国务大臣的他的自杀不是也一样吗?但是,我的回答是,不一样。日本人是因输掉了本以为不会输的战争而死。他则是因输掉了本就知道会输的战争而死。

哪里不一样?说到底,不是一回事吗?——不,不同,大大地不同。

这里面的不同,是认为会战胜而就任大臣的男人,与认为会战败而就任大臣的男人之间的不同。不是为了终结战争而就任大臣,而是知道必败无疑,那么就在战败之前好好享受大臣之位。这不是有很大的不同吗?

试把政府比作一艘豪华船(无论在多么小的国家,掌握政权相对而言都是比较豪华的)。船长也好,乘客也好,都相信这船肯定能抵达目的港。乘客中只有一个男人,知道这船必然沉没。豪华船上的大沙龙,日以继夜进行着华丽的社交和飨宴。所有乘客中，最放肆地、最确实地享受着这社交和飨宴的是谁？最开始的时候并不知道是谁。大家看起来都一样地享受。某一日，天气变了。舵机受损了，出现了失事的兆头。但是，修理好了，天气也变好了。船长大声地保证航行安全。社交和飨宴又恢复了。然而，快乐却无法像以前那样了。警戒与忧虑在发芽。船长和乘客都在考虑各自的前途。船长开始注意船体的检查和船员的统制，乘客则为了以防万一，开始控制游兴和享乐。

这时，看起来最乐观的，便是知晓豪华船命运的他了。他并非赌气。是发自内心地乐观。因为知道船在沉没之前都是安全的，船上的快乐是有保证的。对他而言没有目的港。船沉没之前的每一天都是目的。

悠然自在，常带微笑，站在快乐的顶端，纵使背弃人伦，违反道德，亦无所畏惧，第二天不会表示丝毫的悔意。他的这种姿态，令人吃惊，恐惧，怀疑，尊敬，赞叹。有人视他为怪物，有人当他是英雄，有人奉他作哲人。然而，他哪一种人也不是。支配他的是虚无。

不过，寓言姑且就此打住。这寓言的结局，待到这个故事的结尾再揭晓。在那之前,先来写一写我所知道的他吧。

二

我是在南京认识他的,朋友一词并不合适。接触的时间非常之短,就好比是擦肩而过的两辆汽车的头灯的短暂交错。在那一瞬间,我看见了他精神深渊最底层的某种东西。

当时,我以旅行者的身份在北京逗留。太平洋战争的第二年,日军占领区大抵和平,而我却在以我的方式担忧着日本的未来,亚洲的命运。我认为了解邻邦中国是第一要务,遂决心进行从满洲到中国的旅行。可是来了以后发现,所见所闻无不是谜。为了解谜便什么都观察,结果有时连不是谜之事看起来也成谜。我努力想从政治家、实业家、文化人的职业性的寒暄和无意义的客套中,从街头商人和妇女孩童的平常话语中,一一发现重大意义,结果却愈发不得其解。

在这一过程中,滑稽的事情发生了,中国人方面反过来把我当作神秘人物看待。既没有正式的资格,也没有任务,住在北京的豪华饭店,不论对象地和各方面的人会面,有时随性就去张家口和天津闲逛,夜晚在剧院街和欢场游荡喝酒——这样的生活方式若是在平时,不过是好奇的旅行者都会做的,不会令人觉得奇怪,然而透过"战时"这片棱镜看过去,那么被认为是带有特殊任务者的特殊生活也不是没有道理。

受到意想不到之人的意想不到的访问,被邀请参加似乎有什么隐情的聚会,不知不觉间发现自己已经卷入了当地的小型政治斗争之中。我感到吃惊,觉得非常无聊。这一切都是误解。我完全不像当地小政治家们所任意想象的那样,带有"重大任务"或"秘密权力"。要说带着什么的话,那就是旅行者的任性的好奇心和些许零钱。

我觉得麻烦。北京这个城市虽然美丽,政争却令人厌烦。我决定去南京,于是开始准备,很多人给了我很多的建议,其中印象深刻的忠告有两个。首先,是某位中国大学教授的话。(这位教授将我在北京的居留误解为一种亡命行为。相信我是因为持有激进思想,不愿再待在日本,于是逃往中国,过着散漫的赋闲生活。这样难得的自由在当时的日本根本不可能存在,然而,正如我不懂中国一样,教授也不懂日本。)

"去了南京,你能看到的只有烟花。"教授说。

"南京政府里集中的全是烟花名人。每天都嘭嘭地热闹得很。你若是想看真正的中国,就请朝烟花的相反方向看。朝烟花的相反方向一直,一直地看过去,中国就在那里。我说的话你明白了吧。那么,一路走好,再见!"

另一条忠告则来自以大陆政治黑幕自任的老政客。(老政客误解我和他一样是抱着政治目的来中国的。政治这东西,就像有人说的那样,是除非能像拉马车的马一样蒙上眼睛埋头苦干的人,否则绝对干不了的事。文学则是将那拉车马的蒙眼布摘下来的工作。老政客并不能理解政治与文学之间这样宿命的背反,当然,他也没有理解的义务。因为政治家身上,存在着将一切事物都做政治的解释这种拉车马的属性。)

"南京政府中也不是没有人物,"老政客道,"虽然没有公开地位,却忧心东亚命运,抱满腹经纶与有为之材,达观天下，以待时机的人物却不多。我给你介绍其中一位吧。他现在的职位是大臣，不过，见了面你应该就会明白他其实是大臣以上的人物。世人都说他是怪物。可不要被这样的评价影响。他是读破万卷书的学者，经营大学的教育家，铁腕的政治家，将东亚百年之计藏于胸中的忧国者。去见见他比较好，老朽给你写介绍信。"

三

南京是远比北京政治化的都市。军的统治和官的权力公然地显露出来，因此无论是想依靠还是想避开都很容易。我选择避开，不与要人们会面，交往仅限于民间人士，努力保守着一个轻松的旅行者的立场。我把老政客的介绍信给了新闻界的友人，拜托道："对方如果愿意的话希望能见一面，还要请你补充说明一下：这是完全没有政治意味的访问。"

一周后，回复来了："若是不谈政治的话，自然欢喜恭候。周六傍晚于寒舍谨奉晚宴。"

我跟着报社的友人，比指定的时间稍稍提早，到了大臣的宅邸。在见识过北京大官们的官邸私邸的我看来，他的私邸看起来既非豪奢也不宏壮。大体而言，南京的建筑较新，海派的伪西洋建筑较多，即便是纯中国风的宅邸也会给人感觉样式颓废或是混血。他的官邸虽说是后者那种中国风的老建筑，门却是洋馆风的铁门，包围在宽敞中庭周围的四栋建筑是中式的，正面屋檐上耸立的四层楼是何国样式则无法判断。

秘书模样的男人引着我们进了会客室，这间房间也没有绚烂的京派装饰，只是在绒毯上摆了几张椅子，颇为简单。墙上挂着唐诗卷轴，从署名可见是主人自书。虽说把自己的字挂在客厅是否是中国的习惯做法不得而知，不过卷轴的装裱十分朴素，字也毫无做作之态。看上去简单坦率，一般中国大官所用之物上显露出的那种神秘兮兮的威严做派，至少在这间客厅里是感觉不到的。我回头对友人说：

"似乎是个了不得的人物呢。"

"是个随和的大叔哟，"友人答道，"是位藏书家，据说图书室有数万卷书，其中大部分是最近数十年间日本的新刊书,很是不同寻常。似乎是毕业于日本高师之类。谈资丰富,也很会喝酒。"

男仆端来茶。秘书现身,说主人还在官署,请等二十分钟左右。我想我们既然提早来了,等一会儿也是理所当然。

"不过,这人的名字在日本没怎么听说过啊。"

"政治家的名字不是往往不为人所知吗?"友人答道。"日本人所知道的也就是汪主席和宣传部长林柏生之类的吧。你知道日本的农林大臣和厚生大臣的名字吗?"

"这么说起来还真是不知道呢。"

"就是这么一回事。"

"北京的一位中国教授说,南京政府里聚集的都是烟花名人,叫我小心。不过这家的主人是不怎么放烟花的一派。"

"是啊。南京政府内部有汪主席夫人派与反对夫人的一派,两派对立。这位大臣则有着超然于两派之上的地方。虽然没有特别的势力,但也没有特别的敌人。嗯,所谓舍名就实吧……"

"就是说?"

"就是只要当个大臣就够了,此外并不要求更多的态度。从某种意义上说,其实是看不起大臣这位子也未可知。脑子里在想什么让人完全琢磨不出。所以被叫作怪物……"

"说到底,南京政府的领导层是真的相信汪兆铭政权吗?"

"至少,汪兆铭自己是认真的呢。"

记者朋友答道,"不过,不是说好今天不谈政治的吗?"

"夫子不意自犯其禁。不好意思啊。"

我们就这样聊着天,等着他。

果真,二十分钟后,他出现在客厅里。胖墩墩的五短身材包裹在中式服装里,五十岁左右。感觉上与其说是高官,不如说是大公司或大报社的总裁,态度亲切的中年绅士。不是官僚型,而是所谓町人型①。身上有着易于亲近、开朗的态度。与他相比,身后跟随的秘书和

---

① 町人:日本江户时代住在城市的手艺人和商人。

翻译模样的两个男人,反倒更具官僚气。

我和记者按照中国礼仪,一见他进来便从椅子上起身,候他入席。他则眯眯笑着,用带着些口音的日语说道:

"来来,请坐。你们才是客人啊。你们不坐,我也不能坐。今天大家彼此……,怎么说……那个……"他说着,回头向翻译用中国话问了几句。"啊啊对……,无礼讲①……无礼讲。我的日语……好久没用了,不流利了。"说着,便坐到了扶手椅上。

记者正准备介绍我,对方却边笑边摆着右手道:

"久闻大名,你的书……我有呢。……读过呢,还是没读过呢……现在忘记了啊……最近,我总是忘记事情。啊哈哈。"

倒也不像是老滑头。没有什么多余的恭维客套,这一点让我有了好感。我说了为我写介绍信的老政客的名字:

"说是过一阵子会来上海。说不定会来您这里拜访,托我向您问好。"

---

① 无礼讲:日语,指不拘地位、身份、礼节等,与会者开怀尽兴的聚会。

"这样啊。谢谢。……那是位了不起的人物。……仕途不遇啊,因为常常训斥军人。"

"之前说想参观一下您的学校和图书室……"

"学校在上海。图书室就在这家里……不过,只是收集而已。不读的,那么多……人生,太短了。"

这是实在话。百卷书的话或许是为了阅读,万卷书的话就只是为了收藏而存在。即便只是为了读百卷书,人生也太短了。——过了四十岁这个坎,我也涌起同样的感慨。

"特别收集日本的书籍,有什么理由吗?"

"那是习惯……好像惰性一样的东西吧。"

"惰性?"

我歪着脑袋想着,这时男仆出现了,向秘书耳语了几句。秘书站了起来:

"晚宴已经准备好了。请。"

窗外暮色已经降临。我们穿过朱栏对面摇曳着丁香花的长廊,被引入了餐厅。

四

餐厅在四层楼的第一层,是间没什么特色的半西洋半中式的房间。

这顿只有男人的晚宴,主人方面,除了他和秘书、翻译以外,还加入了一位身着国府军制服的青年。据介绍,是他的长子,刚从日本士官学校①毕业。非常年轻,最多二十二三岁,只怕连二十岁也没到,有着少年般的红润脸色。晚宴开始,他代父亲向我们的杯中斟酒。我有一种不是被国府军将校,而是被幼年学校②的学生侍候的感觉。

菜品虽然奢侈,却并不见得十分精细。对于习惯了北京的正餐的人而言,大抵会觉得上海菜洋化,而南京菜乡气。大臣府邸的家常菜中也没出现令我惊叹的珍

---

① 士官学校:旧日本陆军培养兵科军官的学校。1874 年创建于东京,1945 年停办。
② 幼年学校:旧日本陆军幼年学校。培养军官的初级学校。吸收中学一二年级学生入学,学制三年,毕业后升入陆军士官学校预科。1827 年创建。在仙台、东京、名古屋、大阪、广岛和熊本各设一所。

味。不过,酒却是绝品。据翻译介绍,是刚从绍兴运来的五十年的老酒。原来如此,味道果然芳醇。感觉与其说是酒,不如说是果汁,一点也不刺舌。翻译说还准备了日本酒和洋酒,我说道:"没有比这更好的酒了吧",其他的酒一点也没碰。

晚宴进行到一半,上甜胡桃酪和杏仁汤的时候,青年军官起身道:

"另外还有必须参加的聚会,请允许我就此告退。"和我们握了手,离开了房间。他一离开,餐桌上的气氛便松弛了下来。

"来,接下来才是真正的无礼讲,"大臣笑道,"在儿子面前,做父亲的不能不有点样子啊……你似乎是位了不起的酒豪,能喝多少?"

"海量哟。"记者友人代为答道。

"噢,那可让人期待了。"大臣说。

秘书在一旁说:

"大臣是空量。"

大家都笑了。我起先听不懂这俏皮话。经过说明,明白了原来是空比海更大的意思,便也跟着笑了。

酒过三巡。没有比夸耀酒量更加愚蠢野蛮的事情了。越喝越乱,直至寡廉鲜耻,兽性大发。可是,贪杯之人自己却没有这样的反省。正因为没有这样的反省,所以变得旁若无人,直喝到烂醉倒地。我也是这样的贪杯之人。

说好不谈政治,餐桌上的谈话于是很快就一路堕落下去。到了关于女人的话题。我在北京的时候,曾出席过两个小党派纠纷的仲裁会,担任仲裁者的是某位高官。我抱着想看看中国人用怎样的方式进行仲裁的好奇心也出席了。当事双方坐在奢侈的餐桌前,对于纠纷只字不提,从头至尾,连续不断地说了两个小时的荤段子。简直让人要胡乱猜想这是专门选了荤段子高手参加的大宴会。以担任仲裁的高官为首,四五位出席者轮番出场,交替上阵,演说各种或露骨或洒脱的风流滑稽之谈,并且辅以动作。因此,纠纷的当事人也无法一直愁眉苦脸,终于也加入了荤段子表演。宴会在哄笑中结束,仲裁顺利成功。被如此这般地利用,看来荤段子也是政治亦未可知。不管怎么说,男人们若是想避免谈论政治和赚钱,那除了女人之外也就没有别的共同话题了。

大臣的风流谈则自有一种风格，或者说公式。自己并不打头阵，而总是任殿军，一语中的，干净漂亮地终结话题。例如，聊到南京秦淮的美妓们，对各人的特色进行了一番品评后，话题集中到了只有某位十四岁的雏妓还是处女一事上。秘书、记者都保证说只有那孩子是没问题的。

"在说谁啊？"大臣佯装糊涂地重新问了雏妓的名字。"啊啊，那个……那可是个厉害的女人。"大臣皱着眉，表现出实在是污秽不堪的意味。"那个呀，这个也是那个也是"，说着举出五六位曾让那女孩去侍奉枕席的高官和富豪的名字，最后加上一句："第一个应该是我吧。在她十二岁的时候。"

再比如，记者友人乘着醉意，曝出了我的"豪杰"之举。说我在北京干了什么不知道，反正来了南京，一早就携了两名美妓同床侍奉。

"噢，这样啊。真厉害呢。"大臣说，"让我们干杯吧。"

干完杯，大臣突然陷入沉默，脸上表情异乎常态地认真起来，先折右手指，数了一二三四五，又折左手指，数了六七八。"嗯，八个啊。"大臣做思考状。

"什么八个?"我问。

"八个人呢。"大臣一脸认真地回答。"一般的男人是六个,而我可以同时八个。对,确实是八个。"

我们起身,向大臣敬礼,为大臣干杯。大臣也没有笑,而是亲身示范,详细地说明了同时御八女的方法。

"嗯,就是这么样的。"

客人这一方完全落在下风。必须还击,可是在风流谈方面无论如何都没有胜算。最后,我在料理的话题上稍稍还击了一下。

酒宴快近结束的时候,大臣不小心问道:"今天的菜怎么样?"记者立刻答道:"真是好久没有吃过这么丰盛的菜了。"我则沉默着。

"哈哈,看样子有些意见啊。"大臣说。

"大概是南京菜没法令从北京来的客人惊艳吧。"我答道。"酒是非常不错。只是若说真实感觉,菜只能算是北京菜里的二流。并不是说今晚的菜不好,只是北京菜实在是太好了。"

一番菜品优劣论之后,我总算占了些上风。大臣最后说道:

"明日午后有空吗?"

"当然有空。"

"那么,请再陪我半天吧。有个地方的菜想请你去尝尝。"

五

翌日午后,我和大臣一起坐在配了厚厚的防弹玻璃的大型汽车里,车子行驶在南京的街道上。友人、秘书和青年军官所乘的车子则跟随在后。车子驶向何处,我完全不知道。

"你是个有意思的人。"大臣说道,"简直不像文学家。"

"你也是有意思的人。"我答道,"简直不像政治家。"

"这话不对。"大臣说道,"我可能是个坏政治家呢。"

车子横穿过铁道,到了一个小站的岔道口。大臣瞪着眼睛向窗外眺望,自言自语似地嘟哝着。

"对,就是这里。"

我吃惊地顺着他的视线望过去,除了普通的小站和白日下延伸的铁轨外,什么也看不见。

"就是这里哟。"大臣重复说道,"杀掉了哟。二百人……二百五十人。全都是年轻学生哪。说是共产党员,可里面有多少是共产党员呢,不知道啊。机关枪一排横扫过去哟。……杀掉他们的,是我哟。呵呵,呵呵呵呵。"

车站和铁道被甩在车后,车子行驶在大街上,可以望得见通向城外的城门,大臣的笑声还在持续。我看着他的侧脸,脊背上感到寒意。因为他的声音虽然在笑,脸上却完全没有笑。

车子穿过城门,来到郊外,停在一家简直像茅舍一般的乡村饭馆门前,好像日本乡下也有的那种供赶脚马夫和小贩歇脚的茶馆或是小饭铺。被煤烟熏黑的竹柱子,芦席做的墙壁,从门口就可一眼望穿店内。各种各样的客人围着排列在泥地上的污秽的桌子,夹着菜。这里便是那有名的——我也屡次听闻其名——清真菜馆马祥兴。

因是大臣带来的客人,我们被恭谨地导引至店里头的一室。不过这间也是芦席作墙,木板作地,连地毯也没有的简单房间。墙上,连装裱也没有的大臣手书的唐诗挂成一排。纸就那么用细竹和钉子固定在墙面上,细竹和纸都被煤烟熏黑了,可见是以前就挂在那里了,也就是说这里应是大臣喜爱的房间。看不见警戒的巡警和士兵。在战时的南京,就这样随随便便出现在这无防备的房间里,大臣真是个不可思议的男人。胖得像油炸肉般的店主拿来写在纸条上的菜单。大臣用手指着,点了两三个菜。店主领会退下后,又将誊写好的菜单摆在作为主宾的我面前。这是没有猪肉的清真菜。那菜单我后来带回了日本,保存至今,现抄写于此处:

五香牛肉。盐水鸭。炸酥鱼。

凤尾虾。蛋烧壳。爆羊肚。

松鼠鱼。爆肚。爆鸡肝。

开羊紫菜。炒鸡肺。炸鸡油。

砂锅牛筋。砂锅鸡酥。鸡油白菜。

永鲫鱼。芦蒿爆牛肉。美人肝。

若是精通之人,光看名字大概就明白了吧。这些总体而言就是所谓的奇珍料理。对一些美食家而言或许正中下怀,属于乡村土菜中的异端无疑。不过,像这样气派地摆上一大桌,我既无法挑剔,更不能再要求更多,只能诚惶诚恐甘拜下风,再三赞叹大臣的美食趣味。

比昨夜更胜一筹的盛宴开始了。当时说了什么论了什么,现在几乎都不记得了。不过,在那席上发生了一起事件,至今还未能忘记。虽说用"事件"一词,似乎有些小题大作,不过对我而言,确实可称为一起事件。大臣的儿子,那青年军官频频周旋于席间,不断为我们斟酒。我注意到他的军服肩章是全金底嵌星章,按日本的说法就是将官的肩章①。无论怎么想,这位红颜美少年也不应该是将官。从年龄上推断,最多也就是少尉,国民政府的位阶评定再怎么随便,这样年轻也到不了佐官②以上。

星章有两个,那么是中尉吗?即便是这样,全金底也太奇怪了③。因为实在是太好奇,我便趁闲谈问道:

---

① 按日本旧陆军的肩章制度,将官以下都是全红底或红金相间底嵌星章,只有将官才能使用全金底嵌星章。
② 佐官:日本旧制军阶,分为大佐、中佐、少佐,在尉官之上,将官之下。
③ 作者推测大臣的儿子至多是中尉,按日本旧陆军的肩章制度,中尉的肩章应为上下两条细金线,中间两条粗红条纹夹一条粗金条纹底,上嵌两颗星章,而不应使用只有将官才可用的全金底,所以作者感到奇怪。

"不好意思，请问位阶是？"

"啊，我没给您名片呢。"青年将校轻松地接了话，从上衣胸口处拿出名片夹。

我还未将名片接到手，耳边就已响起了大臣的笑声。

"是中将。师团长哟。啊哈哈哈哈。"

名片上的确堂堂正正印着头衔：陆军中将，苏州第某师团长。我惊得目瞪口呆。二十二岁的师团长，陆军中将。虽说是日本士官学校出身，可仅凭这一点，就能当上师团长，这样的国民政府军究竟是怎样的军队？日本在明治维新时代虽然也并非没有十七八岁的将军，可他们或为皇族或为公卿，也就是所谓装点门面的虚衔。南京政府大臣的儿子，有和皇族公卿一样的特权吗？由二十岁上下的师团长所率领的师团，在现代战争中能够派上用场吗？让儿子当上中将，当上师团长的，是身为大臣的父亲。这位大臣在我耳旁笑着。这笑声意味复杂。他明白。他明白这个事实的滑稽与恐怖，对此一笑了之。

当然，我还不至于不谙交际到无礼地将这些感慨说出口。纵使说了,又能怎样呢?酒宴无事而终。

我们再次坐回车上,穿过他射杀了二百几十名青年的铁道口,回到大臣府邸。已经是傍晚了。我们还含着醉意,大臣拉着我的手腕说:"有东西想让你看。"进入屋内,爬到四层楼顶。

最顶层是日式布置,铺着青色的榻榻米。与其说是茶室,毋宁说更像料亭①风格的小房间。我有些扫兴。就为了看这日式房间而让我专程爬上四层楼,大臣这种装腔作势也太愚蠢了。

大臣按了墙壁上的开关,无言地指着栏间②。我从他的表情和态度中感到一阵杀气,身子微微发颤,看到栏间匾额上所写的四个字,当场呆若木鸡。

"明白了吗?"大臣问道。

"明白了。"我回答。

"哈哈哈,哈哈哈!"

大臣仰望自己题写的匾额,捧着便便大腹狂笑。那

---

① 料亭:专门供应高级日本料理的日式饭店。
② 栏间:日式房间中拉窗、隔扇上部的格窗或透花雕刻板。主要起装饰性作用,兼具采光、通风等功能。

是令隔扇发颤的大笑,笑声突然中断,沉默笼罩了整个四层楼。我再次在大臣的表情中看见了杀气,在那毫无笑意的瞳仁中感到了虚无的冷气。

我们无言地下了楼,在门前告别。关于在四层楼顶看到的那四个字,我对记者友人一句也没提。

六

翌日,我出发至上海,一个月后再次回到南京,却没有去拜访他,在南京待了一周后,返回北京。因为,既然已经看到了那匾额上的四个字,还是不要去拜访他比较合礼吧,我这样想。

此后四年,我几乎没有想起过他。只要他还在南京政府大臣的位子上坐着,匾额上那四个字虽是恐怖的箴言,却也不过只是一句空语而已。在战争中东奔西窜的我,没有闲暇去回忆那个用与我太过不同的方式生活着的他。

使我想起他的,是关于他自杀的报道。匾额上的文字并非仅是箴言。他知道这一天会来,一直为这一天做着准备。他自杀的武器应该不是手枪吧,一定是毒药无疑。

他是唯一一个明知南京政权这艘脆弱的豪华船的命运,却还是坐了上去的乘客。他与船共命运。然而,却从来没有过拯救这艘船的想法。他一直作为乘客,直到最后的瞬间都在尽享豪奢,不畏天谴。现世的欢乐他已享尽。据传闻,他临死时,只写下了一句遗言:"余不受人裁,唯从天裁。"这句话若按字面理解,便是顺从天意的虔敬之语。然而,我却不相信那样的解释。他不知从何时开始,已经化为了不惧上天的魔王的使徒、虚无的使徒、最危险的那种政治家。他并非因为服从天意而死,而是傲然地自我了断,这一点我可以断言。我在南京的那座四层楼顶看到的匾额上的四个字是:学我者死。

——林房雄《四个字》

杂集第十三

谢公墩

南北纵贯紫禁城,出后载门向东,城隅有树木苍郁之小丘,曾为晋谢安住处,称谢公墩。谢公曾与王右军同登此处,超然有高世之志。其风流永传后昆。宋王安石也曾退隐此处,赋诗曰:

我名公字偶相同,我屋公墩在眼中。
公去我来墩属我,不应墩姓尚随公。

安石其人,自此诗中可见其兴不少。此宅迹称半山寺,在墩前,墩上有半山亭。半山本称红土山。此山因在自朝阳门至钟山之半途,故又名半山。半山亭中有匾额二,一题"谢公墩",一题"临风怀谢"。安石如地下有知,必不平曰:何不云"临风怀王"?

明太祖建城之时,劈墩之半而筑之。今登墩上,凭城堞而望,孝陵之石人石兽直在脚底,远望可见东山,当年谢公常携妓优游此山。

驻马坡

归时入汉西门,沿城墙内侧向西北行三四町,右方有驻马坡。传昔日诸葛孔明曾驻马坡上,纵览金陵形势。孔明尝说孙权曰:

> 钟阜龙骧,石城虎踞,真帝王之宅。

孙权终自京口迁都金陵,改名建业。后人或由此揣度,而定此处为驻马坡,坡下有驻马庵,庵壁左隅嵌有一石,题曰"诸葛武侯驻马处"。

——宇野哲人《清国文明记·南京的名胜》

革命夜话

是夜平和。正适合以一瞥南京之眼聆听革命物语。T氏的友人某氏居住于南京十数年,曾遭遇两次革命,颇通晓当地情况。宝来馆主人亦来访,彻夜谈论南京事情。

一次革命之时,驻守城内之官军大将为有名的张勋将军。彼所率多为旧式军队,此外尚有受过些许日本式训练之新军。然孙文等革命军集全力进攻此联络南北之长江要地,终至于围城。张勋将军虽早已有固守之觉悟,然如此下去唯有坐以待毙,姑且准备出逃,命所率新军反击。不料新军先已与革命军声气相通,于阵前倒戈,城内狼狈之相难以形容。张勋后终于杀开血路,弃城北走。① 孙文遂率军入城,定民国成立之基础。

---

① 1911年11月8日,张勋治下驻泊于下关江面的清军水师舰队宣布起义,加入革命军。11月13日,徐绍桢率江浙联军兵分五路围攻南京,11月25日黎天才指挥淞军和浙军攻占南京幕府山炮台。同时,驻守下关东、西两炮台的清军也宣布起义,水师营参修率战舰归附革命军。革命军由此控制了南京北面沿制高点炮台及江面。又经几日激战后,清军彻底败退,张勋弃城而逃。12月2日,南京宣告光复。本文所述即为这一段历史。

其时城内外民宅罹兵火者不可胜数,死伤亦不计其数,侨民邦人所受损失亦不少。

大正二年七月,二次革命再次于南京发动。一次革命之后,袁世凯被推选为中华民国伪大总统,假革命之名而行专制武断之政治,以南京为中心的南方革命派因此与袁结下不共戴天之仇。孙文黄兴等于南京举讨袁军,然人心渐渐厌乱思定,革命军又乏军资,不复昔日之势。袁乃使张勋南伐,一月而陷南京城。其时进攻军之兵力约有一师团。据目睹该军形容的某氏所言,若为日本军,则一大队足矣。想是明了支那军队之虚实。孙文、黄兴自此亦亡命国外,二次革命以失败告终。

当时张勋之兵大肆掠夺抢盗,日本人被杀者三名,被掠夺者不计其数,侨民多至领事馆避难。革命前南京有日侨六百名,因革命而渐次递减,至今只有百六十名。其后,我政府虽以强硬之态度要求赔偿金,然至多不过十二三万圆,一般则在一万圆左右。侨民以此为资本,辛苦谋生。

究竟支那兵为何抢掠?乃因以其平日之薪饷,便是连像样的烟草也无法购买,故彼等一有机会便袭击民家,强抢物品。战胜之时,钱物亦尽入大将囊中,并无一文分与彼等士兵。战败之时,则大将率先逃走,毋宁说彼之爱惜金钱更甚于性命,故士兵之薪饷付诸厥如。彼等为求生故,既无道德,亦无人情。正因如此,支那兵之抢掠方如影随形。

支那士兵

其次关于支那兵且申一言。余对支那士兵接触颇多:奉天城内之练兵,铁道之护卫,火车中之军人,皆与余颇为亲善。先自服装言之,则已与日清战役①时代大异。采日本及欧美样式,不仅上衣裤子,帽子肩章亦悉同,但配色质地则全然相异。多为灰色,质地为夹棉,以便保暖,也有外配黄色制服者。上级长官则与日本将校无异,且更加金光闪烁,威严堂堂。靴为皮制,也有以呢绒之类制成者。尤为奇妙之事是,市街上步行之兵士与列车中之兵士无一人佩枪剑。偶有佩者,不过为宪兵或警卫兵,当然训练之时则另当别论。

---

① 日清战役:即甲午战争。

为何彼等外出之时不佩剑？余疑惑许久,本以为或系因军资缺乏,无法做到人人都得配给。然而实为防止谋反和抢掠。不仅如此,还为防止彼等将之转卖换钱。不仅枪剑,连军服也会卖掉而代之以廉价的破烂衣衫,实是令人无可奈何的士兵。武器亦十分老旧,且各人所佩者不尽相同。不少人都以为,支那军费支出占总收入七八成,理应能使兵士穿上较好的军服,配给即便说不上精良,至少也能统一武器,然而听闻以下事实真相后,不得不点头称是,方知原来如此。理应统管陆军之陆军总长其实有名无权,兵马实权握于各省督军之手。彼等督军与省长相勾结,租税收入之七八成尽入其手,且大部皆归入私囊,以谋一家之富裕荣华,自然无暇顾及下级兵士之装备与薪饷。

支那人日日夜夜,孜孜营营劳动所得之收入大部,皆被以种种名目征收,以肥一人之私腹,若能完全保护彼等之生命财产则犹可,然而竟至时时遭逢兵士掠夺,吾人不得不为支那四亿民众诅咒督军政治。

——早坂义雄《在混乱的支那旅行·南京今昔》

按　摩①

我回到旅馆后径直躺到了床上。胃还是痛。而且似乎有些发烧。不知为何,感觉自己会就这样躺在这床上,胸怀旷世大志,含恨而死。我向来倒茶的束发女侍寻问是否有按摩。回答说专门的按摩没有,但有会按摩的理发师。我便说理发师傅也好,澡堂师傅也罢,总之快点叫个按摩来就好。

女侍吃惊地退下后,我掏出和久米正雄②一起买的镀镍表一看,已经是两点几分。今天参观完孝陵,没去莫愁湖就回来了。因在西湖吊了苏小,在虎丘吊了真娘,故对于三美妓之一的莫愁本来也想去凭吊一番,然而现在这个样子也是无可奈何。不对,今天和五味君在秦淮的饭馆吃午饭,喝鲍鱼汤的时候,有一阵感到胸部极为痛苦,连话也说不出来。搞不好是和胃病一起,肋

---

① 小标题为编译者所加。
② 久米正雄:(1891—1952),日本小说家、剧作家、俳人。为夏目漱石门人,与芥川龙之介是第一高等学校、东京帝国大学同学,后一起进行文学活动。

膜炎也复发了。——想到这样的事,我愈发觉得自己在五六分钟之内就会丧命。

正想着,突然传来人声,我抬起趴着的脸,只见一个个子十分之高的支那人站在我的床前。我多少受到了些惊吓。事实上,在涂漆的屏风前,突然发现这样一个大个子,谁都会觉得不舒服的吧。而他看着我,悠然地卷起袖子。

"有什么事,你?"

即使我向他发火,他也会不改颜色的。于是,我只回答了一句。

"按摩!"

我不禁苦笑着向他做出揉按的手势。可这兼职的理发师既不揉按也不敲打,只是沿着从脖子到背肌的方向,依次捏着肌肉。虽然如此,却不可小觑。我渐渐感觉僵硬的身体舒松下来,一味"好,好"地夸奖着。

——芥川龙之介《江南游记·南京(下)》

回　扣[①]

坐上马车,斤伯先生说起了南京物价便宜,十分宜居。

"我家还有一位同住者,加上男仆总共三个人过日子。一个月的伙食费——当然炭火费也算在里面——全部加起来大概十元左右。"

十元按照最近的汇率换算成日币只有十一圆几钱。

"为什么生活费这么便宜?"

"也没有什么理由。就是物价便宜,只吃普通食物的话就只需要这些。吃牛肉火锅的话,花十五钱买三人份的根本吃不完,葱是一磅一钱七厘。"

"男仆的薪水要多少?"

"不用薪水,有时看情况对方出一点。"

"为什么?"

"因为男仆是有回扣可拿的,就是说帮主人买东西

---

① 小标题为编译者所加。

时在钱款上模糊一点,就用这个当作工资,这是本地的习惯做法。所以像大家庭里主人不太注意的话,他们的收入自然就比较多,那种家庭里男仆的行情价格是非常高的。"

"想办法不让他吃回扣不行吗?"

"不行啊,他们把吃回扣视为理所当然的权利,不管用什么手段总之一定会吃。男仆们的职责之一是买日用品,商人们也会把给他们回扣视为一种商业道德,所以是没办法的。就算以支付薪水为条件严禁吃回扣,该吃的地方也还是会吃,所以结果就是白损失了付出的薪水。于是,雇主方面也就睁一只眼闭一只眼,允许他们昧下与薪水相当的金额。"

马车行驶在狭窄的繁华街道上,道上铺着圆石子,车子喀哒喀哒地摇晃着。到处都是饭店,整条街都沾染着油腻的气味。斤伯先生继续说道:

"支那人全都是这样。同样是赚十圆,对他们而言,比起公开领受,一年到头费尽心力一点一点私昧着攒起来的做法,要愉快得多。若是不允许吃回扣,支那人是不会工作的。军人、公务员都是这样。比如像督军这样的收入丰厚,积攒了大笔财产,然而实际上他们的薪俸实在非常之少,为什么能攒下那样的财产呢?因为私昧下了军队的饷银。对政府而言,说三千人的话就当作有三千军队人员在那里,而实际上一般只有两千或两千五百人。督军以下的军人也毫无例外地如法炮制,大队长领受了五百人的薪饷,而实际上只有三百五十人的军队在,只有在检阅部队时按日薪雇些苦力来充人头。政府对这种事也知道得一清二楚,所以给将校之类的薪俸也特别地低。"

真是有意思的国情。

——村松梢风《魔都·南京》

南京的特产

古时,因为设有江宁织造官,为清室制作衣料,南京缎子曾为天下第一。一小块就由几十根丝构成,丝数非常之多,质地紧实,色黑无纹,光泽艳丽,日本称为"南京缟子"，自德川时代开始用于妇人的丸带①、鲸带②等，是非常珍贵之物。相比之下，杭州主要生产花纹锦缎，质地比南京要差许多，在北方不太受欢迎。原因是北方多灰尘，质地粗糙的缎子一旦沾上灰就很难除掉，而南京缎子因为纹理非常致密光滑，只需用羽毛帚稍稍拍打，就能轻松地将灰尘完全掸掉。之所以能有这种工艺，是因为在上浆时下了特别的工夫。据说南京每隔几年会遇到海狗出现，捕获之后取出脂肪，掺入浆糊中。用这种浆糊上浆后，就会质地紧实，光泽饱满。杭州因为捕捉不到海狗，所以不如南京缎子。不过，现在都用外国织机，于手工制作上不再下工夫，因此各地缎子的质地也就大同小异了。

——井上红梅《中华万华镜·南京的特产》

南京三多

自古有"南京三多"之语。意思是南京有三种东西

---

① 丸带：宽幅的妇女礼服腰带，有整体编织的花纹图样，内里加入硬布质衬芯编织而成。
② 鲸带：里子和面子由两种不同料子制成的女用和服带。

特别多：臭虫、道台和驴子。

然而，最近出现了新的"南京三多"。目前南京特别多的东西是：日本学校毕业生一万人，猎官运动者一万人，卖春妇一万人。以上是最近的"南京三多"。

有没有一万人不知道，不过，现在以国民政府为首，各官衙的官吏、国民军的将校中出身于日本学校者非常多确是事实。若以学校派别论，则日本学校派堪称全盛，显出压倒性的优势。无论到哪个机关，进哪间办公室，肯定都会遇到日本学校出身之人在办公。帝大、早稻田、明治等自然毫不稀奇。高商、医专、工业、水产、农业等各种专科学校的毕业生也各各得到任用。

日本学的流行是近年支那最值得注意的现象。虽说从地理关系上看日本留学生向来就比欧美留学生多，不过实际上，日本学的真正价值得到承认是最近才出现的新倾向。

——村松梢风《新支那访问记》

南京城门的警戒状态

在南方的都市之中,国都南京或许可称为特殊之地。公安局的管理颇为严格。乘客从车站一出检票口,便要接受繁琐的随身行李检查,连信件和书籍杂志都要翻看。检查者都配有长枪刺刀,若是初来乍到,定会吓得毛骨悚然。一位老妇乘着人力车从站前往城门去,正在接受检查。大大的被子、行李之类都被卸下,样子十分狼狈。有时三五个人出来,将包里翻得乱七八糟,一一检查。伴手礼的点心盒、罐头,甚至连花盆的土里都要检视。然后,总算平安无事地接受完检查,进入城内,到了投宿的旅馆,又是一通麻烦。旅客若要住宿,必须有两名居住在南京的保证人。须明示其人所属之政党,及持何种信仰,此外,须明示未携带鸦片,未持有赌博器具,因何种目的入城,停留几日,自何处来,往何处去。因禁止与情人同宿,故还须明示同伴者的身份如何,未携带妾室等,总计二十条,务必一一写明后送至公安局。

这种形式上的东西,即便按照无所谓的支那式做法，旅馆的掌柜也还是相当麻烦地一一问明。旅馆方面最多也只能抱怨抱怨难做。正因是政治上危险性高的国都，所以在这种事情上近来越发麻烦。近年来正处于国都建设中的南京，实则颇多可观之处。首都计划中，为了市区规划而扩建道路之时，向当地居民公示了迁居命令，并指定了时间。提醒过一次后，到时若不迁走，便动用军队之力，毫不容情地进行破坏。那镇压时的情形真是血泪交流，几乎令人无法相信竟是当局者所为。

——后藤朝太郎《支那风土记》

作者简介

河东碧梧桐（1873—1937）

本名秉五郎，别号青桐、海红堂主人，爱媛县人。日本俳句诗人，散文家。出身汉学者家庭，师从正冈子规，与高浜虚子一起号称"子规门下双璧"，据说子规对二人曾有评语："虚子热如火，碧梧桐冷似冰"。1908年前后开始倡导改革传统俳句作法的"新倾向俳句"运动，反对写生式描写，主张打破传统格律，发挥个性，加入心理描写、象征手法等。

河东碧梧桐像俳圣松尾芭蕉一样，终其一生，四处漂泊闲游，在旅行中寻找创作灵感，说因为"感觉自己命中注定不会寿终于正寝"，所以旅行不过是行使这种命运赋予的自由权利罢了。他不仅踏遍日本全国，还在中国、欧洲、美国等地长期旅行。后世学者有言，说碧梧桐的旅行与他的俳句是一体之物也不为过。1918年4月至7月赴华旅行,北至北京,南及香港,归国后将在中国南方,包括香港、广东、上海、杭州、宁波、绍兴、南京、镇江等地的见闻纪行成书出版,冠名为《游于支那》,本书所选部分即出自此书。碧梧桐在书中将日本比作严厉的父亲,心胸狭窄,神经过敏,而中国则是宽厚的伯父,不拘小节,一任自然。类似的比喻在日后造访中国的日本人笔下还会反复出现,被视为现代文明之外的半原始的中国,成了反思日本现代化的镜子。

内藤湖南(1866—1934)

名虎次郎,字炳卿,号湖南,秋田县人。日本近代中国学研究奠基人之一。出身儒学世家,祖、父皆为汉学者,自幼熏染儒家经典、汉诗汉文。早年活跃于新闻界,为《大阪朝日新闻》《台湾日报》《万朝报》等刊物撰写新闻、评论。其间,颇有进入政界的打算,然而明治新政府是萨摩、长州两藩的天下,既非两藩出身,也非帝国大学正途毕业的湖南终未得其门而入,对他而言是毕生憾事。湖南属于由传统江户汉学教育培养起来的最后一代日本人,重经世,崇实学,身上带着典型的明治时代士人气质,辅佐明主,指点江山,修齐治平才是理想人生,比如,像他不得不放弃从政之路后所著《诸葛武侯》里的孔明那样,做乱世英雄,展治平之志,死而后已。学问必须能够用世,是湖南终其一生的理念。

1899年以《万朝报》记者身份第一次赴华旅行,历时三月,途中见闻感想写成《游清纪程》在《万朝报》上连载,后经增补改订,题名《燕山楚水》,1900年由博文馆出版。本书所选部分即根据此版。这次旅行对湖南而言,意味着"无论如何都要亲自踏上中国土地,亲眼看看中国的夙愿终于得偿。"(小川环树《内藤湖南的学问及其生涯》)故此书不仅是记述旅途见闻,也寄寓了湖南对中国文化的种种看法,湖南此行还结识了许多中国文人,如严复、文廷式、张元济、罗振玉等,并与其中一些结下了长久的友谊,双方的笔谈录也构成了该书引人注目的一章。湖南此后又多次赴华,收集到了大量珍贵文献,为日后的中国学研究打下史料基础。

1906年京都帝国大学文科大学(今京都大学文学部)创立,翌年湖南应狩野亨吉之招赴该校任教,担任东洋史学讲座。从此开始学者生涯,著书立说,笔耕不辍。

据说逝世后枕边尚留有遗诗:"只有寸心灰不尽,筐中一卷未成书。"当指未能写完的《支那上古史》和《支那史学史》。湖南任教京大期间,也是该校在中国学研究上形成与东京大学分庭抗礼的"京都学派"的时期。他关于中国史影响最为深远的"唐宋变革论",一刀劈开"唐宋",以宋代作为中国"近世"的开端,并概括此"近世"的特点为:贵族政治衰,而君主独裁兴。科举制度盛,而庶民可晋身为国臣。作为京都学派的创始人之一,湖南不仅开创了上述在学界影响深远的研究范式,也塑造了彼时一般日本人的中国观,因其从来就不只是书斋中的学者,更是对华问题上的意见领袖。

对湖南而言,中国文化不是新奇的异国趣味,而是自幼浸润其间的文化母体。他相信东亚文化可以与西方文化分庭抗礼,相信中日两国都是同属东亚文化圈的命运共同体,一损俱损,一荣俱荣。他有个著名的比喻,说日本文化本为豆汁,经中国文化这盐卤点化,方能凝结成豆腐(《日本文化者何也?》)。当年中国文化影响日本,翻出新曲,如今日本维新成功,可为中国改革样板,但这改革须由日本相助方能完成,中日必须联手,否则无法抵抗欧风美雨的侵袭。有论者以为湖南此说实为后来日本入侵中国张目,视之为"帝国主义者"。其实,袁世凯的帝制复辟,新文化运动的传统批判,和日本军人对中国的武力入侵,以及为上述行径无条件辩护的日本学者,同样令湖南愤怒。他无法理解中国人的反日民族情绪,也无法理解中国人为什么不相信他那个由日本来帮助中国改革的方案,如美国研究者傅佛果(J. A. Fogel)所说,这是他的局限,也是他的悲剧(傅佛果《内藤湖南》)。湖南死于山雨欲来的1934年,死前数日尚与旧友郑孝胥会面长谈,后者当时已是伪满洲国小朝廷的国务总理。后人常常揣测,如果他能活到中日开战,将会取何种姿态。

关野贞(1867—1935)

新泻县人。日本建筑史学家。毕业于东京帝国大学工科大学(今东京大学工学部)建筑学科,毕业后参与日本古建筑调查、发掘、保存工作,历任内务省技师、奈良县技师、东大教授等职。20世纪初年开始对朝鲜半岛、中国的古建筑遗迹进行长期实地调查,留下了许多珍贵资料。1906年被派遣至中国,开始研究中国建筑,此后多次对中国古建筑进行实地探查。1918年在山西旅行时发现天龙山石窟,拍摄了大量珍贵照片,后结集为《天龙山石窟》出版。1929年任东方文化学院(日本政府用庚子赔款设立的中国文化研究机构)东京研究所评议员兼研究员,进行中国历代皇陵、辽金建筑研究。在中国建筑研究方面,与常盘大定合著《支那文化史迹》(全12册)、《支那佛教史迹》,收入考察中拍摄到的大量中国历史文化遗迹照片。本书所选出自关野贞1918年在中国调查时所写的日记。

常盘大定(1870—1945)

号榴邱,宫城县人。佛教学者,真宗大谷派僧人。毕业于东京帝国大学文科大学(今东京大学文学部)哲学科,历任东京帝国大学教授、东方文化学院东京研究所(今东京大学东洋文化研究所前身)研究员。任教东大期间结识关野贞,在后者的影响和帮助下着手调查中国历史文化遗迹,1917—1929年间前后5次赴中国实地调查佛教史迹,调查报告整理成《支那佛教史迹》,后又出版与关野贞合著的《支那文化史迹》等书。

本书所选部分出自《古贤遗迹访考》,副标题为"支那佛迹踏查"。系作者1920年9月24日至1921年1月5日在中国进行第一次佛教史迹考察的报告。调查区域包括奉天(今沈阳)、北京、山西、洛阳、湖北、江西、江苏、浙江等地。书前序言称进行考察的原因有二:一来自己长年讲授中国佛教史,却无缘亲身踏访其地,一直有隔靴搔痒之感,因此想要"亲踏千古高僧硕德遗址,将其栩栩英灵揽入自己胸怀之中"。二来听闻近年中国史迹因政局动荡,破坏严重,"愿以同种同文之邦人之手,竭尽所能理解之、研究之、整理之"。

宇野哲人(1875—1974)

字秀明,号澄江,熊本县人。中国哲学研究者,毕业于东京帝国大学文科大学汉学科,师从岛田重礼、井上哲次郎等,曾留学于中国、德国。历任东京高等师范学校教授、东京帝国大学教授、东方文化学院院长等。对日本学界最大的贡献在于,一面继承江户汉学传统,一面以西方哲学史为范型,欲建构出新的中国思想史研究体系,代表作有《支那哲学史讲话》《支那哲学史—近世儒学》《儒学史》《支那哲学概论》等。于著述之外,并热心于中国传统文化的普及,常年开设面对大众的中国文化讲座。1939年出任伪北京大学文学院名誉教授,据沈启无回忆,"在伪北大文学院,周作人和钱稻孙请了不少日本教授,除了中文系,其他各系都有。首席教授名宇野哲人,一年不过来文学院一两次"(《沈启无自述》)。

本书所选出自氏所著《清国文明记》(原题《支那文明记》)。1906至1908年,时为东京帝国大学文科大学助教授的宇野哲人留学北京,其间在中国各地游历之时,将所见所闻的中国"风俗习惯、社会情形、名所旧迹等,事无大小",皆写入信中,寄给远在日本熊本县老家的双亲(《自序》)。这些书信最初在当地发行的报纸《熊本日日新闻》上连载,颇受好评,随后便由大同馆整理成书,并加入作者的数篇论文后出版。初版为大同馆1912年版,题名为《支那文明记》。本书所据为讲谈社文库本(2006年),该版系以1922年的改订版(第六版)为底本。

后藤朝太郎(1881—1945)

号石农,爱媛县人。毕业于东京帝国大学文科大学,专攻中国古音韵学,将欧洲语言学与清代音韵学研究方法相结合,在近代日本的中国汉字音韵研究上,颇有开辟之功,一时被誉为"少壮文法学派"的新锐学者。此后历任日本大学教授、东京帝国大学讲师等职。

朝太郎对中国的兴趣很快由文字延展至文化。1915年随盐谷温所率旅行团第一次赴华旅行,从此燃起中国旅行的热情,开始了每年短则数月,长则半年,前后五十余次的中国之旅。旅行归国后就在各地演讲途中见闻,演讲结束立即整理成书出版,每每大卖,一生所著介绍中国风俗文化之书逾百册,遂有昭和初期"支那通"第一人之称。如果彼时也有微博、推特,他必能坐拥数百万粉丝。朝太郎之书不入学院派法眼,被斥为粗糙冗长,琐碎浅薄,本人却不以为意,或许这也是他所推崇的"大陆气质"的表现。

后世学者盖棺定论,将其归入中国学研究中的"民间学者"一派,因其承袭"大正民主"时代风格,批判官学,重视民众。朝太郎直言,一直以来日本人对中国的观察,或者不脱治国平天下的志士常谈,或者一味祖述汉籍,拘泥文字,或者只肯与上层富贵文人打交道,或者只知猎奇寻珍,记录绮谭艳闻,而从不屑把庶民百姓、凡俗世情放在眼中(《支那文化解剖》),主张中国学研究应关注当下日常生活里的中国,关注作为普通民众的中国人。因此,无论田夫野老、倡优土匪,对朝太郎而言都是兴味盎然的观察对象,那百余册著书中反反复复描述的中国人形象,便是他从这些普通中国人身上看到的,具有柔软、大方、不拘小节等"大陆气质"的"大国民"。这在本书所选对于南京监狱的描写中也可见一斑。

朝太郎常着中式长衫、戴瓜皮小帽行走于东京街头,因这一身行头受路人歧视,遭妇孺詈骂投石,甚至被恶犬袭击,却安之若素,称此举为"日本人对华态度的情感测试"。1937年卢沟桥事变刚过,他便身着长衫,手摇中国纸扇在东京开坛演讲,说日本与中国开战是大错,赢不了,输定了。台下听众之一,就是后来成为著名中国研究学者的竹内实(竹内实《中国世界》)。朝太郎毕竟是受过"大正民主"洗礼之人,从未放弃过人道主义立场,无论著述演讲,时时表现出对中国底层民众的关怀,对军国主义的厌恶,对战争的痛恨。在战时舆论管制森严之时,仍然毫无顾忌地批判政府的战争政策,直言对华战争"全无大义名分可言",虽屡受弹压,却从未生怯意,著书遭审查删削,便将被删部分以白纸替换,冠以"战时国策版"之名出版,依旧大卖。

后藤朝太郎死于日本宣布战败一周前的1945年8月9日,官方说法是交通事故,但家属则相信实是因其一直以来的反战言论和亲华态度而遭暗杀。

井上红梅(1881?—1949?)

本名进,东京人。其父因酗酒早逝,年少的红梅当过商人家的养子,做过几个月的和尚,尝试过经营中国餐馆,也因爱好文学在知名文学杂志发表过不少作品。1913年,在中餐馆的经营彻底失败后来到上海,旋即一头扎进被他称为中国"五大乐事"的"吃、喝、嫖、赌、戏"中,耽溺于洋场声色欲海,载沉载浮,乐不思蜀,由耽溺而生介绍研究之心,很快以中国风俗研究家自命,刊行起专门介绍中国风俗的杂志《支那风俗》,志中所载文章大部为红梅所撰,三教九流,无所不包,中国麻将能在日本发扬光大,也应首推红梅在该志上的倾力介绍之功。在这种游冶生活中,红梅结识了各种路数的洋场文人,酒逢知己,相交甚欢,其中有小报大亨余洵,艳情小说《九尾龟》作者张春帆(红梅曾将《九尾龟》译成日文,题名为《嫖界指南》出版),鸳鸯蝴蝶派掌门人包天笑,文明新戏先锋欧阳予倩等等,他关于中国生活的很多知识都得自这些洋场知己的亲传。

1921年红梅移居南京。他对南京的憧憬源自《红楼梦》和谷崎润一郎的《秦淮之夜》,到南京后曾实地探访传为大观园原型的随园旧址,并将《红楼梦》中描写大观园部分译为日语,题为《南京之梦》出版,并一度计划全文翻译。据说是为了深入了解本地风俗而娶了中国太太,跟着太太抽鸦片、打麻将,为了负担鸦片钱、酒钱、麻将钱而拼命写稿,然而微薄的稿费显然无法支持这种生活,终于分手了事。上述南京生活经历,被他写入《沉浸于支那的人》,本书所选描写秦淮风光部分即出自此书。

后世将井上红梅视作与后藤朝太郎比肩的昭和"支那通"。论见识、风骨、气度,红梅不如朝太郎,但文采则过之。佐藤春夫曾称赏红梅之作"在描写南京风物生活的文章中,最能传达南京的生活和趣味"(佐藤春夫《曾游南京》)。虽然所写内容不外风物风俗、饮食男女,但笔法老道,体格工整,文采斐然。秦淮风光由他写来,宛如清明上河图,徐徐展开。对于既无高等学历,也不曾受过专门写作训练的红梅而言,这种文采只能用天分来解释。

井上红梅还是最早译介鲁迅作品的日本人之一,不过他的译介被鲁迅视为一场"不幸"。他是最早将《阿Q正传》译成日文并刊载于杂志上的日本人,然而却是冠以《支那革命畸人传》之名发表在名为《怪谭》的杂志上。后又翻译《呐喊》《彷徨》,1932年由改造社以《鲁迅全集》之名出版,也是在日本出版的第一部鲁迅小说集。鲁迅不喜红梅,原因大致有三:一、红梅长年积极致力于介绍中国的吃喝嫖赌、声色犬马之道,乐此不疲,在鲁迅看来,实在"和我并不同道";二、红梅译本"误译之多"到了令人吃惊的地步,且未参照增田涉和佐藤春夫的译本,使鲁迅觉得"荒唐";三、鲁迅本意希望由弟子增田涉翻译,不料却被红梅抢了先(鲁迅致增田涉、山本初枝等人信)。乃至后世有学者著书介绍,直称红梅为"被鲁迅讨厌的'支那民众文化研究家'"(相田洋《被"支那"所倾倒的人们:"支那通"列传》)。

谷崎润一郎(1886—1965)

东京人。小说家。1908年进入东京帝国大学国文学科,耽读王尔德、爱伦·坡,醉心于唯美主义、象征主义文学,反感自然主义,据说颇不喜易卜生,时人形容其对易卜生的憎恶是"恶魔对神明的憎恶"(木村荘太《魔之宴》)。1910年与小山内薰、和辻哲郎等复刊《新思潮》(以东大学生为中心的同人文学杂志),同年退学,专心创作。凭《刺青》《麒麟》等作品出道,受文坛大家永井荷风激赏,专门写文推荐,荷风将谷崎文学特质概括为三:自肉体之恐怖而生的神秘幽玄;全为都会之事;文章之完全(《谷崎润一郎氏的作品》)。当时的文坛还到处是自然主义乡下秀才式平板直白的自我解剖,土气息、泥滋味的社会写实,而谷崎横空出世,以都会的优雅华丽姿态,施施然穿越回旧江户,从容讲述一个"人们还拥有被称为'愚'的高贵道德,世间还未像今日这般激烈地尔虞我诈的时代"(《刺青》),赫然在"自然主义苍白的皮肤上,施以芳烈绚烂的刺青,顷刻间便席卷文坛"(小林秀雄《谷崎润一郎》)。从此顶着"耽美派""恶魔主义"的名号,开启了横跨明治、大正、昭和三代,被三岛由纪夫称为"谷崎朝代"的文学世界。

谷崎笔下,"恶"与"欲"都被当作艺术品,如七宝楼台,绚烂夺目。他并无巴尔扎克式描绘人间群像的宏愿,而只是专心致志地用诡丽艳异的文笔,写恶魔般的女人,自愿为奴的男人,个个在心甘情愿的施虐与受虐所带来的官能快感中,发现了真正的自我。作者于现实世界之外别开一层叙事空间,愉快地作别道德,让人性与欲望做极尽可能的展演,其中满是罪恶的快乐和快乐的罪恶。然而,他笔下无论描写多少罪恶与堕落,看起来都像是电影银幕上的故事,当这一出戏散场,剧场灯光重新亮起之时,那些妖姬罗刹、魑魅魍魉都会被重新锁回幻境。这一点,作者读者都心知肚明。谷崎永远对自己手造的这朵"恶之花"保持着安全的审美距离,满足于对它的欣赏——一种对艺术品的欣赏。因此,即使是日本战败也未对他的文学和精神世界产生实质性的影响,谷崎文学的爱好和追随者三岛由纪夫有言,"当日本的男人都在为败于白种男人而沮丧之时,只有他一个人勾勒出日本的男人败于丰乳肥臀的白种女人这样可喜的官能构图",眺望着战败风景,晚年也能安然回归古典,礼赞东洋传统的阴翳之美(《阴翳礼赞》),写关西华族富绅生活(《细雪》),将《源氏物语》译成现代日语。

谷崎润一郎还是大正文坛上出了名的中国崇拜者,他不遗余力地赞美、憧憬、膜拜过中国,自掏稿费建了一座纯中式的宅邸,身着中国服装居住其中,分别在1918和1926年两次到中国旅行,这也是他一生中最集中地创作中国题材作品的时期。本书所选部分出自第一次中国之旅后写成的《秦淮之夜》(1919年2月号《中外》,3月号《新小说》,续稿原题"南京奇望街")。这个秦淮几乎具备了能够吸引谷崎的全部特质:神秘、幽暗、罪恶、情色、前现代。遇到这样的秦淮,自然酒逢知己,他用天赋的小说家之笔,写秦淮艳遇,嫖,也嫖得一唱三叹,起承转合。此篇还启发了当时尚未踏足中国的芥川龙之介,写出了小说《南京的基督》。

谷崎对中国的兴趣萌发于少年时代,虽然也照例学了些汉诗汉文,但更吸引他的是当时东京唯一一家中餐馆偕乐园。不同于彼时绝大多数日本人将心中的中国建立于汉诗汉文之上,谷崎的中国建立于中华料理之上,首先令他着迷的不是典籍里的中国,而是舌尖上的中国。对谷崎那个时代的日本人而言,中国文化已经变为趣味,一种被称为"支那趣味"的异国趣味,中国文化不再是人类文明理应达到的最高境界,而不过是世界诸种文化之一种,而且据说还是比较落后的那一种。气喘吁吁赶了几十年文明开化的西洋路的日本社会,蓦然回首,望见已被遥遥甩在身后的中国,"感觉到仿佛眺望故国山河般不可思议的憧憬"(谷崎润一郎《所谓支那趣味》)。谷崎的中国便是这种时代风潮的产物。浪漫主义需要距离,谷崎对于中国文化正因并未深入,故而才可作如此这般的远眺。他笔下的中国,是童话幻想之国,浪漫神秘之国,冷冻保存了古代的老大国,和《刺青》里的旧江户一样,都是用来将"现代"拒之于门外的。

青木正儿(1887—1964)

字君雅,号迷阳,山口县人。中国文学研究者。其父为医师,颇具汉学素养,着迷于中国文化。1908年,青木正儿作为刚成立的京都帝国大学文科大学"支那文学讲座"第一期学生入学,师从狩野直喜、铃木虎雄、幸田露伴等,与内藤湖南也颇有往来。1920年与小岛祐马、本田成之等人创刊同人杂志《支那学》,开篇第一期便介绍了当时在日本还无人知晓的五四新文化运动,为京都学派的中国学研究注力颇多。该志发刊之际,内藤湖南曾有言,此刊一发,今后或许将有中国留学生为研究中国学而来我国吧,当时众人皆以为戏言。青木正儿的时代,还是日本学者与中国学者相交,每每有自叹不如之感的时代。青木断言,想要在中国学研究上与中国学者相颉颃,唯有二法:采用新的研究方法和开辟新的研究领域。这新的研究方法是传自欧洲的文学史的研究法,新的研究领域则是戏曲小说等通俗文学(《支那文学研究上的邦人立场》)。他的《支那近世戏曲史》便是实践上述理念之作,该书承继王国维《宋元戏曲史》学脉,填补明清戏曲研究空白,也是日本学界在该领域的开辟之作。后历任东北帝大、京都帝大教授等职。晚年提倡"名物学",致力于中国传统艺术、饮食、民俗等的考证,以独特的风格写作《中华名物考》《华国风味》《酒中趣》等书。

青木正儿后来回忆,初入京大之时曾得狩野直喜训诫:"必须沉迷"。这沉迷的对象自然是中国,虽说自幼受乃父影响熏习汉文汉诗,可对于那时的青木而言却并非易事。在当时一路西化的日本社会风气看来,"汉文是发了霉的陈腐东西,汉诗是老头子的消遣,想学这些东西的都是些当世无用的怪人"(《支那沉迷》)。青木对中国的沉迷,是在目睹欧洲人的汉学研究成果,在对南画的兴趣,在古书店的漫游中一点点积累而成,好似包办婚姻里的夫妻结了婚后才开始恋爱,一旦爱上就一发不可收拾。不过,他对中国的沉迷并非退回到汉诗汉文的世界,后者所代表的家国天下的儒家价值观,在明治时代泛滥成灾。青木对儒家殆无好感,直言最恶道学,说中国文明,儒是表面,道才是里面。儒家牵制文学,文学则对抗儒家。自汉武帝独尊儒术,文学在儒家思想的压迫下每每不得自由,与之相对,超然的道家则一概取放任主义,每当"文学这个浪荡公子"被儒家压迫难耐之时,便以道家为避难之所。因此,《庄子》实是无韵之诗,中国的文学精神正在其中(《支那学者之呓语》)。这种观念隐现着大正民主时代以文学对抗国家的思想光芒。

  本书所选部分系作者1922年3月至5月间第一次中国旅行时的见闻感想,大部分初次发表在《支那学》杂志上,后结集为《江南春》,1941年由弘文堂书房出版。当时已经35岁的青木虽已有了中国文学研究家的头衔,是名实相符的汉学家,然而《江南春》里的游记却非常地不汉学家。明治以来日本人(特别是自诩有汉学修养的日本人)中国游记的一大套路,借小川环树之语,大都是开篇数首绝句,中间怀古讽今,哀英雄吊美人,如此套路陈陈相因(《〈江南春〉解说》)。《江南春》里的青木却更像是个朝圣的文艺青年,抱着被他昵称为"吾们吴敬梓"的《儒林外史》当导游书,在西湖边买到金冬心梅图的摹本就喜不自禁,被玄武湖的少年船夫讹了钱也不介怀,这正是他一生对中国最最沉迷的时期。青木不拒绝现实中经历着现代化的中国,反感只将中国当作古董看待的日本观光客,但论趣味,他爱的到底还是那个在历史潮流中渐行渐远的古典中国,《江南春》因而散发着浪漫主义的乡愁,青木大学时代没有机会发挥的文学才能在这部游记中得以一展,旅行中的种种闻见:西湖畔的三弦声,姑苏城外的青冢,南京街头的算命先生,都被拿去拼贴这幅古典中国像。空缺的部分,后来他在晚年"名物学"的世界里,用绵绵密密的考证一点一点地补完。

村松梢风(1889—1961)

本名义一,静冈县人。小说家、散文家。祖父颇擅经营,积累下大笔家产,梢风父子则像所有合格的败家子弟一样,尽职尽责地将之挥霍一空。两次入庆应义塾大学,两次中途退学。1917年因处女作《琴姬物语》在《中央公论》上发表,得到主编泷田樗阴赏识,聘为专栏作家。《中央公论》素有"文坛登龙门"之称,拿到文坛入场券的梢风从此开始专心写作。1926年独立创刊个人杂志《骚人》。

1923年,读了芥川龙之介的中国游记而颇受触动的村松梢风开始了第一次中国之旅,意欲开拓新的创作领域,一到上海,目睹洋场风光,便大为倾倒,拿着佐藤春夫的介绍信先访田汉,随后又结识了郭沫若、成仿吾、郁达夫、欧阳予倩等人,相交甚欢(然而这段友谊并未能维持太久,1928年梢风因发表支持日本在"济南事件"中出兵的文章,招致田汉反感,专门写信抗议,二人由此断交)。梢风将初次中国之旅的见闻录写成纪实性小说,先以《不可思议的都会"上海"》为题发表于《中央公论》,翌年以《魔都》为题出版单行本,后来又多次访问中国,渐渐获得了"支那通"的名号,近代以来日本人对上海的"魔都"印象拜梢风之笔所赐良多。身为大众文学作家的村松梢风深谙大众欲望的兴奋点,他声称,在汉学已必然走向衰亡的今天,日本人应该采取一种新的方式认识中国,他单方面宣布中国是自己的恋人,因是恋人,所以自然知无不言,言无不尽,所以自己笔下的才是现实的中国。梢风来到中国,并不为瞻仰典籍里的圣贤古迹,也没有谷崎、芥川那样的文化趣味,而是纯粹"想看异样的世界,想要富于变化和刺激的生活",因此才对上海一见钟情,《魔都》中的南京也因此远不如上海出色。他像个安分守己的观光客,按部就班地去各个景点观览一通,然而比起在这些遗迹上怀古讽今,他更感兴趣的是记录明孝陵里的凶杀,紫云洞中的逃犯,秦淮水畔的乞丐窝。1928年重访中国之后写下的《新支那访问记》里,虽然花了大量篇幅描写作为国民政府新都的南京,也更多是为了迎合彼时日本民众对刚刚经历了国民革命的中国现状的好奇。

早坂义雄（?—?）

生平不详。本书所选系作者以个人名义出版。

芥川龙之介（1892—1927）

号澄江堂主人、我鬼，东京人。小说家。出生之时，因生父母年龄正值大凶之年，按当时风俗，必须将当年所生之子遗弃方可避祸，所以甫一出生就以形式上被"遗弃"的身份，送给他人做名义上的养子，不到一岁时，生母罹患精神病而发疯，遂被正式送往舅父芥川道章家做养子。被"遗弃"的身份和生母的发疯日后成为缠绕龙之介一生的阴影，担心自己有朝一日也会被那源自遗传的疯狂所吞噬。芥川家属于典型的保留着旧江户作派的传统庶民家庭，保守，重礼仪，讲法度，为了面子情愿牺牲里子，汉诗汉文、书画古董、盆栽俳句等都是必备的趣味修养。龙之介日后对中国文化的兴趣也拜这种家庭环境所赐良多。

22岁时考入东京帝国大学文科大学英文科，1914年与同级的久米正雄、菊池宽等人复刊同人文学杂志《新思潮》，发表创作和翻译，由此登上文坛。翌年写出名篇《罗生门》，一举成为众人瞩目的新锐作家，得入文坛泰斗夏目漱石门下，毕生仰漱石为己师，也颇受后者赏识。芥川龙之介的时代，质朴刚健、热血家国的明治做派已不再流行，取而代之的是大正时代摩登都市里的个人主义，新进作家们厌倦了自然主义式没完没了的自我剖白和社会写实，转将王尔德、波德莱尔等人视作偶像，高唱艺术至上，心仪象征主义，着迷于世纪末的颓废。芥川正是这短暂的大正文学的象征，他曾放言"想要留下波德莱尔式的一行"。无怪后世学者评价同样兼受东西方影响，森鸥外、夏目漱石是健康的东洋与健康的西洋之结合，而芥川龙之介则是颓唐的东洋与病态的西洋之结合（吉田精一《芥川龙之介》）。芥川自嘲，也嘲人，说人生不过由"遗传、境遇、偶然"所左右。他的文学世界充满着绝望后的幽默，疯狂中的理智，滑稽里的荒凉。执着的道德感，清醒的现实主义和由抑郁症带来的"神经的战栗的痛苦"绞合在一起。他无法像谷崎润一郎那样,让故事只是故事,同样写为艺术而奉献牺牲,谷崎笔下的艺术家收获了终极快乐和自我实现(《刺青》),而芥川笔下的艺术家则必须付出自杀的代价(《地狱变》)。他透过那"理知的透明"(吉田精一语)眺望到的不是彼岸的彻悟,而是人终究敌不过宿命的死结,一切的挣扎最终都归于徒然,除了证明人生的虚空本质外一无是处。

1921年,得到《大阪每日新闻》社赞助,芥川龙之介以特派员身份第一次踏上中国土地。历时四月,游历上海、杭州、南京、汉口、长沙、洛阳、北京、天津等地,沿途见闻写成《上海游记》《江南游记》《长江游记》《北京日记抄》等,在《大阪每日新闻》《改造》等报刊上连载,1925年由改造社结集以《支那游记》为题出版。本书所选出自其中的《江南游记》部分。

此次旅行之前,芥川龙之介的中国想象大致可分两类:一类可称为小说中国,源自他自幼酷爱的《西游》《水浒》《三国》,以及成年后阅读的《聊斋志异》《金瓶梅》等,这个中国名将云集、豪杰聚首,也不乏仙鬼妖姬;另一类可称为诗画中国,源自他所喜爱的唐诗南画,这个中国点染着淡彩山水,缭绕着文人趣味。而1921年之旅所带来的,就是书画里的中国遇上现实的中国,撞得粉碎。他直言目睹这老大国的腐败颓唐之态后,自己实在是"欲爱而不能"。在这份南京游记里,他打定主意要在这座最容易怀古的城市里,狠狠戳破汉学家们的迷思,剥去缠绕在这座城市上的历史魅影,几乎是恶作剧般地,每走到那些按惯例应该怀古的地方,也一样摆足怀古架势,却陡然掉转笔锋,代之以现实的反讽。他厌恶的不是汉学家,而是汉学家之伪,是他们自以为是的怀古幽情里的伪中国:"除了《文章规范》和《唐诗选》外不知支那为何物的日本汉学家的趣味,最好也知趣地消失掉。"(《上海游记》)

《支那游记》出版两年后,一代鬼才芥川龙之介在长年饱受精神抑郁和肉体病痛的双重折磨后,终于选择服用过量安眠药了结此生。遗书中用"对于将来的隐隐然的不安"解释自杀动机,说当自己决意赴死之时早已"倦于食色,而安住于如冰晶般澄澈的病的神经世界之中",所做的一切不过"与死相嬉耳"(《致某旧友的手记》)。

金子光晴(1895—1975)

本名安和,后改保和,爱知县人。诗人。出生不久即被送给名古屋建筑商人金子家做养子,随养父母在京都度过少年时代。幼少时代的家庭生活似乎并未给光晴留下多少愉快的回忆,这个外表和谐的典型的明治家庭,内里实则由眠花宿柳的养父和歇斯底里的养母组成,这种阴影即便到晚年也未能令他释怀:"到处都是一模一样的家庭,表面上文明开化,内里实则被家长权力所压制,阴惨,满是怨诉,令人难以忍受的时代,这便是明治。"然而与此同时,这样的成长环境似乎也培养了他对"烂熟的文化之中才能生出的"颓废之美的爱好,十岁左右就被养父带着出入风月场所,在艺妓们粉鬟脂香的环绕中,第一次意识到美,以及美的东西从来无法长久。(《三界交友录》)

曾入早稻田大学、庆应义塾大学、东京美术学校(今东京艺术大学前身)就读,均未能完成学业而中途退学。受"大正民主"的时代思潮熏陶,不喜自然主义,心仪王尔德、惠特曼,对汉文汉诗也颇感兴趣,说自己曾经"耽溺于汉学世界",泛览《史记》,耽读《春秋》,后来又渐渐转向老庄。1920年前后凭借《赤土之家》《金龟子》等诗集登上诗坛,渐获声名。成为了诗人的金子光晴不写诗的时候,大部分时间靠养父的财产到处旅行,在旅行中寻找灵感,很快有了"放浪诗人"的名号。1924年与森三千代结婚,但作为当时自由开放的"摩登女子"典型的三千代不久便移情别恋,为疗情伤,也为了修复夫妻关系,夫妇二人于1928年开始周游世界,足迹遍及中国、东南亚、欧洲等地。光晴在这种旅行中开眼看世界,思想眼界不再囿于一国一族,这使他在后来日本举国上下都陷入战争的疯狂之时,能够始终以清醒的理智坚持反战立场。

金子光晴一生多次到中国旅行,第一次在1926年,与妻子森三千代一起,拿着谷崎润一郎的介绍信,结识了内山完造、田汉、谢六逸、欧阳予倩等人,颇受礼遇,在随后的中国之旅中又与鲁迅、郁达夫、白薇等人结下友谊。本书所选《古都南京(1)(2)》源自初次中国之旅的感受。光晴笔下,与"阴谋和鸦片,卖春的上海"不同,南京是"梦中之梦"。他像一个典型的象征主义诗人一样,对所有荒废、腐败、古老、静止的东西怀有难以抑制的兴奋,透过这一层厚厚的象征主义面纱,看到的是名副其实的废都——传说中只存在于象征世界彼岸的永恒废墟。南京对金子光晴而言，是体味象征主义末世颓废的绝好境地。此后，南京也一直存在于光晴的文学世界中，1938年，当日本举国都沉浸在对华侵略节节胜利的狂喜之中时，光晴重写《古都南京》，淡淡回忆南京往事，文末一段看似发表中国南北文化比较论，实则影射作为"征服者"的日本，与当年那些来自北方的征服者一样，"是威吓的，能够慑人眼目，却无法沁入心灵"。

松本信广（1897—1981）

东京都人。历史学者、文化人类学者。毕业于庆应义塾大学文学部，曾赴法国巴黎大学留学并取得文学博士学位。归国后回母校任教，历任文学部教授、文学部长等职。私淑当时同在庆应执教的日本民俗学开山之祖柳田国男，受其影响开始研究日本的民俗文化，同时也受到法国社会学影响，在日本神话、日本民族起源研究方面颇有建树，认为日本民族的底层文化中包含有来自南方的要素，致力于从文化人类学角度建立起日本民族起源与东南亚民族间的联系，是日本学界在冲绳、东南亚民族文化研究方面的开拓者。代表作有《日本神话研究》《印度支那的民族与文化》《日本民族文化的起源》等书。

本书所选为庆应义塾大学文学部组织的以调查中国文化古迹为目的的考察活动"支那大陆学术调查旅行"的报告之一部分,该活动由考古学者柴田常惠发起,成员皆为文学部的学者和学生。考察始于1938年5月,分为三班:由庆应大学教授大山柏率领的负责北京彰德大同方面的一班,和由柴田常惠、松本信广分别率领的负责中国中部的两班。

长泽规矩也(1902—1980)

神奈川县人。中国文学史研究者、文献学者。祖父为明治时代著名数学家长泽龟之助,精通和汉历史、诗文。取"规矩"二字为名即本于祖父希望其能继承己志。后来规矩也说自己入东京帝国大学文学部,是先发现自己并无数学才能,兼厌恶宋学,所以不选中国哲学,因此才选了中国文学。少年时代常被酷爱收籍古书的祖父带着出入古书肆,耳濡目染,培养起了对古籍的爱好。

东大在读期间受静嘉堂文库委托,进行古籍购买、编目工作,1923至1932年前后七次到中国进行古籍采购,在此期间也与中国的藏书家如马廉、杨树达等人颇有往来。此后还为成篑堂文库、内阁文库等多家藏书机构进行古籍整理、编目工作,为日本昭和时代版本目录学界一大重镇。历任法政大学、爱知大学教授等职。

本书所选出自氏所著《中华民国书林一瞥》,由东亚研究会1931年出版,作为"东亚研究讲座"专辑系列的一部。作者常年在中国采购书籍,对当时中国古书市场情况十分了解,彼时古书盛于北京,新书盛于上海的状况在作者笔下可以清楚看到。且因长年居留北京,对北京的古书市场叙述尤为详切。本书所选南京部分因是匆匆一览,所以详备程度不及北京。对长泽而言,古书是一生寄托所在,诚如该书文末所写:"予无论有何等不愉快之事,只要面前有宋元本,大抵便会忘却,与善本相接,便不会感到一己之孤独。"

林房雄(1903—1975)

本名后藤寿夫,大分县人。作家。东京帝国大学法学部肄业。青年时代倾心于马克思主义,一度是当时典型的"马克思主义男孩",1926年在左翼文学刊物《文艺战线》上发表处女作《苹果》,以无产阶级文学作家姿态登上文坛,参与左翼运动。1930年被捕后发表"转向"声明,由左转右,宣布放弃左翼作家立场,开始拥护天皇制。1937年作为《中央公论》社特派员,以作家身份从军赴华,写作数篇战场报告,后结集成《战争的侧影》出版。林房雄说身临战争之境方令自己清除了"日本知识阶级的冷静主义",而能感到与全日本国民生死与共(《从军日记》)。他属于那种发自内心地真诚相信这场战争是一场"解放战争"的日本知识人。太平洋战争爆发前后,林房雄通过在伪满洲国等地的考察见闻,写作小说《青年之国》,书中几可视为作者分身的主人公木村明男对政治本来漠不关心,但在目睹大同石佛古迹后为中国传统文明深深触动,相信唯有日本可将中国由这末世衰颓中拯救出来,打碎一切腐朽伪物,真正复兴东洋文明。

明治以来日本知识界有个老调,说中国诚然创造了伟大的文明,但这文明在其母国已然衰落,老大帝国早就不堪重负,无力抵抗欧风美雨,所幸有日本传承衣钵,举国上下戮力维新,终可与西洋分庭抗礼,因此东亚文明一丝命脉不绝,全赖日本。林房雄为这个老调加上了一个激进的现代框架,那就是,相信只要依靠某种理念就能够翻新一个社会,既然能够翻新社会,那么任何代价都可不计。这种思想一路延伸至1960年代,于是就有了他那部颇招物议的《大东亚战争肯定论》,书中声称这场"大东亚战争"决非为征服领土,而是为了拯救东亚文明,解放亚洲。林房雄像所有怀抱着一厢拯救愿望,自以为替天行道的征服者一样,无法理解被征服者何以不箪食壶浆以迎王师。

本书所选《四个字》系作者根据1943年在中国旅行时的见闻所写的小说,以时任职于汪伪政权,同时也是民国时代著名藏书家的陈群为原型。关于陈群其人,正文中已有详注,此处不再赘述。

草野心平(1903—1988)

福岛县人。1920年入庆应大学普通部,但很快退学。1921年来到广州,此后四年间一直在岭南大学(本为美国人创办的教会学校,1952年并入今中山大学)留学,据说是该校当时唯一的日本留学生。岭大在读其间,开始阅读王尔德、惠特曼、卡明斯、卡尔·桑德堡等现代派诗人作品,受到影响,开始诗歌创作,并与时在岭大就读的梁宗岱、叶启芳、司徒乔等人组织诗会。1925年与同学黄瀛等人创办同人文学杂志《铜锣》。同年归国,继续作为诗人活动,出版多部诗集《第百阶级》《母岩》《蛙》等,多取材于宇宙、自然、童话,富于浪漫色彩和无政府主义倾向。丰岛与志雄曾称赏其诗的特长是"知性与感性浑然融合,鲜明的意象以及丰润奔放的韵律"。(《〈草野心平诗集〉解说》)

草野心平称中国为"第二故乡",前后在中国生活近十年,与许多中国人结下了终生的友谊,与此同时,又心怀"亚细亚之梦",写过不少战争赞美诗。不过,这些战争礼赞与其说是出于征服和侵略的欲望,不如说是源于诗人大而无当的浪漫空想。本书所选《南京瞥见》出自作者1938年2月至4月以《帝国日日新闻》记者身份赴华所写的战场印象记《支那点点》,短诗《于南京》最初发表于《中央公论》,刚刚历经浩劫的南京城惨状在其笔下庶几可窥得一二。1940年应岭南大学时代同学、汪伪政府宣传部长林柏生之邀,作为伪政权的宣传顾问在南京生活直至日本投降,这段经历后被他写入小说《命运之人》,文中将汪精卫塑造成舍弃个人欲望和体面,怀抱中日"全面和平"和中国"独立"的伟大理想的诗人。1956年又应中国政府之邀,作为"日本文化人中国访问团"副团长再次访华,见闻写成《点·线·天》,对新中国颇多赞辞。

文献出典

内藤湖南「禹域鴻爪記」、「鴻爪記餘」、『燕山楚水』、東京：博文館、1900年。

宇野哲人「南京の名勝」、『清国文明記』、（原題『支那文明記』、大同館、1912年）、東京：講談社、2006年。

河東碧梧桐「南京」、『支那に遊びて』、東京：大阪屋號書店、1919年。

谷崎潤一郎「秦淮の夜」（初刊：『中外』1919年2月、『新小説』1919年3月）、『谷崎潤一郎全集』（第6巻）、東京：中央公論社、1981年。

谷崎潤一郎「支那の料理」（初刊：『大阪朝日新聞』1919年10月）、『谷崎潤一郎全集』（第22巻）、東京：中央公論社、1983年。

谷崎潤一郎「支那旅行」（初刊：『雄辯』1919年2月）、『谷崎潤一郎全集』（第23巻）、東京：中央公論社、

1983 年。

常盤大定「南京の懷古」、『古賢の跡へ』、東京:金尾文淵堂、1921 年。

青木正児「南京情調」（初刊:『支那学』1922 年 7 月）、『江南春』、東京:平凡社、1972 年。

早坂義雄「津浦鉄道」・「南京の今昔」、『混乱の支那を旅して:満鮮支那の自然と人』、宇都宮:早坂義雄、1922 年。

芥川龍之介「南京」、「江南遊記」、（初版:『支那遊記』、改造社、1922 年）『芥川龍之介全集』(8)、東京:筑摩書房、1989 年。

村松梢風「南京」、『魔都』、東京:小西書店、1924 年。

井上紅梅「秦匯畫舫録」、『支那に浸る人』、東京:日本堂書店、1924 年。

金子光晴「古都南京(1)」（初刊:『短歌雑誌』、1926 年 10 月）、『金子光晴全集』（第八巻）、東京:中央公論社、1976 年。

金子光晴「古都南京(2)」（初刊:『不同調』、1926 年 10 月）、『金子光晴全集』（第八巻）、東京:中央公論社、

1976年。

村松梢風「序」・「南京の巻」（三）、『新支那訪問記』、東京：騒人社、1929年。

長澤規矩也「南京の書鋪」、『中華民国書林一瞥』、東京：東亜研究会、1931年。

後藤朝太郎「南京城門の警戒振り」、『支那風土記』、東京：章華社、1935年。

後藤朝太郎「南京の輝く牢屋と犯罪」、『支那民俗の展望』、東京：冨山房、1936年。

井上紅梅「全家福」・「雨花台の凩」・「南京の名物」・「明太祖の悔」、『中華萬華鏡』（初版：改造社、1938年）、東京：うみうし社、1993年。

金子光晴「古都南京」（初刊：『知性』、1938年11月）、『金子光晴全集』（第十一巻）、東京：中央公論社、1976年。

草野新平「南京瞥見」・「南京にて」（初刊：『支那点々』、1939年）、『草野新平全集』（第八巻）、東京：筑摩書房、1982年。

松本信広『江南踏査』、東京：三田史学会、1941年。

林房雄「四つの文字」(初刊:『妖魚』、新潮社、1951年)、『昭和文学全集』(第32巻)、東京:小学館、1989年。

関野貞研究会編『関野貞日記』、東京:中央公論美術出版、2009年。